暗礁

巴代 著

【出版緣起】

一個穩固而持續的創作平台

——長篇小說創作發表專案

國家文化藝術基金會董事長

施振榮

國家文化藝術基金會自二〇〇三年創設「長篇小說創作發表專案」，已執行十餘年時間。感謝和碩聯合科技股份有限公司，在國藝會藝企平台的加乘推動下，自二〇一三年起，每年贊助專案一百萬元。企業參與支持國人原創小說，並集合各方資源推介，讓台灣出品優質小說，更有機會於華文出版市場出頭。

長篇小說專案以挖掘當代文學經典為推廣宗旨，遴選優秀創作計畫案，補助創作者寫作期間生活費，嚴格把關作品「質」「量」，也協助作品出版、評論、座談等推廣活動。整個計畫執行過程，國藝會既是作品催生的助產士，也是替優秀作品媒合好出版社、拓展發表管道的媒人婆。許多部已經出版作品，得到國內外文學獎肯定，也跨界改編戲劇，翻譯其他語言發行其他國家。

我常提到「台灣不缺人才，只缺舞台」，長篇小說專案透過全面的機制規劃，讓優秀作家能在舞台上盡情揮灑創意。二〇一五年長篇專案第三號出版作品——《暗礁》，是一部元素豐富的歷史小說，以引發日軍侵台的「琉球宮古島漂民被殺事件」為主題。內容有族群衝突、山林逃難、海上遇暴風雨等情節，故事發展高潮迭起，相信將吸引讀者閱讀目光。《暗礁》的第一場發表會，將回到故事場景—屏東牡丹鄉，和地方耆老共同回憶歷史，並於各地書店及校園座談會，分享相關影像及趣聞。期待藉由推廣活動，能多方引發大眾閱讀興趣及歷史想像，更期待作品未來能有其他跨領域改編的可能性。

國人旺盛的原創力，是台灣文化的根源，好的人才必需仰賴好的舞台長期經營、支持。國藝會長篇小說專案未來除將持續打造穩固而持續的創作平台，更將串連華文地區優秀的創作者、評論者及專業媒體，共同搭建華文小說國際舞台，讓優秀創作者的寫作實力能盡情展現，也讓更多不為人知的美好價值，透過小說故事在世界各角落持續發聲。

【序】那生動的祖先容顏

排灣族　巴吉洛克・瑪發琉
漢名：華阿財

依據我家族代代口傳，知悉祖先源自大武山的「卡妃亞崁」，於一千五百餘年前逐次南遷或東遷，後來轉至恆春半島的山區或平埔地區。約在一八六八年前後遷居「里尼佛安」，暫以木竹茅草建屋形成kuskus（高士）部落。當時的部落頭目是倈入乙，他育有十個子女，其中天資聰穎具、領導性格的卡嚕魯，是其中的一位，這也是卑南族小說家巴代在其長篇小說《暗礁》裡，主要的兩個角色。

一八七一年陰曆十一月七日，宮古島人進貢琉球中山王，回程途中遭遇罕見冬颱吹襲，迫使進貢船「山原號」偏離航道在八瑤灣觸礁毀損，導致宮古島人西行進入高士佛領地。高士佛人心生憐憫給予飲水、地瓜粥充飢，並安排住宿，不料當晚一位族人強行拿取衣物，以及清晨狩獵團欲出門準備為宮古島人狩獵的事，令宮古島人心生畏懼，趁隙分批逃離，引起高士佛人的誤解與憤怒。最終在雙溪口攔截，因語言與語氣引發更多的誤解終成殺戮，史稱「八瑤灣琉球人事件」。

這一段往事，隨後成了日軍對台「番地」動武的藉口，史稱「牡丹社事件」，造成牡丹社、高士佛社毀村離散的悲慘命運。然而對這段史料的研究報告，迄今以來，多著墨於日軍用兵、瘟疫而後撤兵，以及隨後日清之間的外交折衝與列強居中協調的過程，高士佛的排灣人與琉球的宮古島人，僅僅成了整個事件的一個誘因與點綴。我總是疑惑與想像著，高士佛與宮古島人那場歷史性會面的當下，兩造之間究竟是怎樣的猜疑、惶恐、不安？或者又如何的彼此好奇、挪步接近、眼神接觸、嘗試溝通？一群習慣海上風浪的人，又是怎樣驚奇於高士佛部落「里尼佛安」，那夜鷹啼聲與部落青年傳唱情歌交織之夜？而最終那些引起血腥殺戮的最後言語與場景，又是怎樣的驚心動魄令人不忍多語？老實說，我實在無法從其他文獻或書寫記錄中得到更多的畫面，我更缺乏那樣的想像與連結的能力。

幸運的是，小說《暗礁》的初稿來了，引領我走過一百四十餘年前，那個後來被棄毀的「里尼佛安」（排灣語，離棄之地）的屋舍與街道；帶著我進入那字裡行間，相遇祖先的容顏與情緒、溫度，使得當年的事件有了立體感與具體性。奇妙的是，小說家來，帶著他那爽朗、自信又有些靦腆的笑容來了，彷若祖先託囑著訊息，與我討論其中的細節。三個小時過後，我允諾為他寫一篇文章。

但小說畢竟是小說。再如何精采，也無法一捶定音決定當年真實的情況為何，肯定的是，小說卻能生動的呈現祖先容顏，使我們更近距離，更多細節的觀看那些史料所見不到的人性與氣味。我認為，這部小說讓我們面對這個歷史事件，有了全新的視野與感受。

・本文作者巴吉洛克・瑪發琉，漢名華阿財，一九三八年生，曾擔任國小教師、縣議員、牡丹鄉長、行政院教育部原住民教育政策委員，現為牡丹鄉重要的文史工作者。

目錄

1 漂流

應該天亮了吧？他心想。

一股強烈的虛脫感覺，因為意識逐漸清醒而變得真實與難受。他睜開雙眼，發現一些光亮分別從幾處的縫隙輕微地、粗細不等地滲進來，然後暈開，使得眼前景物也有了些歪斜錯置的朦朧影像。他試著伸出手撥開前方一片飄掠的衣物，那連續性、不曾停止的週期性聲浪卻又「轟晃」的整個撲了上來拍擊著船身。鹹濕的海水帶著泡沫湧進他所處的船艙空間底層，迫使他躺著的繩索床，跟著其他所有緊塞在船艙空間的設施，隨著浪潮推湧的方向搖晃傾斜，而後「嘎吱」的發出聲響晃回原來的方位。照射進來的細微光線，短暫偏移了位置又照回原來的昏亮處。一些近似呻吟或囈語咕噥，隨意地從幾個角落響起了一兩聲。

力量變小了，這該死的颱風應該也停了吧？他這麼覺得！

這是一艘將近七十呎長的風帆木造船，四天前在航道遇上了罕見的冬季颱風。剛開始，船員們還配合著帆桅的操作，集體划槳對抗風雨，但因為風雨過於強大，帆桅斷了之後，其他船外的物品也陸續移位。怕人員發生危險，甚至被吹落海上，船長下令甲板淨空，全船所有的人員共六十九名，全擠進甲板下層幾個艙室避風，然後任由船隻漂流伺機脫離暴風圈。

剛開始，面對風浪逐漸變急變強，他還有一股爭雄之心，企圖與浪湧的起伏上下抗爭。所以除了高聲的提醒所有人，緊緊地將自己綑綁固定躺在各自的繩索床，面對船艙內不斷傳來驚呼聲、嘔吐的「哇哇」聲，他仍試著讓自己身體放鬆，抓著繩索床邊的支桿，算計著船身劇烈的搖晃、急急陡升又瞬間跌落的頻率調整呼吸。他憑自己平日打魚的經驗，意識清楚的在腦海裡描摹想像船身外的世界。他想像自己此刻正站在瞭望室，看著船身在風浪中持續被海湧高高拋起、落下，時而近七十度的左傾，瞬間又以接近一百四十度的向右傾擺。強風帶著急雨，整個海面已經成了鉛灰黑色的、浮動的連綿丘陵山谷景象，船才急喘喘地剛駛上一座崗陵，便無預警地以掉落之姿，往下快速滑向一個探不見底的凹谷。霎時，他意識到整個世界正呈現著無重力狀態，除了不斷拍擊推送船身又重重夾帶雨水的強風狂嘯聲之外，那些來不及在進入暴風雨前捆紮好的貨箱、道具箱，以及被吹斷吹垮吹散的救生小艇、船槳、帆桅、火炬台、備用魚網等等船外物件，紛紛跟著風雨在船身外周邊的空域飛舞、交纏、碰撞，以至於船身下沉速度稍緩時，有些還不願回落在甲板上，兀自在船邊海域浮沉、漂流或者……航行。他才剛覺得樂趣，一股力量卻又硬生生的托起了他與周邊所有景物向上、向上、不停的向上，迫得他猛力地深呼吸，想抵抗令他窒息的壓迫感，而終於感到平順。正想開口大叫歡呼，仰躺著的背後又忽然生出一股源自地底深處的拉力，猛然的往下拖拉，令他，或者令艙內所有的人，順勢都拉長了剛剛沒出口的叫喊聲。他「嗚」發出長鳴，身體卻快速下沉、下沉，無止無盡。一種空虛或者掏空的真實感覺，千萬隻螞蟻似的自大腿內側蔓延亂竄，穿入肛門，往上經腸胃到頭頂百會。他冒起了冷汗，視覺稍稍茫然，一股溫熱帶有酸意的物體，自胃部猛烈向上噴發，他本能的撇過頭向著左側的通道嘔吐，「哇」的一聲，噴濺出一團沒消化完的食物稀泥混團。他覺得失禮，但身體難受的令他無力的撇回頭，卻又忍不住的接連嘔吐。兩尺寬的通道對面左側下方，一個蜷曲著的人似乎正要抗議著還沒來得及發出聲音，自己也大口的噴出一團。他忽然感覺一股粥狀物、帶著絲絲黏黏的汁液，陸續噴濺到他的臉上、胸口。原來是通道對面與他高度的相當的一個繩索床上，也開始嘔吐。於是，船艙內的寢室有三個通道，每個通道兩側接連延伸的三層繩索床，相互飛濺起酸餿的屑沫，一場混亂的嘔吐大戰，在船身幾個上下顛盪之後接連上演。他失去了想像的能力，也似乎失去了嗅覺，風雨逐漸變得更兇猛。他，以及所有人，反覆失去意識又甦醒，沒有人真正睡過一覺，也沒有多少人意識是完全清醒著。除了這艘船的幾個船員還能順手抓起床上預存的乾糧硬塞幾口，其他人幾乎都沒進食，有人甚至屎尿失禁後，日後兩天索性都在床上直接排泄。

昨天下午風勢稍稍減弱，海湧開始變得不那麼兇猛，他逐漸清醒、昏睡又斷斷續續因為飢餓與噩夢驚醒。入夜後不久，船身底部首先發出激烈的碰撞聲，一陣「砢拉拉」的聲音持續由船身傳導著進入床艙空間，接著不久，整個船身被海湧推高舉起落下後，「硿」的一聲，發生激烈撞擊。他整個背部像是摔落在深谷的一張網上，撕裂的疼痛瞬間布滿整個背，連器臟也似乎被整齊的分割飛濺散落一地。一陣陣物體的撕裂聲與海潮的聲浪持續的在船艙內蔓延傳響，船觸礁可能碎裂沉船的危機瞬間爬滿他的心頭。顧不得全身關節被支解與每一吋肌肉神經被撕裂般的痛楚，他奮力的想起身，卻發覺已經有幾個船員已經來來回回的走動，交換訊息的虛弱吼叫著：觸礁了！船身浸水了！隨後詭異地、不明原因的傳來更虛弱的笑聲。

忽然，一群人驚呼了幾秒鐘，隨後微弱的交談聲居然也形成嗡嗡的聲響，短暫蓋過接著而來的海浪拍擊聲與遠處連結而來的浪濤「轟晃」聲。

床艙內都安靜了下來。除了那幾個船員發出的近乎笑聲的聲響，其他人已經死寂的沒有反應。他不知道船身受損的狀況，但明顯感覺到船隻已經停止了上下左右被拋擲的激烈晃動，那是規律的幾個大浪衝擊著船身所引起的搖晃。這幾天因為颱風所形成的、不間斷的大風、不規則方向的巨湧，已經感覺不到那種有如海神企圖吞噬所有生命的恐懼與絕望。不知過了多久，床艙內漸漸出現了均勻的呼吸聲，而他竟然有一種被丟進一個搖籃中的安詳，身體沉沉地癱軟與不掙扎；耳邊似乎響起了一些歌謠，低沉慢吟，時遠時近，有些陌生，還有著更多記憶裡應有的熟悉與親切。他太疲倦、太虛弱了，感覺四周變得更安靜與凝滯，不知不覺的睡了一整夜，沉沉地連夢也沒織起一絲，直到剛剛一個大浪拍擊船身，醒來。

「應該是天亮了！」昏晦光線中，繩索床上，他努力地，輕細的發出了聲音說。

船艙內依舊沉寂，隨著剛剛外頭的浪湧推送拍擊，送進了一些海風與新鮮空氣，讓他嗅覺有了一點清晰與甦醒，卻立刻被船艙內一股濃稠地、沉悶混濁空氣重新包圍、醬染地，令他透不過氣，因而開始感到昏沉、凝濁。他想起兒時，奶奶與母親用來醃漬醬菜、肉條、魚鮮的地窖，那裡始終就是這種腥鹹、汗臭、酸噁，與近似尿騷、糞便的味道，沒有厭惡，倒有一股令他窒息的沉悶感。

畢竟，這四天，這裡塞滿了近七十人啊。他心裡說。

警覺到現在的處境，他笑了起來。他決定爬出船艙外，想翻身，卻像是被捆綁在床上一般，無力動彈，而體內一團酸蝕的感覺直往肛門口竄，同時自頭頂往下冒起了冷汗，才悶響起耳鳴，一股極酸、黏滑的液體已經自食道通往口腔湧出。經過幾天的嘔吐經驗，他熟練的側過頭噴向床下走道的積水上。

「呸！虧我還是個拳士，這麼不中用。」他嘀咕著，心裡一陣苦笑。

一個大浪又推了過來，船體又「嘎吱」的響著搖晃，他順勢滾出繩索床，感覺幾近癱軟、站不直地踩著艙底的剛才那口黏液浮移的積水上，摸索著推開艙蓋爬出，在艙門蓋兩步遠的甲板小空間倒頭仰躺，輕聲的「呸」了一聲。

他本能的提起手臂以袖子抹過嘴角，才發覺左半邊的臉頰、嘴角，都留有黏滑的液體，幾天風浪的嘔吐，膽汁併著胃酸令他的臉頰變得敏感微疼。他伸手順著往身上摸去，感覺胸口衣襟上有著一塊塊的，含著黏糊碎渣細塊的乾硬小區塊，他想起了昨夜以前，夥伴們嘔吐相互噴濺的慘狀，卻沒有一點作噁的感覺。

「啐！我怎麼會有這一天啊？呵呵……」他咒罵了一聲，又忽然笑出聲來了！

大浪又擊向船身，仰躺的身子晃了一下。他注意到，甲板是濕的，雨是停了，隔著入艙口的遮板，風還一陣陣嗚嗚著刮絮著，空氣中漫瀰著被風吹霧的細水珠。天已經破曉，東方海面上空呈現一些白華，看不清楚夜空中是否還有星辰，眼前周遭的情形也依舊無法分辨。耳邊不斷響起四周傳來浪濤拍擊海岸礁石的聲音，「轟轟」塞滿整個視界所及的空間，船本身也規律的挨著大浪拍擊而左右搖晃。他索性閉起眼睛，大口的吸換清新的空氣，任細微的浪花水珠在他衣服、髮鬢、鬍髭上不著痕跡的結露，漸漸地，他陷入沉思中。

他二十七歲，今年二月，美麗又刻苦的妻子才剛為他生下第二個兒子。

打從十五歲起，他已經跟著大人出海打魚，下田旱作。為了增加身體的強度，得空，他必跟著幾位經常航海遊歷的長輩學了一些強健護身的拳腳功夫。他資質聰穎，根基奇佳，順著身體的律動與質疑動作的準確性意識，自己不斷修正與強化，進而創建了一套武術拳法。他在漁、農閒暇時教授島上一些青年健身、防身用，這在琉球群島西南方兩百八十海里外的「宮古島」而言，也算是開山立宗的武術流派，幾次海賊侵擾的事件中發揮了作用，因此深受村里器重，村民習武逐漸蔚為風氣。這一次朝貢船上，村里派出的精壯漢子多半也都參與了平時的練習，加上他受到村長的器重，這一次出航自然也成為村長隨從之一員。

這幾年琉球中山國，強迫將「宮古島」納入收繳歲賦的地區，規定每年得由島主率隊到中山國王府所在地「首里」進貢，這幾年他則年年被選為護衛隊之一，保護村長遠航琉球首府的安危。這固然是一個光榮的差事，但因為琉球中山國府認定宮古島與另一島群「八重嶼」，長年與大清帝國有間接貿易往來必然有較多盈餘，而加重歲賦，致使宮古島居民生活更加困苦，上下頗有怨言；而他也必須在一年之中的這個時期，跟著進貢船遠離家人，長途跋涉到「首里」。他在小小怨言之外，也偷偷存有那麼點願望，希望有一天能跟隨著琉球中山王的進貢船隊，到那些經常遠航的長輩口中所說的，大清皇帝所在地「紫禁城」開開眼界，這也使他每一年出門的情緒都顯得一點複雜。

他們都好嗎？想起妻小，他心裡一陣甜，思路又活絡了許多。

風，已經明顯的減弱，船身已經穩定下來了，看來回家應該也是這兩天的事了。喔！我準備好的禮物，希望都還在船艙啊。他想著，笑了，嘴角不自覺上揚起來。

2 八瑤灣

「喂！怎麼這麼早出門啊？」

「這幾天又是風又是雨的，設置的陷阱都不知道怎樣了，趁著今天雨停了、風小了，我們想上去看看啊！」

「這風雨不大不小的來了五、六天了，是應該看看了，再不去，有好東西也要糟蹋了！」

「呵呵……的確是這樣啊！這幾天心裡老惦記著這一件事啊。不過，都已經是冬天了，這颱風夾著雨來得還真是兇猛，一點也不輸給夏天的颱風啊，再連續吹個幾天，我們恐怕都要遭殃了！」

黎明矇矓的天光下，兩組人在兩條小徑相交的路口相遇交談。向上坡小徑的兩人看似一對父子，那父親對著站在橫向小徑路口上的青年漢子問到：

「卡嚕魯，你們呢？還颳著風，地面泥濘，天不亮的一大早，你怎麼從那個方向來？有特別的事嗎？」

「還不就是那些事！我父親判斷這幾天的風雨一時也停不下來，除了颱風可能還併著東北方向吹來的季節風，就像你剛剛說的，這個風雨不比夏天的強烈颱風來得小，如果是這樣，這幾天部落周邊可能有些變化，海上也續有船隻往南漂流擱淺！目前雨停了，這點風也不妨礙活動，我們想先去看看海邊的情景，怕一些外人搶在前頭！剛剛我們先在部落附近轉了一圈。」名叫卡嚕魯的青年漢子說。

「是這樣啊！那可不能慢啊！要慢一步，好東西可要被百朗[1]跟馬卡道人那些外族搶先一步搶掠走了！我看你們動作快一點吧，希望有好東西帶回部落來，給大家開開眼界！喔，對了，可得記得給我留一份啊！」

「呵呵……有好東西，哪能不讓部落人分了去，放心啦！我倒不擔心那些外人，我惦記的可是我那兩個阿力央[2]會不會忘了我們的約定，說好等雨停了風一減弱就相約去巡察領地啊！」卡嚕魯說。

「誰忘了！我這不就來了嗎？」一個宏亮的聲嗓，從小徑另一側傳來。

「啊，牡丹社的亞路谷，你來啦？」卡嚕魯順著聲音的方向，撇過頭大聲回應。

「當然啊！我們快走吧！再不走，阿帝朋那個傢伙可要自己一個人偷偷吃飽了，還要笑我們動作慢！」亞路谷說。

「呵呵……看來，你們都早有準備。唉，年輕真好，來得像風，去時像雨，想上哪兒就上哪兒。唷，不聊了！我們也得走了，說不定真有好東西在我的陷阱裡。你們巡完了，可記得到我家一起喝湯啊！」那父親說著。

「哈哈……好，回過頭，我們就到你那兒喝熱湯！對了，吉琉，下一回你也跟我們一起四處看看吧。」卡嚕魯說著，沒等那個名叫吉琉的漢子回答，又轉過頭交代他身旁的夥伴，請他回部落轉告自己的行蹤。然後瞥一眼亞路谷，沒多說一句便動身循小徑往山下奔去。

「喂，你等等啊！」

「少囉嗦！等你？再怎麼等，你還是追不上來，我看啊，你就在我後面聞我的屁吧！」卡嚕魯頭也沒回的，偏過頭閃過一枝矮樹的枝椏，快速往前奔行。

「看貶我？看我怎麼追過你！」

兩條黑影，在已經呈現灰濛的黎明前的天色中，一前一後的快速奔馳。小徑攀升越過一個山丘之後，一下子鑽進一大片的五節芒草叢，能見度突然又降低了不少，但兩人的速度並沒減緩，靠著芒草叢上端的一點天光反射地面的濕濘礫石路，兩人一路奔馳，一下子撥開擋在前頭的長歪了的零星芒草稈，一下子留心小徑在灌木雜樹中左拐右彎的鑽進鑽出。

「喂喂喂，你一定要這麼快嗎？小徑到處濕滑，這也不是平常沒風沒雨的天耶，天都還暗著的呢！」

「怎麼？怕了？我看你慢下來好了，免得滑跤了摔斷你的嘎里奇[3]，我可沒辦法跟你的家人交代啊！我呢，今天我可要好好看看海邊到底會有什麼好事？」

「什麼好事？你是說阿帝朋說的事啊？」

1 排灣語，漢人。
2 夥伴朋友。
3 排灣語，男性生殖器。

「對！你想想看，小心……」卡嚕魯忽然提醒著。他才撥開一根樹枝，那樹枝已經帶著枝葉「斯拉拉」的破空聲往後回彈，雨珠往後飛濺。

「你害我啊！」亞路谷及時閃避，卻淋了一身水滴珠兒的抗議著。

「呵呵……真要害你，我還提醒你啊？」卡嚕魯說著，但聲音稍微拉遠了，逼得亞路谷又拉開腳步跟上。

「都說你卡嚕魯腿短，你跑起來一點也不慢啊！」亞路谷的聲音明顯出現了一點稍重的喘息。

「少囉嗦，快跟上來！」卡嚕魯沒慢下腳步的說。

兩個人的聲音隨著小徑的迂迴，時左時右時隱時亮的交錯著談話，兩側的五節芒草高聳密實，將兩人快速奔馳的身影深深的掩埋隱藏，但東邊海面上空已經更為明亮，輝映而來的光亮讓腳底的含水礫石小徑，光影粼粼更為明顯。一連串的轉折迂迴之後，小徑像失去彈性似的圈狀藤蔓，越往後越成直線了，兩人毫不費力的看出這小徑前方有不算短的直線距離。亞路谷放開腳步大跨步的接近了卡嚕魯，沿途兩人說話聲與跑動聲，驚擾起沿途的鳥雀紛紛群起飛舞離巢、吱喳呱叫，而遠處「轟……沙沙」的海潮聲已經清晰可聞。

「你想想看，每一次颱風，總會有什麼東西或者船隻飄來，然後呢……百朗、馬卡道人、還有我們幾個部落的人，先後都會出現在這個區域。可是……每一次經過仿猝[4]或者到西岸的柴城[5]換東西，都聽到那些百朗說那些貨物是在哪一次、哪一次……的沉船拿到的！」卡嚕魯出現了喘息聲邊說。

「等等……卡嚕魯……我們不能慢下來講話嗎？」亞路谷更喘著氣說。

「可以閉嘴，但不可以慢下來！你快跟上來，別停啊！別輸給四林格的阿帝朋啊！」卡嚕魯說著，頭也沒回，又忽然說：「你想想，每一次我們也都去了海邊，學著他們那些外人搶東西，甚至遭到抵抗而殺人！可是，我們從來沒拿到過好東西啊！」

「咦？你不是說要閉嘴嗎？怎麼又嘮叨個不停啊？」

「啐！你個亞路谷，你不花個腦筋想一想啊？」卡嚕魯隨意朝後揮了揮手，「這中間一定有什麼道理。阿帝朋說的對，我們得弄清楚，總不能好處都讓那些外人拿走了，我們什麼也沒有，甚至還要殺人啊！」

「哎呀，闖進我們的地域，沒打招呼本來就不應該，弄到最後打在一起了，火頭上誰管得了自己的脾氣？能不殺人嗎？這一點，我可是不妥協的！外人無禮就是敵人，不管是誰，該殺的還是要殺！」亞路谷說話聲十分篤定與有力。

「唉唷，要你跑快一點，你唉唉唷唷的，談起殺人，你精神全都來了！」

「呸！什麼提起殺人我精神都來了？是你沒弄懂我的話……」亞路谷大喘一口氣，繼續說：「我的意思是……呼，還真喘啊！我的意思是，在我們的領地，不論那些人是怎麼來的，那些東西是怎麼出現在這裡的，都應該知會我們一聲……喂，你就不能跑慢一點嗎？我是

4 今屏東縣滿州。
5 今之屏東車城。

說……我們有權力支配這一切，不論是要我們提供幫忙或者直接驅離。如果這些外人要做出傷害部落或者破壞領域的舉動，我們就應該毫不猶豫的阻止，就算是殺人也不應該猶豫！」

「好啊！果然是牡丹社亞路谷家的個性！不過，你跑快一點跟上來啊，掉在那麼後面，我快聽不見你說話了，再慢，出了這個芒草原，說不定太陽早就升上海面了！」

「哪有這麼誇張的！這些鳥兒還在四處亂飛，距離太陽升起還早呢，你別光顧著說話，慢……哎唷……」

「哈哈……誰光顧著說話呀？」卡嚕魯詭計得逞似的大笑，接著加快腳步往前奔去。

「你這高士佛社該死的卡嚕魯，別跑，看我怎麼修理你！」亞路谷充滿忿意的摀著面頰說著。

剛剛，卡嚕魯看見小徑前方一枝番石榴的樹枝橫長，趁著亞路谷說話，他一方面要亞路谷快步跟上，一方面故意放慢腳步，然後伸手推開，鬆手造成回彈。亞路谷注意到樹枝掃向臉部時，已經來不及閃躲，他本能的向右撇頭閃避，番石榴強韌的樹枝連枝帶葉的不偏不倚地狠狠擊掃他的左臉頰。

「別跑，看我怎麼揍你，你個奸詐的卡嚕魯！」亞路谷火氣整個的上來了！

濕滑的莽原小徑，絲毫不影響兩人的飛快追逐，途經之處，驚起一陣陣的鳥群飛起盤旋。

「喂，亞路谷，輕聲點！有人來了！」卡嚕魯忽然慢下腳步，回頭，舉手揮擺！

「你又要耍什麼詭計？我才不上當咧！」亞路谷嘴上雖然這麼說，腳步卻本能的慢了下來。

小徑兩側，兩三個人高度的五節芒草所夾出的狹窄天空已經變得白亮，一群群飛起盤旋的鳥群，除了沿小徑向上驚起，右前方的方向似乎還有一大群地飛起，向這裡延伸。

「會是誰？或者……是鹿群？」亞路谷喘著氣不自覺的開口問。

「鹿群？鹿群要能驚起鳥群，除非是集體跑動，但是鳥群飛起的數量不會這麼一點點，是有人快速奔來了！」咕嚕魯連喘了幾個大氣後，看了一眼亞路谷。

「會是誰？該不會是阿帝朋吧？」

「是……」卡嚕魯沒直接回答，昏晦的光線中，他毫不費力的清楚看見亞路谷滿是汗水的臉頰左邊一道紅腫，心生不忍，本想捉弄的心倏地收了起來。「那個方向……應該是阿帝朋來了！我們走吧！別讓他搶在我們前面！」

3 野原茶武

他睡著了！在一波海潮推向礁岩的碎浪噴濺臉上時，醒來。想起左臉頰的嘔吐痕跡，順手抹了抹臉。

這才是真正的睡了一覺！他心裡這麼想著。

才睜開眼，天空仍是厚重的鉛灰雲層，太陽還沒升起但視界都亮了，可以清晰的看見規律的大浪打起的細小水花橫越過甲板，拂向另一頭。

這裡是什麼地方啊？他心裡咕噥著。

他躺下的位置剛好在艙門四周的擋水牆邊，一尺多高度的矮木牆，稍稍遮蔽住海風直接吹拂，也防止了較大浪花直接打在身上。他伸伸懶腰掙扎的想坐起來，卻又貪戀著全身癱軟舒適地躺在硬木板的溫熱，索性繼續躺著。但透過船身的甲板傳遞，他感覺出有不少人已經開始走動或工作，正想嘗試坐起來，聽到有人叫喚：

「野原先生！你怎麼躺在這裡？」

風颳著，浪濤的「轟晃」聲持續不斷，規律，又此起彼落。他以為自己聽錯了，或者因為飢餓虛弱產生了幻聽，他掏了掏耳朵試著想辨識出聲音的來源，那聲音又響起：

「野原先生，你弄溼身體了！」

「喔，是你們啊！」

他，這個被稱為野原先生的男子坐了起來，驚訝有人叫了他的姓氏，順著聲音轉過位置面向船頭的方向，發現兩人赤著腳，褲子僅僅長過膝蓋，上身裹著的上衣衣袖也只到達肘間，他理解這樣的穿著為了在冬季或夜裡工作時的打扮，方便工作，也不致失溫。

想起這是冬季農曆十一月份，強若颱風的東北季風才減弱的清晨海上，野原本能的深吸一口氣，讓身體清楚地感覺周圍流動的水氣與風，他意外發現空氣固然涼意，但缺少冬天海上應有的冷涼甚至寒洌，同時他也注意到腳上稍早因為涉過船艙通道的積水而濕漉的鞋子，並沒有造成腳步寒凍的不舒服。

這究竟是什麼地方？冬季的颱風天溫度居然不冷，很南方了嗎？他猜測，隨機警覺到那兩人還望著他。顧及禮儀，野原提了氣加大聲音說：

「這麼早就起來工作，還是昨晚一直沒睡？」野原認出這兩位船員，正是從琉球島返航時，解開船錨纜繩的船員。當時野原沒急著上船，反而要幫著解纜，被這兩位趕上船，後來在船上相互報上了名。

「嘿嘿，野原先生啊，昨晚船隻觸礁了以後，我們分別輪班查探船身的狀況，這個時間剛好輪到我們值班上工！一夜沒敢多睡，也算是一大早就起來工作吧。」

「辛苦了！這船的狀況還好嗎？」在風與浪濤聲下，野原吃力的說。

「還不錯，也算是劫難中的一點幸運了！」一個船員說。

「是啊，野原先生！昨夜連續兩個大湧把船推撞上了一座暗礁，又推拋了過來撞上了這個岩礁，船身下層全打碎了，以至於船艙都進了水。還好，整個船被拋上了岩礁，緊緊夾進兩旁凸起的石壁中，船尾翹了起來，海水也只在漲潮時隨浪湧灌進，退潮時又退出大部分的積水，所以不致沉船。昨夜我們這些乘組員[1]在第一時間都做了緊急處理，關閉了底下第二層船艙，才沒有繼續造成其他更嚴重的傷害！」浪濤下颳風中，那船員的聲音時大時小。

「哎呀，真是辛苦了！我看，我也得起來看看其他人的狀況了！」

野原掙扎著站了起來，感覺除了因為長時間躺著，瞬間起身的一點姿勢性暈眩，或者一點飢餓感之外，體力大致恢復了不少！他不自主的握了拳，左右各擊出一個正拳。

哼！我可是宮古島下地村的野原茶武呢！他感覺自己還保有大部分的體力，心裡不免感到開心，同時左右瞻望，注意到船頭船尾已經有幾個船員，正試著整理這艘幾乎已經被風雨吹得殘破的船。

「喂！船頭[2]，早安啊，一切都還好嗎？」野原提了一口氣大聲說。

只見船長眉頭深鎖，手指比了比甲板下的船艙，沒接話的繼續拉著一條繩索。

甲板上，沒有多餘的東西，除了幾個斷裂的繩索纏繞在桅竿的根部，桅竿斷了連同帆都不見了；右側船舷還掛著兩條小艇，一個船員正在固定綑綁。看起來這幾天的颱風，徹底的把船身外部做了一番摧殘。野原不明白船長的意思，但感覺得出船長對他的問話不甚耐煩，他下意識的望向船頭方向那連片的陸地，但因為浪花飛濺的水氣形成灘頭上的一整片霧氣遮蔽著視野，他實在看不清楚陸地的狀態。野原深吸了口氣，搖搖頭，便鑽進船艙。

另一艘船呢？野原想起還有一艘船，他猛往厚重灰濛的海面上望去，除了波濤，以及由陸地上捲落海上沉沉浮浮的樹幹殘葉，還有連片的浪花泡沫。

這是一艘宮古島人名為「山原號」的進貢船，由島主仲宗根玄安率領著幾位与人[3]、目差[4]、筆者[5]三人、副村長二人、村幹事十二人，船員、商人、官員以及侍從五十一人，共六十九名。在一八七一年農曆的十月三十日，與另一艘船編組成進貢團，航行向兩百八十海里外的琉球中山國首府「首里城」納貢，回程時與八重嶼[6]的兩條船一起回程。當進入宮古島附近海域，遭遇罕見的強烈東北季風吹襲偏離航道，造成另一艘宮古島的船失蹤，而這「山原號」則在進入台灣東部外圍時，又捲入罕見的冬季颱風，在海上漂流三天，於昨天，十一月二日入夜後觸礁擱淺。船體經由船員檢查，船外部已然毀損，船艙內部破壞的狀況還得在島主醒來示意後進一步仔細檢查。那船長始終深鎖眉頭，除了是因為船外部已經確定難以修復，必須棄船，還有因為不能即時檢查船艙內可用的工具、武器以及食物的狀況，難以計畫未來而焦慮。

1 船員。
2 琉球古語，船長。
3 村長。
4 副村長。
5 村幹事。
6 宮古島西南的島嶼。

船艙內，連同虛弱的島主，所有人總算都醒來了。船員開啟了船艙的幾個採光通風口後，在狹窄的議事艙，島主招集了船長以及三個村長和相關幹部，想了解人員的狀況，同時清查損壞狀況與所剩物資，進一步研商對策。野原進了船艙，也只能擠在走道上，盡可能接近議事艙聆聽島主研商。

天色已經大亮，但因為雲層厚實遮蔽，並未有陽光直接穿刺而來，海面上、灘頭陸地上、甚至遠處看起來濕青黛綠的山巒，仍是一層霧灰濛濛。經過了一段時間的清查，船長總結的訊息並不樂觀。人員雖然經過風雨顛盪與船觸礁的激烈撞擊，多數人只出現虛弱、嘔吐，並沒有受太大的傷害，但是船底層幾個貨物艙，可能在第一次觸礁時造成開放式的毀損，武器櫃、工具櫃以及備用糧食全部流進海底。

「什麼？這意思是，我們已經沒有食物可以吃？連飲水也沒了？」島主幾乎不相信自己聽見的事，摀著、揉著耳朵哀號的說。

「這個船艙還有一些儲水，我想，過去這三天應該沒有幾個人有能力進食，每個人應該還有一點隨身乾糧吧！」船長眼睛骨碌碌看著大家的說，「還好，第二次的撞擊接著來，要不然依照這個損壞情形，這船要再繼續待在海裡，不需要一刻鐘必定沉沒！更幸運的是，觸了礁船尾被迫挺舉了起來，浸入貨倉內的積水狀況減輕，讓我們都平安度過一夜。」

「那，另一艘呢？狀況還好吧？」

「另外一艘……」船長遲疑了一下，「已經三天沒看到影子了！」

「你是說……」島主沒放下摀著耳朵的雙手，盯著船長想繼續問，又突然沉默地將頭埋在雙臂中，貼伏在桌上，低聲的喃喃自語。

從船艙透氣窗望外看，清晰可見外頭的浪花飛濺而過，水花反射照映進來的光線，讓野原可以清楚的看見議事廳周邊的船艙，各個角落咕嚕嚕閃息著一雙雙不安又不知如何的眼神，不約而同的投向島主仲宗根玄安。而島主此時幾乎已經把滿是稀疏白髮的頭埋進雙臂中，不規律、無意義的囈語近似呻吟。野原注意到他那鑲著金色邊的黑色大袍，浸上了一大片嘔吐物，其他好幾處也沾了不明穢物，看起來就像是家鄉長山漁港，那個終年窩在卸魚貨區後方倉儲之間小隔間室的老人。野原稍稍驚訝自己怎會突然聯想起那個近似流浪漢的老人，不自覺睜大眼睛看著島主周圍幾個村長、副村長皺著眉頭、搔頭、嘆氣、搖搖頭安靜的等著島主回過神說兩句話。

野原的心思還是又回到了剛才腦海裡浮起的老人，那是個怪異又令人覺得有趣，或者難以理解的老人。幾個固定在漁港打零工或者消磨時間的長者說，那老人有個「伊屯」的姓氏，一個不屬於宮古島這個少有外鄉人出沒的偏遠小島該有的姓氏。但沒有一個人說得清楚關於他的歲數，以及究竟從什麼地方來，又什麼時候開始自己一個人在這個小漁港定居出沒的種種細索。

「你說的這些老人，他們哪裡老啦？他們沒有人關心過我，把我當一回事吧！」有一回，野原送了他兩條魚，閒談下，那怪異有趣的老人說了這些。

當時那老人正坐在一張長椅上，長椅的另一邊，放著一個半滿的酒瓶，久久地，老人才提起喝上一口。老人除了長時間呆望著小漁港的漁船卸魚，有時也會撇過頭注視著一些划著排筏，那些載魚前來與人交易一些糧食農產的漁夫。這樣的情形。幾乎成了常態，野原自然也注意到他，因而觀察了好一段時間。有一回野原剛打完魚，到漁港跟一些人交換糧食及其他物品，看見那老者遠望著他，野原便提了兩條魚過來送老人，還聊了一些話。日後有空，野原總會停下來與他說上幾句話，或乾脆聽他說話。野原不知道為什麼自己會受那老者吸引，那老者腔調怪異，知道的事卻非常的廣博。

或許是因為廣博的趣事吧！野原猜測著自己受吸引的原因。

最令野原印象最深的，還是當老者說到情緒波動處，便會將頭埋進他的雙臂中，喃喃地、呻吟似的說著野原無法辨識的話語，就像眼前島主的樣子。

呸，我怎麼把一個孤苦的老者，跟尊貴的島主作比擬呢？野原責怪了自己。

野原苦笑著，移動視線梭巡過其他半隱藏在晨曦輝映不到的昏暗角落的夥伴，然後目光又回到島主後腦杓那花白的稀少頭髮束。島主忽然抬起頭，雙掌仍摀著臉頰，注視著船長問：

「你是說，另外一艘船失蹤，現在……只剩下這艘船？這船……還能修補，還能用？」

「不！」船長只說了一個字，忽然沉默了。

「怎麼啦？」

「另外一艘船目前的確是失蹤了，也許……還會出現。至於這艘船……已經完全毀了，救生用的小艇也只剩兩個，我們必須棄船，登岸找尋其他援助，除非奇蹟發生，另一艘船忽然出現，否則我們都回不了家了。」

啊……低矮擁擠的船艙內響起連片的驚詫聲，隨後又整個安靜下來，時間久到船身隨著拍浪都搖晃了好幾回。每個人都清楚，以船長的專業關於船的狀況敘述，幾乎不可能會有敘述以外的狀況產生。

野原也稍稍受到震撼。剛才在甲板上，他沒看見附近海域有其他船隻，船員先前的說法雖然令他有了一點的心理準備，但是話由船長親口證實，他心裡還是悄悄產生了點絕望的情緒，心頭糾結起來了。心思沒來由地浮起了幾天前出門時，抱著小兒子，牽著大兒子的妻子浦氏，那淺淺笑容中極力掩飾的一抹憂慮。

啊！浦氏，我的妻，妳早預知了這樣的事吧？野原不自覺地苦笑。

長山漁港南邊小岩礁形成的小岬角，停放著他平時捕魚的一舟六尺寬的小竹筏。每一回，他扛起特意留下的漁獲與交換來的貨品，踩過岩礁，爬上十五尺高的小坡，再走過一片厚實的自然生成的防風林，一個寬敞平坦的短草空地便展開。浦氏，他的妻子，總會適時的在空地的對角，那一座婚前他花了將近半年的時間建蓋的木造矮房前廊的台階下，遠遠地微笑著注視他。他總要在這個時候哈哈的大笑幾聲，然後很有元氣的說著：宮古島第一流的拳士、最勤奮的漁民野原茶武回來了！然後惹得經常只是淺淺笑容的浦氏，開懷的露出一整排美麗的牙齒。

是的，她的牙齒小巧玲瓏，潔白又整齊！野原忍不住在齒間「吱」的吸了口氣，心裡這麼說。

「喂，松川，你有什麼想法嗎？」島主仲宗根玄安的聲音忽然響起。

野原的神智猛然被拉回現實，他注意到所有人的眼光都投向島主身旁一個體格壯碩的漢子，他認出那是島主的隨從頭子。

「我想……」那名叫松川的隨從清了清嗓子說：「先弄清楚我們在哪裡吧！我們觸礁了，旁邊應該就是陸地，稍早我透過船艙口看了一下，四周樹木高聳，我想這附近也許有住家，我們應該可以借得到一些工具修補船隻。」

「不！你剛沒聽清楚我說的話，船隻全毀了，無法修補！」船長插了話，語氣十分堅決！

「喔！我聽得很清楚，你也說了要登岸找尋協助，否則回不了家！」松川壓抑著聲嗓，也壓抑著一股忽然升起的莫名火，眼神炯銳地穿越過低矮、光線不甚明朗的擁擠船艙會議空間，瞪著船長說。

氣氛瞬間凝結，規律「轟晃」響著的海濤聲，也似乎停止了，所有人的視線都投射到松川與船長兩人身上。島主瞠著目張著嘴一時反應不過來。

野原本能地撇過頭向其他的方向瞻望，忽然大聲說：「喂，你們平常跟著我練拳的傢伙們，這個時候還裝病像個老弱婦孺啊？你們都下床吧！利用進出船艙的海水把你們身上嘔吐髒了的衣服洗一洗，也把船艙內清一清洗一洗吧！風還沒停以前，別讓我們大家悶在這樣像醃漬室一樣的空氣中啊！」

野原的聲音打破僵局，島主瞬間回魂，堆著笑臉看著野原說：

「哈哈哈……這個野原，你的腦袋還真是清醒啊！我看，松川，你招呼所有侍從配合著船頭清理這艘船。各位与人還有幹部們，你們跟我上甲板去看看吧。」

「這個……大人，上面風還颳著，怕您危險！」船長也覺得自己失禮，藉著阻止島主，緩和氣氛。

「哎呀，船頭啊！你真是無禮，當我是什麼人？我可是宮古島的島主呢，打魚、遠航的，什麼時候難倒過我？不過你說的對，風大還是要注意的。所以各位幹部，我們上去看一看，狀況不行就立刻下來，就別多逗留，知道吧？」島主仲宗根玄安向船長說著，又撇頭向其他村長、副村長、村幹事們說。

「松川，你們好好的清理啊！」島主喊著又轉向野原交代著。

「是！大人！」野原身子不自覺隨著船身搖擺了一下，一群人主動親近他，準備聽候差遣。

這裡的狀況必須好轉起來。野原腦海浮起屋子前那不算小的短草空地上，大兒子跨著前弓步，煞有介事地左握拳收在左腰，右拳緩緩伸出然後迅速擊出的樣子，心裡堅定的說。而潮浪聲又撲蓋而來。

4 沙丘上的監視

「等等啊！」

「來不及了！真是的，又輸了！」卡嚕魯的語氣在喘息中，出現了一點失望。

兩個飛快移動的人影，一前一後鑽出了五節芒草原，天色忽然大亮，兩人都急停了下來，半瞇著眼調整視覺。

真是的，阿帝朋這個鬼東西，不睡覺還是怎樣？又搶在前面了。咕嚕魯心裡著實不服氣，瞇著眼睛往前望去，喘息中，還暗暗的蹬腳。

「原來，天已經這麼亮了？太陽應該出海面了吧！都被這些五節芒草騙了。」亞路谷喘著氣停在卡嚕魯身後說。

「被騙了？亞路谷，你又不是第一次在這裡活動，就算是風雨天，雲層厚，遮蔽了太陽，難道你那眼睛也給遮蔽啦！」

「咦？聽起來你火氣很大啊，你沒事拿我出氣？我還沒跟你計較我臉上的腫脹呢！」

「哎呀，說這幹嘛，這裡的風還是很強勁啊！」卡嚕魯見苗頭不對，立刻岔開話題。

「你別想跟我裝傻轉移話題！風很強勁，跟我臉上的疼痛無關，你還是得跟我道歉！」

亞路谷幾乎是扯開了聲音說。

「哎呀，你還說啊，我們還要不要跑啊？」

「跑？」亞路谷想起什麼似的，忽然拔腿就跑。

「耶！你幹嘛？」

「我才不上你的當，我不先跑，待會兒又要跟在你後面，不知道你又要耍什麼詭計了！哇哈哈，你追我啊，我讓你好好的跟在後面聞屁！哈哈哈……」亞路谷的笑聲還沒停，已經一溜煙消失在前方。

「這笨蛋，這……什麼呀？」

卡嚕魯看著亞路谷遠遠消失的身影搖搖頭，便轉過身向左爬上短草被的小山丘。那裡，正有個人坐在山丘背海處，背對著卡嚕魯揮臂拭汗，披散的齊肩黑髮兩側，露出塞進圓扁平木片的大耳垂，晨曦中泛著汗水的光影。

這個四林格社的阿帝朋，不睡覺的阿帝朋，腳程還真快啊！卡嚕魯又心生不服，恨恨的咕噥著。

這是一個溪床出海口地形。以剛才卡嚕魯與亞路谷兩人所站立的位置來看，溪床向西向山坡延伸至山腰，是連片的高聳五節芒草原，也就是剛剛兩人快速奔馳的小徑所在。山腰後一個凸起的山崗後方，形成一整塊帶狀夾雜著番石榴與龍眼樹的雜樹林，往後便是卡嚕魯的部落——高士佛社。往東，因為終年海風強勁，只生長林投樹、瓊麻、大葉欖仁樹、海檬果等耐風耐鹹濕的植物，除此之外，面海向風處的草被，生長高度在膝蓋左右。卡嚕魯剛剛爬上的小山丘，位在廣平的溪床面向海的左邊，離海灘約五百米，這小山丘除了幾叢瓊麻，向海面爬滿了馬鞍藤，背風處，短草四處連結生長。

「喂！人呢？你這可惡的卡嚕魯，你又要我了！人呢？給我出來！」遠遠的，亞路谷氣呼呼的跑了回來，左右張望大呼小叫。

「這裡！」卡嚕魯叫嚷著。

亞路谷尋著聲音望去，看見小山丘頂上背風處坐著兩個人，揮手跟他打招呼，他火氣整個上來了，一步也不慢的衝上山，大聲罵：

「這算什麼啊？都說是自己人、好兄弟，每一次都被你耍了！要停，要上來難道就不能先說一聲嗎？氣死人了！如果要這樣，以後別找我一起出門了！」

「好了吧！誰讓你沒頭沒腦的胡亂跑，我有說要跑嗎？」卡嚕魯和緩著口氣說。

「你沒說？」

「我問了還要不要跑？可沒要你跑啊！是你自己發神經，大聲傻笑的跑了，還譏笑我不先跑，要我聞你的屁，你忘了？」

「我……好，就算你剛剛沒說要跑，你在路上也沒先跟我說在哪裡停啊！阿帝朋，你啞巴啊？不會說兩句啊！」亞路谷心裡升起了一點虛，聲音越說越小！

「好啦！再嚷嚷，那些人都要跑了！」卡嚕魯這回頭也不看亞路谷，手臂伸向海面，兀自坐了下來。

亞路谷悻悻然地以手掌抹去汗水，坐了下來，望向海邊，這一望，傻了眼。「這……這真是一條大船啊！」亞路谷張了口說，又遲遲忘了闔上。

只見那船以飛翔落地的姿態斜插進一大片的礁岩上，左舷右舷說好似的一塊擠進兩塊大礁石之間，誰也不肯慢個半秒鐘，誰也不願落後半步似的平衡插入。浪濤規律的拍擊岩石與船身，濺起高高的浪花把整個海岸塗抹成灰濛，也使得船的形影清晰又朦朧。他們注意到那是一艘上層塗著黑色漆料的大船，船頭船身都有些破損，船身體下半部好像陷在礁岩下。甲板上，幾個人影跌跌撞撞的工作著、來回著，不一會兒，又全部消失不見蹤影。

「這麼一艘大船，還真是少見啊！裡頭應該有不少好東西吧！」阿帝朋說。

「如果是這樣子，我們得好好想辦法拿些什麼跟他們換。也不知道這些人是從哪裡來的？說什麼語言？會不會小氣的不肯給東西啊？」卡嚕魯盯著船不自覺的說。

「我聽過幾個老人說，十幾年前在龜仔角社的海域也出現過兩艘會轟出大砲彈的大船，一百多將近兩百個洋人帶著槍上岸要殺龜仔角社人，還好那些人搞不清楚這裡的地形以及環境，結果被打敗，還死了幾個西洋人。」阿帝朋似乎不想接著卡嚕魯的話，說了另一件事。

「為什麼？」

「據說那個之前，有兩艘船來過龜仔角社的海域，船上來了十三個洋人和一個百朗，給的東西都是他們見都沒見過的，後來不知道什麼原因跟他們打起來了，最後除了一個百朗跑掉，龜仔角社的人都把他們全殺了，船上的東西都帶了回去。那些老人說，他們那些貨品還真是好東西，那些穿的布、喝水的杯子、一些發亮的圓金屬。還有一種神奇的伸縮管子，一拉開可以清楚的看見現在那艘船上的臉孔。」阿帝朋說。

「喔，我知道那個東西，他們叫鐵樂絲古，柴城那些百朗好像說那是望遠鏡。有聽說那些好東西現在在哪裡嗎？阿帝朋。」卡嚕魯。

「怎麼還會留到現在呢？聽說，那些百朗不知哪裡得來的消息，第二天就跑去他們部落，說東說西的，又送酒又說借去看看的，把一些都要了回去，結果東西後來也都不見了！」

「那多不划算啊！」

「不划算？幾桶酒都喝了，這個『划算』怎麼算啊？想想，哪一個部落人能捱得住那些百朗的嘴皮子而不動搖的呀？只要他們想要的，到最後也都一定會被他們弄到手。不過，老人家強調，那一次的貨品的確賣出了一些好價錢，但也有一些東西看起來真的很好，那些聰明的百朗卻不敢要。」

「為什麼？」

「不知道，沒有一個老人說得清楚，最多的說法是，百朗不喜歡有女人碰過的東西。」阿帝朋說，眼光餘角看見亞路谷盯著那艘船一動也不動的樣子。

「百朗不喜歡有女人碰過的東西？哇哈哈，阿帝朋，好歹你也是個平常沒事就喜歡跑幾個部落，聽別人說故事閒扯的人。你會相信百朗不喜歡女人碰過的東西這種鬼話嗎？還有，難道，那艘船真的有女人跟上船？」卡嚕魯像聽見什麼新奇事，笑得往後仰。

「唉唷，那是那艘船船長的女人，那些老人家說，他們也分不清楚她是男人還是女人，手長腳長身材都比我們的男人高大，連手臂的毛都比他們多，當然後來也被殺了！老人家說，這一件事之後，來了一個好像是當官的，帶了六、七個人想跟龜仔角社的人做朋友。說了女人的事以後，老人們還覺得很不安心呢。我們可不殺女人的啊！我猜想，那些百朗一定事前知道什麼事，或者他們嗅得出哪些東西有什麼危險！所以不敢買下那些東西。」阿帝朋回過頭看了一眼卡嚕魯說。

「阿帝朋，你越說越有意思，危險可以嗅得出，這我知道，只不過那些百朗真的知道後來會發生什麼事嗎？」

「那些百朗知不知道後來會發生這些事，我不知道。也許他們有預感吧？因為後來洋人開著兩艘帶著大砲的大船，就是為了報仇！當時那個當官的洋人來交朋友，也是要求龜仔角社的人，歸還洋人的頭顱還有當時搶來的東西。最後那些老人也只能還那些百朗不要的東西了，對了，就是那個被殺的女人的東西。」

「那女人的東西究竟是什麼玩意兒啊？」卡嚕魯好奇心大起地問。

「四年前的事了，誰記得那麼清楚，就算記得，又哪說得出那女人的東西是什麼？叫什麼？有個老人說好像是個包包，還有像是放在頭上的金屬吧，說完他自己也搖搖頭。當時，那個洋人的官員看到這些東西，立刻就咬定那個女人和她的男人，是被龜仔角社人殺的。整件事後來在豬勞束社[1]大族長卓杞篤出面，才平息了下來。聽說還寫了什麼字的，說以後要他們不殺洋人，如果洋人拿了紅色布旗走來，就要幫助他們。」阿帝朋說，順勢又看了一眼亞路谷，發覺他頭臉的汗水乾了，目光仍一瞬也不瞬的看著那艘船。

1 今之恆春里德村。

「看來那些百朗是知道這些事的，若不是他們太敏銳，就是他們有過這一類的經驗。」卡嚕魯說。

「呵呵……你說這話聽起來奇怪了，這麼多年來，我們所聽說過的搶奪事件，除了我講的這一次是龜仔社幹的，哪一次不是百朗幹的？開船搶劫的，沙灘搶劫的，還少得了百朗啊？他們沒事不殺人倒是真的。」阿帝朋又看了一眼亞路谷，說：「喂，牡丹社的亞路谷，你太安靜了，說點什麼吧！」

「是啊！亞路谷，你該不會還生氣我讓你先跑了吧？唉唷，你怎麼這麼彆扭啊？好好，我跟你道個歉，這整件事完了以後，我打頭山豬跟你賠罪好了！」卡嚕魯看著亞路谷左臉的紅腫，也覺得過意不去了！

亞路谷似乎不理會卡嚕魯討好的聲調語氣，表情堅定、輕皺著眉頭望著那艘船說：

「龜仔角社的處理沒有什麼不對啊！保護自己的領土殺了那些洋人更沒有錯啊！你們別忘了每個部落都傳說的事，說兩三百年前那些西洋人屠殺龜仔角社人，殺得龜仔角社只逃掉三個人，當時他們殺人幾乎就是要滅絕龜仔角社人，也看不出來有手軟的跡象啊！再說，東西不拿，那些百朗也一樣會搶光光。龜仔角社沒有錯，如果這些外族出現在我們牡丹社，沒有好的理由，我一樣砍下他們的人頭。」

「哇，果然是牡丹社的亞路谷，這樣，誰敢踏進你牡丹社啊？」卡嚕魯說。

「怎麼？你又想說什麼啊？你這個奸詐的卡嚕魯？」

「耶？兄弟一場的，你怎麼這麼說我呢？別的不說，我跟你一起打獵這麼多年，我佔過你的便宜？」

「我……」亞路谷稍稍語塞，想想，確實沒有，卡嚕魯雖然常常作弄他，卻也是經常照顧他，處處行他方便。

「好了，兩位！你們想過沒？這艘大船裡的人，究竟是什麼樣人？」阿帝朋插了話阻止兩個人繼續鬥嘴，「不管那是遠處航行而來的百朗還是洋人，你們想想，那些柴城、保力的百朗什麼時候會開始來搶奪這艘船？又會怎麼個搶奪法呢？」

「是啊！這不是我們的約定嗎？每個颱風過後，風雨停的時候第一時間來巡視海岸線，看看會不會發生什麼事？」卡嚕魯說。

「牡丹社距離這裡海岸最遠，為了兄弟情誼，亞路谷也都依約來了，現在最重要的事是注意這艘船有什麼狀況，你們就別花時間在鬥嘴這一件事吧！誰知道，眼前這條船，將又會掀起什麼樣的波瀾啊？」阿帝朋看看兩人，和聲的說。

「這……」亞路谷欲言又止，看了一眼卡嚕魯，撇頭望向那艘船不語。

風持續颳著，又似乎減弱了許多，短草被的小山丘上，背風處三個二十出頭，來自三個部落，配著刀前來履行颱風前約定的青年，都靜了下來好一陣子，目光齊注視著礁岩上，那艘在規律拍浪的節奏下搖晃的奇怪大船上，期待看到他們一直以來所聽說的，關於海灘上劫掠的事。

而他們鑲進了木環的超大耳垂，似乎也極力的想聽清楚那海邊礁岩上的大船，究竟言語著什麼。

5 長山港老者

「一定得想想辦法啊！」島主仲宗根玄安這一回並沒有把頭埋在雙臂中，只輕皺著眉看著船長。

「大人，剛才的情況您是看到了，除了兩艘小艇，船上其他東西都不見了，船桅、划槳，連綑綁固定的繩索也沒有幾條是完整的。」船長眼神望向島主，隨即又低了下來，聲調平緩地說，顯然不想過度刺激仲宗根玄安。

「的確是這樣的，不過……難道……沒有辦法可想？」仲宗根玄安說著，下顎一撮鬍鬚簌簌地顫動，讓人分不出是因為他的心情激動，還是灌進船艙的海風賞了他一道道的耳光。

野原有些不忍心，想開口說什麼，但一聲異常「轟晃」的海潮聲撲來，讓他倏地噤聲。霎時，除了風吹入船艙的叫嗚聲，眾人都沒開口，艙內都安靜了一會兒。他轉向船長望去，正巧船長不經意的撇頭與他四眼相對，只一會兒他又瞥向島主。

剛才島主仲宗根玄安帶著村長、副村長等人上了甲板，沒多久又統統擠回船艙內，引得原來正在清洗整理的所有人員，自發性的圍靠聚攏過來，就像先前的會議並沒有解散一樣。還好，野原適時提出清洗整理的建議，船艙內空氣清爽多了！

「大人，現在著急也沒什麼用，還好我們還有兩艘小艇，等風稍微小一些我們就登陸。我看那陸地樹木高聳，離開海岸不遠的地方植物看起來也很茂密，應該會有些住民可以提供協助的。」船長說。

「這會是什麼地方？」一直沒說話的幾個村長群中，一位村長問。

「不知道，不過，冬季這樣吹著東北季風又颳著颱風，居然不覺得冷，可見，我們的位置應該很南邊了！」靠近島主身旁的松川瞄了一眼船長，隨即又把眼光收回接了話，似乎想扳回剛剛被船長頂話感到失去的顏面。

「的確是很南邊了，希望不是在台灣的海域。」船長說。

「台灣？」船艙內忽然哄亂起來，各角落的眾人幾乎是一起低吟，形成一股低吼。

「呵……如果是那樣，應該沒問題了！我們與台灣北部的一些漢人有交易往來的經驗，如果允諾他們一些金錢，我們應該可以得到一些協助的。」一個穿著華麗衣裳的人開心的說著。他的話似乎引起了一些回應，好幾個同樣穿著華麗，卻有著不同形式裝扮的船客也跟著開心的點頭發出笑聲。

「你們首里來的商人官員大爺們，真是樂觀啊！」船長看了看其他寒著臉深鎖眉頭的船員們，又轉向剛剛發言的船客，眼神有些輕蔑的說：「這裡應該是台灣東部或者南部。」

「東部或者南部？這有差別嗎？難道這裡的人不做生意嗎，賺錢的事，沒有人不愛的吧，不是嗎？」

「是啊，如果是那樣，我一定要好好的觀察一番，看看有什麼特別的貨物，等回到琉球，我們組個商團來做生意。」另一個也穿著華服的人說。

說話的幾個首里來的商人，都開心的相互對望著，完全無視其他人深鎖眉頭所泛起的憂慮氛圍。

「就是嘛！台灣東部南部跟北部會有什麼差別？當船頭的把船看好，就算是盡到責任了，首里的官員與商人想幹什麼要你操心嗎？」松川似乎是逮到機會，想窩囊那船長。

「閉嘴，松川，當個隨從，你守本分的安靜些，別無禮的插入這些話題。」島主仲宗根玄安喝斥著！

「是！大人！」浪濤聲稍稍遮蓋住松川的應答聲，悻悻然後退了一步，眉宇間忽然生出一絲憤恨。

看來，島主周邊的人並不了解這些地理位置！野原心裡不禁嘆一聲。

稍有經驗的船員們都知道，台灣是宮古島西南方的一個大島，一些商人甚至還與北部幾個港口有零星的貿易往來。剛剛的船員亂哄哄發出低吼聲，是因為知道台灣到宮古島的距離，就差不多是宮古島到琉球的距離。這個距離在平時船狀況好的時候還行，目前船體的狀況，除非造新船，否則僅僅是修補，冬季想航行太平洋潮流回宮古島，水流變數非常的大，物資飲水也需要一定的儲備。所以船長對船體的輕描淡寫，令船員都感到驚訝震撼，幾個商人的天真無知，卻也讓一群人也不知該如何了。野原的喟嘆，也有幾分輕蔑的意思。

艙內溫度因為人員聚集談話與活動而稍稍提升，幾個透氣艙口照射進來的光線變得比較明亮，人臉輪廓與肢體比畫伸展的聚集空間，漫瀰著淡淡的氤氳。船員們的憂心與那些來自琉球王城首里的商人們的歡心，形成宛若船艙內外視線與空氣的反差對比。野原只能想到這個比喻，因為由他所擠站的位置看出去，船艙外隨著潮浪規律又間歇飄灑過的浪花，所形成的水氣薄霧，在一整片光亮照映下，隱約地浮現出一道黛藍色帶有些沉鬱氣息的山稜線；與艙內幾個村長與島主一直低沉輕搖頭顱的焦慮身影，光影下時而清楚時而暗晦，有著不至於過度衝突的對比反差。

連這些大人們也擔心了！說不定真的接近船長說的台灣了！野原抿了抿嘴，輕皺著眉頭心裡嘀咕。他聽過台灣這個島，在宮古島與下地村之間的長山港聽過一些船員不是十分肯定的謠傳，說這個島上出沒著一些食人族，除此之外，沒聽過關於台灣島的一些風土民情。

想起長山漁港，野原沒來由的想起了港口邊角落那個特異的老者，曾經說過一個故事。說有幾個水手瞞著家人，跟著大船到遠處找尋寶物與買賣貨物，有一回大船離開港口，沒算計好飲水量，所以中途被迫在一座島嶼靠岸尋找水源。那是個遠離宮古島南方的島嶼，有個綿長的海岸線，船登陸靠岸的海岸充斥著瓊麻、銀合歡樹，稍稍內陸的地方長著高聳的五節芒。那是夏天時間，天氣相當炎熱，即使到了傍晚前，水氣蒸騰地讓遠遠的景物看起來扭曲舞蹈。

「他們後來決定登陸找淡水。」那老人說這話時，眼光是飄向遠方，有些肯定又有些緬懷。

那是個由沙岸與岩岸交錯、接壤又分段而成的海岸，沙岸由黑色玄武岩砂粒組成，岩岸則是珊瑚礁與火成岩融合而成岩礁。沒有既成的道路，只能沿著海岸不時穿越紅樹林，偶爾陷在沙地偶爾踩在水裡前進，最後朝著一個看起來是山谷的地形曲折前進，在穿越過林投樹、紅樹林、竹林、蘇鐵等雜樹形成的廣大樹林後，終於發現了一條清澈的野溪，從一座濃密的樹林流出，匯聚成數個淺淺的水窪，然後繼續流向海邊。眾人大喜，在接滿了水桶之後，也忍不住的脫下衣服泡進水裡戲水解暑。不知怎麼的，在靠向山的方向溪水上游，同時響起了一陣女人的驚呼。眾人第一時間就起身前去觀察，發現在他們戲水嬉戲的水窪隔個濃密的茅草雜樹叢的溪水上游，有一個可以容納五、六人的水潭，幾個皮膚淡棕褐色的女人，正驚慌的朝樹林內逃竄，那上下亂顫的乳房以及顛顫顫的臀部，惹得眾人哈哈大笑。眾人隨即回過神，驚覺離船太遠，太深入陸地恐怕發生危險，所以趕緊離開溪畔回程。就在他們接近泊船地時，發現一個男孩正緊緊跟著他們，因為驅離不成，只好帶上船。

「是那個水手後來跟我說的！」那老人又隨即跟野原這麼說。

野原想起那老人後來緊接著補充「那可真是奇特的地方啊」的表情，他不禁輕揚起嘴角，彷彿見到自己年幼時，每當認真說完一件事時，總要加強補充一句以便強調事情的真實性，那樣的童稚與認真模樣。

兒子們會延續我的習慣吧？野原腦海浮起大兒子常因為爭辯又不知如何表達，常急得臉頰上紅通通的，心裡一陣甜。

他不經意抬眼，卻發現船艙內依舊漫瀰著眾人一直沒散去的焦慮、憂心與沮喪，一如規律襲來的浪潮拍擊聲，「轟晃，轟晃」的持續著，偶爾增強偶爾減弱，聲音與船身搖晃卻是不曾停歇，連那些商人們也已經收斂起臉上的喜悅。

如果那老人的說法沒有太大的落差的話，眼前這個海岸應該也有可能找得到一些居民住家的。野原心裡想著，腦海浮現起稍早他在甲板上向陸地瞻望所看到的景象，那些灰濛水氣遠遠的背後，那高聳的樹梢線，或者山稜線，因而又陷入一陣沉思，卻隨即被一個聲音拉回現實。

「台灣東部、南部跟北部真的有差別嗎？」

那是先前那個喜孜孜地大談生意經的首里商人提出的問題，語氣卻顯得疑慮迷惑。

「有沒有差別現在不重要，現在船毀了食物流失了，連淡水也只剩下一點點，能不能撐過今天還不知道呢。再不下船，要不了兩天，就算我們現在人在首里海岸，我們都要渴死餓死了！」船長沒好氣的說，隨即又朝著幾個夾在人群的船員叫著：「喂！你們這些傢伙，都給我上甲板上去，把救生艇準備好，我們想法子上陸。」

「唉，船頭啊，唉……」島主仲宗根玄安一時也不知道怎麼回應，抬頭看了看船長，又看了看其他村長，搔了搔頭，忽然長嘆一聲，把頭埋進兩臂寬大的袖袍之間。

船員開始移動，其他人「嗡嗡」地細聲交談，那是一種壓抑正在蔓延的恐慌氣氛所發出的聲音，聽似鎮定低緩，卻不時出現一兩聲尖銳聲調與急促又中斷的換氣聲，在規律又持續撲蓋而來的海潮聲下，依然清晰可辨。

野原感覺一股強烈的飢餓感，使得四肢末梢輕微的顫抖與虛脫的暈眩，已經由已經掏空的腔體向上竄到腦門。才驚覺已經幾天沒進食，他下意識地看看其他人，感覺每個人似乎都呈現出一種極度挨餓的忍耐中。

「你們幹什麼?」船長忽然嚷了起來，船艙內一陣騷動。

「待在這裡也不是辦法，我們得試著登陸找支援!」松川說著，人已經踏上船艙的樓梯，幾名隨從也跟著準備上甲板。

「等等，我們一起上去吧!總要有人試試!」船長沒等島主反應過來，望著松川等人說。

「甲板狹窄，風也還沒完全平靜下來，沒事的人就待在底下，沒聽到招呼都別出來妨礙工作。」船長又對著其他人說，說完，幾個船員都跟著出去了，船艙頓時空出了一些空間，島主仲宗根玄安與幾位村長隨後也都爬出船艙。

男人的尊嚴吧!野原心裡悄聲的說著。

他說的是剛剛松川與船長在言語上的針鋒相對，後又遭島主斥責的屈辱感，使得松川在氣頭上斷然決定離開船艙找點事幹。

看著一夥人陸續爬出艙外，野原半坐半靠著通道旁的矮櫃，忽然自言自語:

「現在能吃個地瓜泥多好啊!」

「野原兄，你餓昏頭啦!哈哈哈!」冷不妨從角落傳出了幾個人的嘻笑聲。

「是啊，這個時候誰不餓啊?」

「的確是啊!」

三兩聲交談中，島主與幾位村長又回到船艙內，眾人都靜下來了。

野原稍稍挪動身子靠向矮櫃，想起地瓜泥，嚥了嚥口水，愈發氣虛無力，心思飄回了家裡。

他最愛吃地瓜泥，那是將地瓜水煮後，剝了皮放入鍋子裡，以飯匙或小短木棍不斷壓擠攪動，成為泥糊狀。他不喜歡盛碗大口吃，偏愛以手指挖來吃，每一次都要吮個幾回，把滲入指甲縫隙的地瓜甜味香氣舔得乾淨後，再挖一指來吃。幼時，他可以這樣吃個一上午或者一下午。結了婚，他想辦法在自己建蓋的木屋後方，開闢了一小塊的田園種植地瓜，以及他從長山港與人交換得來的旱稻。他的妻子浦氏就常為他準備這樣的甜食，閒聊時當甜點吃，大兒子也常學著他，挖了地瓜泥整個手指放進嘴裡當奶嘴吮，但也有時候肚子餓，一個人吃急了，鼻孔塞滿了地瓜泥不能呼吸而驚慌哭鬧，或者下顎沾了一大坨，讓院子邊幾隻鵝追著啄食而大哭！

這小鬼唷！野原想起兒子忽然笑了，又不自覺將手指頭插入口裡，想著妻子浦氏笑他像個孩子一樣的甜美笑容。

6 柴城女人的月經帶

「哈哈哈……卡嚕魯啊，一個故事編來騙騙人，一次就算了，又不是多麼精采，講了這麼多次你不累啊？」

「唉，我說過多少次了，這是真的事！」

「就算是真的，講三遍就煩了，怎麼會有人像麻雀一樣，吱吱喳喳一直說一直說個不停，內容又都不會改呢？」

「改？亞路谷，你編一個不會改變的故事給我聽啊，呸！」

「咦，難道我說錯啦？不然，你說說看，你說了多少次的那個布條是幹什麼的？怎麼會有人在後院曬有血漬的布？」亞路谷聲音提高了不少。

距離那個不明大船觸礁的海岸邊約五百米的小沙丘上，三名頭髮齊肩，耳垂塞著圓形木片的漢子，緊盯著那大船的動靜，卡嚕魯耐不住，說了不知道已經說了幾遍關於三個月前在柴城發生的事，引來亞路谷的回嘴。

卡嚕魯說的事是，三個月前，中國曆法的農曆八月，卡嚕魯與高士佛社幾個部落青年代表他父親，帶了些禮物到柴城接受當地娶了部落婦女的漢人家庭招待。近傍晚回程的時間，卡嚕魯被幾個漢人婦女刻意壓低的交談聲所吸引。他壓抑不住好奇心，所以支開其他人，故意脫隊繞到聲音的矮隔牆外一棵構樹旁，想看看到底那些人在幹什麼。

那矮牆內，有一個土磚砌的小屋子，卡嚕魯不知道那是什麼作用，但確定的是，那交談聲就在矮牆與那小屋子之間。卡嚕魯才剛剛覺得疑惑，忽然看見一個穿著漢式短衣裳的女子從矮牆內站了起來，露出手臂，濕著手拿著兩三條手掌寬的長布，掛在那小屋子與這矮外牆之間的一根短竹竿上，隨即又蹲了下去，似乎在洗滌什麼。卡嚕魯看呆了，待回過神，好奇心忽然大起，他伸過手越過牆拿了其中的一條，但隨即被發現，牆內有三個女人，都驚慌地站了起來瞻望，還不時咕噥交談著。卡嚕魯機警閃進樹與牆的之間的狹小空間，待那三個女人穿過院子追出門時，卡嚕魯已經走出另一個轉角，並停在巷子口怔怔地望著手上那塊長布。

那是一條約有兩個手臂伸長、一手掌寬的布條，前端約兩個手掌長度的位置，疊層縫了幾塊布，大小也差不多就一個手掌大，上面有些條狀與斑斑點點的舊血漬。卡嚕魯忍不住地拿起湊近鼻子嗅了嗅，接著不顧長布條濕漉，先試著纏在手臂，隨後又纏在額頭上，他想像那是包紮傷口的東西，纏在腰上又覺得哪裡不對。正準備離去，長布忽然被人一把搶去，卡嚕魯還沒反應過來，一個紅臊的女人臉已經映入眼簾，耳朵瞬間灌進許多聲音，但他只聽懂「生番」的兩個漢字讀音，當下他完全傻了，杵在那兒呆望了那女子跟著其他兩個女人消失在另一個巷口。

這件事當然還是引起了騷動，那女子院子的男丁們看到三個女人跑出院子，都警覺的跟了出來，見到楞在巷子口腰間佩刀的卡嚕魯，又顧忌的遠遠站著，看著三個女人帶著搶回的布條回家。而跟著卡嚕魯的一群青年見不到卡嚕魯也回頭找尋，恰巧見到他一語不發的站著被一個女人劈哩啪啦的罵了一陣。

「後來，你搞懂了沒？那塊長布是幹什麼的。」阿帝朋問。

「我管他是幹什麼用的，剛開始我還認真的想，後來連想都不想了。怪怪啊，那女人的手臂還真是白啊，咬一口不知道什麼滋味！」

「喂，你真是的，重複講了三個月的事，沒弄清楚那塊讓你挨女人罵的布，卻只記得她露出的手臂啊？呸！」亞路谷朝旁吐了口痰不屑的說。

「呸？亞路谷，你知道個屁啊！」

「我知道個屁？哈哈，卡嚕魯，那個布是用來幹什麼的，我的確不知道，但是你沒事就往柴城跑，還有幾次被柴城的男人追著跑的事，我可是清楚的。還有，我們部落嫁到柴城的女人傳出話來，說有幾回看到你鬼鬼祟祟的到柴城，跟一個百朗家的女人講話，這我可是知道的！」

「你……」

「我？我怎樣？說什麼兄弟一場，跑來這裡挨風受雨的，你招呼得勤；去百朗城裡吃香喝辣看女人，你卻自己偷偷去，我呸！」亞路谷表情有些誇張，瞠個眼直瞪著卡嚕魯。

「我……嘿嘿嘿……這種事……」

「這種事？你說清楚又怎樣？三個月你反覆講了多少遍關於那塊布，你就明講你看上了百朗家的女子，那又怎樣？」

「我……」卡嚕魯失去了先前的機靈與主動，忸怩地撇過頭又直往海灘那艘船看，而海風還一搭一搭地吹著岸邊一大片林投樹葉。

「那個布，到底是幹什麼用的？讓你記憶這麼深刻。」阿帝朋插了話，想緩和氣氛。

「那個……」卡嚕魯停了停，看了一眼身旁鬥嘴的亞路谷，忽然覺得眼前這個向來沒心機的兄弟夥伴，居然這麼清楚自己，心裡一陣感動。

「你該不會說那是用來包奇納富[1]吧？」亞路谷說。

「奇納富？呵呵……我真要說那是包奇納富的，你敢吃啊？」

「哼！能吃的，我為什麼不敢吃？就怕你小氣不給！」

「好，我說。不過先說明喔，我事前並不知道那是什麼東西。」卡嚕魯看了一眼阿帝朋，又撇過頭看著亞路谷說：「那是女人泥石崩流[2]來的時候用的東西！」

「泥石崩流？」亞路谷楞了一下，忽然：「哇哈哈，卡嚕魯，全土地上的人，我看只有你幹得出這檔事。不過，你會不會被巴里西[3]啦？一塊布貼在她的谷崎[4]，然後你貼近鼻子聞一聞，又纏到你身上。哇，你要小心啊，我聽過這個巫術，要不了多久，你會被吸乾死掉的。哇哈哈……」

---

1 排灣族以葉子包糯米或小米的粿或粽。
2 或稱土石流，牡丹地區女子對月經的別稱。
3 下巫咒。
4 牡丹地區排灣語，女性生殖器。

亞路谷說著說著又忽然大笑，笑聲像是受驚嚇的一團在收割過稻田撿拾落穀的麻雀，忽然升空炸開向海灘方向流洩飛去，那嗡嗡的聲律在海風與濤聲的切割下，急速的膨脹、稀釋又倏地停了下來。亞路谷張著口，注意到阿帝朋、卡嚕魯並未跟著他大笑，或者應付地陪笑，只輕皺著眉，神情略顯緊張的，兩手撐著地，緊緊盯著海岸岩礁上那艘沉船。

「怎麼了……」亞路谷順著兩人視線望向那船，才闔上說話的嘴又張開，倏地呆望無語。

日出已經過了約略一個小時，海岸的上空雲層早就破碎，陽光趁隙穿透而下，令海灘上變得明亮，海面上隨著風泛起的潮浪與水氣也較稍早前晰剔霧白，但並未完全遮蔽那艘觸礁大船周邊的景物。只見那船被懸架在一個大範圍的岩礁上，周邊還包圍著不算小的浪湧，湧起沉落，激起的碎沫浪花，隨著風撲上船身，一陣又一陣，而船上甲板陸陸續續的出現了一些人。

「他們在幹什麼？」亞路谷提高了聲音說，「咦，那是另外一艘船嗎？船上怎麼還有船？他們想幹什麼？」

「亞路谷，你能不能安靜一點，仔細看看他們在幹什麼？」卡嚕魯頭也沒回的說。

亞路谷有一股不受重視的不舒服，但遠遠的看見那船上有些人正在取下一艘救生艇，而船艙內不時還有人鑽出船艙，也覺得好奇，一下子沒了火氣。

「嗯？這一批人跟剛剛那一批人不一樣，那艘船裡究竟有多少人啊？」阿帝朋說。

「他們在幹嘛？下海嗎？這海浪還不算平靜，那些礁岩周邊一定又是急流，一個不小心就得撞上，這些開船靠海吃飯的人，不會不知道這事吧？」卡嚕魯指著船幾乎是輕嚷著。

吹向陸地的風早已變得溫馴，視野所及的一整片海域還是灰濛，連原本該張刺著金色晨曦的太陽早已離開水面，卻也軟疲的掛著，猶如灰色牆上掛著的淡灰色銀盤。即便如此，船隻所處的礁岩海域，仍然明顯地泛起連片的白色，宛若泡沫或棉絮、雲泥的景象，說明那一帶的海岸，浪湧與礁岩間，仍處於激烈碰撞的狀態。卡嚕魯的吃驚在於，這種激浪不能下水的常識，連他們這些山居部落的人都知道的事，那些看起來顯然是靠海維生或者與海有著關連的船上人，怎麼會發生在這個時候嘗試下海的念頭？

「或者，海上的人比我們更清楚這個狀況，而他們有著更大的本事吧！」阿帝朋說。

「可能吧！不過，一艘船上放著一艘小船，不對，兩艘小船，那個船上有兩個小船。怎麼會這樣，怎麼會這樣？」卡嚕魯幾乎是嚷了起來。

「呵呵……你這個高士佛來的卡嚕魯，你到底想說什麼？一艘或者兩艘小船，你這麼大驚小怪的。前面我們說了半天龜仔角社殺的人，就是大船觸礁之後，那些西洋人帶著女人搭小船上岸被殺。那些船就是這種小船啊，這有什麼好大驚小怪的。」亞路谷眼裡出現了一點「你連這也不懂」的不屑意味兒。

「咦？亞路谷看你的眼神這麼驕傲，好，我問你，你看過這種小船？」

「這……」

「你看過小船從大船卸下然後下海？」

「這……」

「你這什麼這？沒見過你裝懂什麼？」

「你……」

「我？我怎樣？」

卡嚕魯瞬間扳回顏面，但也沒有繼續擴大戰果的意思，因為那艘觸礁撞毀的大船上，救生艇已經被放下海面，接著一個人登上了小艇，然後緊拉著繩索，讓小艇盡量靠近大船，接著又有兩三個人進入小艇中。

這過程是緩慢的，卡嚕魯等三個漢子無法清楚的看著船上人的面貌，但憑著他們身形舉動，也理解到這些下小艇的人，是如何的小心翼翼與戰戰兢兢。破船與幾塊礁岩之間，小艇隨著浪湧而上上下下又左右偏離，令小艇上的人都緊抓著船舷，其中一人還吃力的挪動身子並伸出船槳。

「他們顯然是想要上岸了，不知道他們有多少人啊。卡嚕魯，你不回去通報，讓部落長老們心裡有個底啊？」阿帝朋說。

「是啊，我們都不知道這些人是幹什麼的，來這裡有什麼企圖，在這裡上岸往裡走，第一個到達的就是高士佛部落附近的田園，不回去報告，這些人忽然都出現了，誰知道會幹出什麼事來。」亞路谷說著，忽然又指著海上驚叫：「又下來了一艘！哎呀，那不危險嗎？」

只見那艘觸礁的大船邊舷又放下了一艘小船，而風突然加劇。不僅海面浪花變得更碎、更密，而範圍稍稍變廣闊，連吹進三人所在的小山丘的風，也夾帶著細沙形成一種壓迫與刺痛。三人節制與刻意的壓抑呼吸的力度，緊閉著唇，瞇起了眼睛注視著那剛下水的小艇，像紙糊的一般輕盈飄搖，才風起似的揚起上升又快速的掉落下沉，才靠向船舷，又極速往外飄遠，急得船上眾人比手畫腳的緊拉繩索，深怕小船被浪湧拉扯離去。三人聽不見船上眾人吆喝或驚慌失聲，但是船上眾人慌亂的比手畫腳中，三人還是清楚的理解那股慌亂與危險。三人並沒有繼續注視這一艘甫下水的救生挺，因為另一艘先前下水載有約六人的小船，已經稍稍遠離擱淺的大船，正沿著礁石岩塊之間的水道向岸邊移動，載浮載沉時左時右，不規則的傾斜擺盪，看似橫移又似原地打轉。船上六人緊抓著船舷避免被甩落海面，無人搖槳而浪花持續打上小船，驚得陸地上專注觀賞的三人目瞪口呆。

「他們究竟要幹什麼啊？風浪根本沒有變小，這樣也能坐船？」亞路谷大聲說，一口沙撲進了他嘴裡。其他兩人見狀，半舉起手掌遮起臉。

「這些是什麼人？為什麼會出現在這裡？這麼高明的駕船技術以及膽量，又怎麼會陷入這樣的危機？」卡嚕魯說。

「我怎麼有股深深的不安？」阿帝朋簡單的說，透過手掌遮臉的指縫間望向海面上的變化，忽然緊鎖著眉頭。

三人的話語頓時失去了交集卻又全聚焦在海面上，一艘載了六人在海湧中載浮載沉隨時撞上礁岩的救生艇，一艘甫下船卻沒人敢繼續登上的小艇，以及破敗大船甲板上一群慌亂的人。你一言，我一句，然後無語，眉頭深鎖。

7 暗礁

船體的規律擺盪忽然加大，潮浪聲也因而變大，使得船艙內「轟晃」的共鳴聲變大，野原無意識的晃著身體，思緒被一陣從甲板上傳來的雜遝與驚慌失聲打斷。

「怎麼了？」船艙外有人驚聲問道。

那聲音在浪濤聲中隔著甲板的厚度傳了進來，彷若隔著老遠的距離，令人多了些疑心與糾結。

「怎麼了？」又有人問道。

甲板上似乎更慌亂，驚呼聲忽然四起，船艙內幾個角落起了騷動。

「翻船了，翻船了，快點，想個辦法啊，他們翻覆了！」

一個大聲喊叫的聲音，引起了眾人的好奇與驚慌，船艙內瞬間「嘩」的暴起了議論聲。野原第一時間爬上了甲板，一些手腳快的也跟著爬出船艙，後續一群人爭著想爬出艙外，卻被站在甲板上的船長大聲喝止：

「都留在船艙，別上甲板妨害工作，你們幾個上來的快幫忙。」

船長的斥喝聲喝止了船艙內的人繼續上到甲板，但狹窄的甲板空間，塞上將近二十個人，還是稍嫌擠了些。一些體型單薄的人都退到船弦的另一邊，甚至知趣的退回艙內，野原以及幾個身型較為壯碩結實的，趨前協助拉緊繩索固定才放下水的救生艇，避免因為大浪拉扯撞擊船身而撞毀。船長以及其他船員則望著二十幾個船身外，一個翻覆倒扣的小船艇浮浮沉沉，又不斷隨浪湧推送而一次次改變方向形成原地旋轉現象，不時有人驚呼。

「怎麼只看到三個人啊？其他三個人呢？」船長嚷著，又朝著那小艇大聲叫道，「喂！你們撐著點啊！」

那艘小艇是稍早以前，不顧船長的叮嚀，氣呼呼的率眾爬上甲板的松川，逕自強行卸下一艘救生艇。船長還猶豫該不該放行，松川已經斥喝著其他五人，解下纜繩，小心緊張的登上被海湧上上下下推舉的小船。隨行的五人難掩懼色，登艇中還不時望著松川，以至於有人失足跌坐。但是松川寒著臉色，怒視著海岸一語不發，沒等最後一個人站定位便開始划槳，造成船身搖晃船員踉蹌，引來小艇與觸礁大船上眾人的驚呼。

松川那小艇剛離開船身時，風浪已經稍稍變大，小艇由兩個人操著槳划開，才幾個浪湧的起落，便進入了幾塊礁岩間的水道向陸地接近。船長眼見那小艇船身搖搖晃晃了一段距離，也逐漸穩了下來，於是便命人卸下第二艘小艇。誰知，才剛卸下，風浪明顯的忽然變大，澎湃的浪花越過船身拍上礁岩。只見第一艘小艇急急的被推向一塊礁岩，小艇上六個人才大聲驚呼，一道湧推了上來，先掀高船頭，再將船以逆時針方向由上往下摜。小艇翻了，六個人都落海了，引起大船甲板上眾人的驚呼。所有人朝著小艇望去，只看到三個人掙扎的緊抓著倒扣著船身的小艇，在礁岩激烈噴濺的浪花與海湧中載浮載沉，另外三個人不見蹤影。

「繩子有多長啊？還有沒有其他可以做浮板的東西？」船長問剛剛取來繩索的船員。
「距離應該不夠，而且船身內外根本找不到其他東西可以做浮板。」
「沒有浮板，繩子有什麼用呢？」
「我看再把這個小艇放下去救人好了。」
「放下去撞碎了，救不到人，我們也別想登陸了。」
「那怎麼辦？是要讓他們在那裡自己想辦法？等風浪再小一點自己游回來？」
「閉嘴！」

眾人你一言我一句的建議，還等不及船長不耐煩的輕喝一聲，大家倏地都住嘴了，方向一致的朝著距離那艘倒扣著的小艇，約有十步距離的對面礁岩邊，一個落海船員攀抓著礁石邊緣，身體一大半浸在海水裡，正吃力的抵抗浪潮的推送拉扯，似乎無力再往上攀抓到離水面的礁石上，隨時有被大浪吞噬的危險。這情形令船長也楞了，張口卻發不出任何聲響。

那是一大塊的礁石，因海浪的沖刷侵蝕，使得離水的礁面侵蝕狀況嚴重，坑坑洞洞與溝壑縱橫交錯走向；礁岩側面則因長時期漲潮退潮形成崖壁式的沖刷面，其間只有幾處較堅硬的凸起部。那船員的雙腳便是踩在水線以下的一塊岩石，雙手幸運的抓在礁岩離水面的一塊凸出部，身體肩部以下都浸在水裡，不時還得隨著浪潮的推擠拉扯，手腳並用的撐起身體，避免海水淹過頭。他的位置再往上半個手臂，便是礁岩的邊緣上端，依平常時的狀態，一般人應該可以藉著水浮力輕易的往上跳而攀爬離開水面，現在他只需要有人從礁岩上方伸手拉他一把。但海潮推送的猛力，及浪花拍擊得如此激烈，加上那船員似乎已經筋疲力竭，身體隨浪潮擺動的幅度越來越大越不能自主，隨時可能被沖走。

船上的人都知道情況危急，想拋擲浮板之類的東西，卻又擔心他一旦鬆手，將隨著浮板被海湧浪潮更激烈的拋擲撞擊在其他的岩石上，發生更致命的危險；眾人也擔心另一艘小艇無法救援反而橫生危險，所以也不敢貿然放下海。慌亂中，大家都張著嘴，大氣也不敢發著看著那船員，雙手臂因緊抓著礁岩已經泛白，身體時而浮沉時而左右漂流，喝了海水又左右猛力的甩頭，大夥兒都束手無策。

「我來！」一個聲音響起，只見野原已經脫了衣服，只剩底褲。

「你幹什麼？」船長似乎被喝聲驚醒回魂，而其他人更是吃驚的看著他。

「我游過去拉他一把。」

「游過去？你胡鬧什麼？這種浪，你找死啊？你給我留在船上。」船長幾乎是吼了起來。但野原已經跳下海，眾人只來得及「啊」的失聲叫道而後又議論紛紛。

「哎呀，你這小子，唉！」船長輕皺著眉頭高聲喊著，嘴角卻隱隱揚起一絲難以察覺的笑意。

野原才跳下水，一個側浪打來，浪花越過他的頭頂，潮湧將他推向右側，那股猛力，差點將野原擲向右邊的岩礁，引起船上眾人的驚呼。野原趕忙踢水側滑，想抵抗那來自側向與下方湧推的力量，慌亂中連喝了幾口海水。他本能吸了氣的往下潛，想暫時躲過水面上的風所形成的橫方向浪潮的力量，海湧橫推的力道果然減弱了不少。

水面下因為激浪造成的水氣泡有二、三公尺厚，混濁的海水加上大如眼球的小氣泡之間夾雜著更密更細的水泡，正因為水面的浪潮向右側岩石撲去退回而不斷的形成，又向右橫流包圍著野原的身體，天光穿透水面，水泡折射的白亮令他根本看不見前方一個手臂遠的景物。野原暗自叫苦，他調整了姿勢往下潛到水泡層下，視線稍稍改善，但連日風雨使得岸邊海水含沙質嚴重，讓眼球吃不消，野原只得半瞇著眼迅速的向四周掃過一遍，盡可能的弄清楚水面下的礁岩狀況，卻大吃一驚。

只見水面下的礁岩扎實的連結交錯著，形成一個內灣型的礁岩分布，兩個粗大結實高度相仿的柱狀岩石，低於海面兩米形成致命的暗礁，前後約二十米一前一後的矗立在這個水下內灣的航道。野原沒仔細的觀看這兩個石柱之間岩盤的結構，即使只是幾眼，野原也清楚的看見猶如魍城的崢嶸礁岩間，散亂著分布著看似船上器械、碎木片、箱器與一些工具。顯然昨夜這艘大船，是被風浪或海流推送撞上前面的暗礁，然後再一個大湧推送撞上後面這個暗礁，而卡緊在岩盤間。

真不知道是幸運還是不幸啊，先去救人吧！野原心裡提醒了自己，想起載浮載沉的船員，固然受到一點震驚，也沒多心思咀嚼眼前的狀況。

他繼續往前划了幾公尺，又浮上水面換氣，並確認那個落海船員的位置，只見那船員忽然鬆了一隻手，船上傳來一陣驚呼。野原心一急身子不自主被浪推向礁岩，右臂撞向凸起的岩石，他悶哼了一聲趕忙再潛入水中，向南面划行。海湧與浪潮由東向西推送，向南游動的野原得花更多力氣對抗。向西向陸地長年推送的潮水，早已將岩盤切隔成數條蜿蜒水道向西延伸到岸邊，最近的水道離大船不到個小艇船身的距離，先前的小艇便是由這個水道進入，划向岸邊。

野原忍著眼球因沙水摩擦的痛苦，努力的向前望去，想確認那水道的入口，他注意到右前方有較寬的礁岩裂隙，岩石整塊向上延伸出了水面，兩塊之間形成的水域也較寬闊明亮。

應該是那裡了吧！野原撥開拂過臉頰的幾條離了根的海草，心裡說。手腳同時使勁的往前划去，抵達那水域，野原立刻調整身形向右，一股力量卻從那裂隙所形成的水道退了出來，令野原划著手腳打水卻原地停滯不前，前面的視線依舊不清楚，而斷碎的水草更多。

呵呵……是退潮。野原意識到這是退潮在狹窄水道的力量，他用力的划了幾下避免被推出這裂隙所形成的水道口。踢動間已經吐完最後一口氣，他調整角度，使勁的踢水想浮出水面換氣，一股推力忽然從他身後猛然推送。那個力量整個包圍著他，他幾乎是衝出了水面，像飛魚一樣，身體離水向前拋擲，他驚呼了一聲，大口吸氣，看見那落水船員就在水道的左側，離他約三個小艇船身的距離，而水道右側，兩名落海的船員，已經爬上岩礁，無助的望著野原以及那名船員。

野原的身體忽然重重的落下水面，一道浪，高高的由上往下捲蓋，將野原的身影淹沒。野原順勢潛入水面下，才往前划動兩三步的距離，潮退的力量卻黏滯地將他往後拉，他拚了力氣划動想抵抗又本能的向左移動，伸手抓水道左側的岩礁，想固定身體。

怪不得啊，小艇會在這裡翻覆。野原高提起頭吐了口海水，心裡嘀咕著。他注意到前面那鬆垂了手的船員，又重新舉出手來抓著岩壁的突起部，身子似乎更埋入水面，隨著朝浪擺動的浮動更大。

「糟糕，他恐怕捱不過接下來的幾個浪，我得動作快了。」野原心急了，才說完便吸了一口氣潛入水面，拚了氣力划動。

水道內，埋在海水下的礁岩更不規則，交錯犬牙間，水草與各式魚類流動著，交織繾綣著，海水比水道外更為混濁，流速更快，漲退交替更頻繁與不規則，上層的氣泡更細緻綿密，卻也反常的更晶白。

這個礁岩間浪潮的力道，不比家鄉的浪小啊。野原心裡嘀咕著，眼球卻已經疼痛得快張不開眼，他盡可能的隨著漲退潮的推送力量，調整划水踢動的力量與方向，保持在海水的暗礁間所形成的水道，以免撞上水道旁的礁岩石塊。他似乎看見了那落水船員的身影，如昆布在水面下，隨著水流忽前忽後的擺動著，他睜大眼睛努力的瞧，卻又發覺那是一大束攀附生長在暗礁間的水草，被潮水攪動捲曲成一個人體大小的型態，才退卻又忽然向前湧去。

野原感覺退潮的力道減緩，他調整了姿勢準備利用漲潮前出水面吸換氣，以免因為浪潮的推送力量釀成意外。他才蹬水，一股力量已經襲來包圍著他，像一隻大手抓起了蹬水的青蛙從水中拔出，那個力道與往前衝的速度來得突然與巨大，令野原忍不住脫口大叫一聲：「糟糕！」野原聲音還沒結束，整個人已經被浪潮往上拋擲，他不自覺的張著嘴，瞠著眼。他感到眼睛異常的疼痛，視線都模糊了，以致「飛行」間，似乎瞥見了那落海的船員就在前面的礁岩邊掙扎。野原努力的睜大眼睛想看清楚四周景物，一陣劇烈的痛楚，卻隨著他的身體與臉正面重重砸在礁岩上的同時，襲上四肢百骸，他悶哼了一聲暈了過去。接連來了幾個大浪的拍襲，野原意識稍稍清醒，想起那落水的船員，他慌張的掙扎爬起來，頂著接連而來的大小風浪，朝著剛才那船員位置的模糊印象走去。礁岩上布滿蝕窟、石壺，而遠處響起了陣陣呼叫聲，聽不出是歡呼還是尖叫。野原走沒幾步，幾個浪推了上來，他，忽然整個仆倒。

8 牡丹社的亞路谷

「哇，這是怎麼回事啊？」

坐在小沙丘的三個人，都抬起手臂微張著手掌遮擋不時撲來的風沙，眼睛卻盯著海岸岩礁上的變化，一瞬也不瞬，誰都沒多做一個動作，所以也不知誰發出了聲音問話。從旁看去，三人除了髮梢隨風飄掠之外，只有他們注視著的海岸的浪花，以及觸礁的大船、翻覆的小船，或者試圖強行飛出覓食的幾隻海鳥持續動作著。

「卡嚕魯，你不回去跟部落說明一下這個狀況嗎？看樣子，他們遲早要上岸的。」

「嗯，這些人太可怕了，那樣的浪頭，居然還敢下海。我回去說明一下好了，你們繼續留下嗎？」

「我們……」阿帝朋遲疑了一下。

「我們留下，你快去快回，順便帶些食物吧，我倒要看看這些人到底要幹什麼？」亞路谷頭也沒撇過的揮了揮手，像是拂去臉上的塵灰，也像是揮趕卡嚕魯。看在卡嚕魯眼裡，自然知曉這個兄弟的義氣，心生感動。他起了身，回頭看了一眼部落的方向，又回過頭說：

「好，等我，我去去就來，順便看看還有沒有存留的釀酒。」說完，拔腿而去。

「他們到底是哪裡來的人。」亞路谷幾乎沒有受到卡嚕魯離去的影響，自顧自的說。

「這是很有趣的事。但是不管他們是哪裡來的，我想生活一定也跟海有關，生活條件一定也比我們好很多，現在遇到了颱風，我們是該伸出手幫忙了。」阿帝朋說。

「嗯，說的也是，不管他們哪裡來的，這裡總是我們的地方，只要他們不像傳說的那些洋人亂來，伸手幫忙是應該的。」

「呵呵……難得啊，你沒這麼生氣的要殺人。」

「呸，你怎麼跟卡嚕魯一樣，總覺得我要殺人，我殺過人嗎？」

「這我倒沒聽說過。不過每一次聽你說話都殺氣騰騰的。」

「殺氣騰騰也是個表示啊，表達立場嘛，這是我家族的說話習慣，你又不是不知道。」

「呵呵……表達立場。的確是啊，那些你們留在四林格社的家人都是這麼說話的，豪邁、義氣，就是聲音大了點，叫人耳朵受不了。」阿帝朋說。

「哈哈哈，阿帝朋啊，看不出來你個子這麼大，多俊美的男子，你居然會受不了這樣的說話聲音，真是有意思。我的家人都沒什麼惡意的。」

「你的家族的確是這樣，聲音大沒有惡意，部落的事都要搶第一個出頭。在我們四林格社，有些事還真是需要你的家人呢。」

「我們在牡丹社可不同了，我的父親阿碌古常常告訴我，部落的事務要搶第一個出來支持參與，不是為了什麼，而是希望做個示範，引起其他人跟進。但是這樣子，部落有些人支持，有些氏族就有意見，說什麼我們這些四林格社移居牡丹社的外人，沒把他們放在眼裡，都要搶去領導權了。」亞路谷邊移動了身體往稍後方，邊說。

「呵呵……部落就是這麼回事，少參與就被說成冷漠，積極了，別人就說你有意圖。別管那些了，牡丹社要是少了像你家這樣熱忱部落事務的氏族、家族，牡丹社也不可能成為柴城這些百朗所懼怕的部落，如果那樣，我們這些山嶺溪水都要讓他們給要走了。」阿帝朋看著亞路谷說。

「確實是這樣的，部落是大家的，自己不參與，也不能怪那些外人要來欺負我們了。」

阿帝朋與亞路谷兩人算來是氏族的遠房親戚，亞路谷的父親阿碌古婚入牡丹社的「卡福隆岸」氏族，憑著過人的膽識、勇氣與機敏，很快建立威望，成為牡丹社有影響力的新崛起的勢力，也重振起「卡福隆岸」氏族逐漸式微的影響力。當然阿碌古以外人婚入牡丹社的身分，還是引起幾個傳統領導氏族的不快，在公共事務領域上，常常持著相左的立場。但阿碌古雄辯善言，判斷精準，行動果決，在關鍵時刻往往提得出決定性建言，所以贏得多數氏族領導人的信任與支持；加上阿碌古嚴格要求家人行事低調謙讓，對於部落事務勇於付出不計回饋，多少也贏得一般族人的友誼，降低幾個氏族的敵意與反對力量，使得阿碌古實際成為牡丹社的領導人，號令傳抵「女乃」、「上牡丹」、「中牡丹」、「下牡丹」等幾個社，更與高士佛幾個大社形成聯盟，與南排下十八社名義的總頭目「豬勞束」社的卓杞篤分庭抗禮。

因為這一層關係，牡丹社的亞路谷、高士佛社的卡嚕魯與四林格的阿帝朋這三位年紀相仿的青年，相互吸引與平時互通訊息形成好朋友，呼朋結黨的結果卻意外更緊密結合三個社的情誼，連帶也吸引其他鄰近較小部落的趨附，形成南排灣下十八社的另一個看不見型式的聯盟。

「我看……」阿帝朋撇過頭看著海岸說：「這些人短時間上不來吧，留在那些石頭上吹風，恐怕也吹不久的，他們應該還要忙上一陣子的。我們換個地方吧，在這裡吹風吃沙子也不是辦法。」

「也好，這樣子吹著，沒吹成肉乾，也要頭痛了。」

兩人望了海岸一眼，起了身走下那個小沙丘。

「不如，我們各自朝不同的方向摘些果子來吃吧。」亞路谷又說。

亞路谷沿著沙丘面向海的左側，穿過幾叢瓊麻往下走，然後涉越一條零星長著芒草叢的水溝。這原是一條約兩米寬，一米深，向西北方向延伸入裡的乾溝，寬底的漏斗狀，兩側溝壁層理分明的由上往下不規則的疊層，有些地方因經年風吹雨淋甚或已經塌陷。雨水匯集流動所形成的逕流流入，雨水一過，則迅速乾涸，夏季冬季雨水量不同，常年週期反覆的不斷向下切割，往兩側沖刷沙質土壤，天晴曝曬多時便形成乾溝壁凹凸縮放不齊的特別景觀。目前颱風剛過，雨水也才停止不久，溝壁濕糊著塌陷著又成了一個新的景觀。

亞路谷熟悉這一條乾溝，天晴不雨的時候，往上往內幾十公尺便有一段刺竹林所形成的綠色隧道，刺竹林內經常性保留著一些濕氣甚至幾潭小水窪。於是，蚊蠅、蝌蚪游移、青蛙蟾蜍呱鳴，不時還出沒著陸蟹，那紅殼的，白殼的陸蟹零星橫行其間，為腐葉濕沙灰褐色調的刺竹林隧道內，增添不少的色彩。若陸蟹集體出沒，白紅兩群羅列對陣，便有著兩軍對陣的意味兒，不相互叫囂卻又彼此挑釁叫陣，只見隻隻大螯高高舉起，對對眼睛撐起觀望。移動間，成排成列的蟹爪木柵似的集體橫行挪移。此時，由一大群陸蟹組合成的一整塊色盤便忽然向左向右，分裂成兩塊又撕裂成長條，這裡伸出，那裡收回，才集中變大，又倏地碎裂隱沒在溝底幾處皺摺叢草間。視界，頓時又恢復了一點青綠雜陳的灰褐色調。

蚊蚋多了，蝙蝠進出築窩了，蛙類也跟著聚集了；於是食蛙的蛇來了，慣常築巢在刺竹林梢的大冠鷲鷹眼更刺銳了，那些刺竹林外草叢邊吃飽慵懶曬太陽的粗心蛇類便憂心了。而這一頭，陸蟹開始活動了，食蟹獴認真了，石虎的爪牙忽然都銳利了，平時相邀相伴的卡嚕魯、亞路谷也偶爾出沒這裡了。

但現在，亞路谷實在不想沿著他所熟悉的乾溝，進入到刺竹隧道甚至更裡面更狹窄的上游水道，更不想進入刺竹林更上方，還未成形水溝的淺礫寬平的上游灌木林，去遇見食草的山羌或者啃食芒草根莖的野兔。因為，溝底下的溪床泥濘濕滑，一條黃濁濁的溪水，由上蜿蜒彎曲的隨性往下滾滾流動與切割。他寧願涉溪跨越過已然成為水溝的溪床，去到對岸那長有幾棵番石榴的雜樹林。

雜樹林內有兩人高的四棵番石榴樹，枝椏伸展交疊參差散布成直徑十五米的範圍，一些熟透的果子掉落地上，果子多成為有鳥喙啄食痕跡的殘骸，果蠅四出嗡嗚飛舞。亞路谷注意到底下有不少野生動物走出的痕跡，顯然這幾天，到此覓食的果子狸享受了好一段快活日子。

「還好那些獼猴不下山到這裡來。」亞路谷自言自語的說，想到從牡丹社到高士佛途中樹林成群結夥的獼猴，他慶幸樹上還留有許多的熟果。

他不打算全部摘採，只挑了四顆帶有青綠透白的果子，準備與阿帝朋分食，其餘的，他想在離開前與其他兩位夥伴，一起摘採此處與上游灌木林附近幾棵番石榴樹的熟果，回去給家人分著吃。接著，他沿著水溝岸邊的一條小徑，往西的方向走去，一棵毛柿就長在刺竹叢隧道外最西北方出口的三叉小徑，亞路谷同樣也只摘取四顆紅色熟透的毛柿果子放進隨身袋中。小徑持續向西延伸進灌木林，而一條不甚明顯的分岔小徑，卻向左橫跨過只有半人高的淺溝朝南方延伸。亞路谷放了個屁，一陣便意襲來，於是拔了刀，取了路旁幾張大片的假酸漿葉，進入向南延伸的小徑，蹲在還有細小徑流的淺溝。

另一方面，朝小沙丘面海右側走去的阿帝朋，一開始便決意往八瑤灣那條主要向內陸延伸的溪床走去，查看溪床在颱風過後的改變，一方面也期望在到達溪床前能有些果樹上殘留成熟果子。因為不方便生火，他與亞路谷相約只摘採野果果腹。陽光已經熾熱，海風也明顯的減弱。他穿過芒草、蘆葦叢間隙，一路驚飛起雉雞、水鳥，幾聲山羌的嘓嘓聲忽然從北西兩個方向響起。喝過了些水，繞過一小圈，砍了幾棵蘆葦，阿帝朋又回到了小沙丘左側有遮蔭的樹下，遠遠地注視著海面。

海面上浪花仍然呈現細白的狀態，觸礁的破敗大船上進出著一些人。礁岩上動彈不得的四個人，已經調整了位置，那艘倒扣著的小船，似乎更緊實的扣在礁岩上。

「你在看什麼？」亞路谷的聲音從背後傳來。

「喔，看看海岸上那些人動靜，他們似乎暫時放棄繼續行動了，剛剛那個被海湧拋上岩石的人，也被移到那個礁石的背風處，他真是勇敢的人啊。」阿帝朋撇過頭說。

「確實是這樣，如果有機會，跟這樣的人交朋友，的確是一件值得高興的事。」

「你真是豪邁啊，亞路谷。」

「哈哈……看你這麼稱讚著的，你是跟他一樣的男人啊。」亞路谷張著嘴露著牙笑著說。

「呵呵……我可沒有你的強悍剛猛啊。」

「確實是這樣，你沒有我的剛猛強悍，但我的父親再三的提醒我，你有著四林格社族人的冷靜與智謀，那是我所缺乏的特質，他要我多跟著你學著點。」

「感謝阿瑪[1]的稱讚，但是，你們都太客氣了，就算我有一點小聰明，也算不上是什麼智謀啊。」

「你總是比我們都知道許多事啊！」

「那是因為我平常沒事就喜歡到處亂跑、亂看，聽人說故事啊！」

「光憑這一點，就夠讓我甘心接受你的建言與指導啊。」

「別別別……你別這麼說，你說的太客氣了。我記得你不是這樣跟卡嚕魯說話的呀？」

「這不同啊，卡嚕魯聰明機伶還有一點狡猾，但那只是小聰明啊，我與他說話，本質都被激發出來了，我很難掩飾，也不知道怎麼偽裝，可你不同啊。」

「不同？難道，我們不算是同輩的好朋友嗎？」

「當然是，只是又像多了一層長輩或者老師的關係。咦？這麼多年來你都沒感覺？」

「呵呵……這種事，即使是事實，我又怎麼能自己想像然後就當一回事呢？當然得由你說出口來證實。但是，我還是不那麼認為，我們兄弟一場，各有各的本事，各有各的難處，有事，大家一起商量，相互扶持幫忙是應該的，沒有誰是誰的老師這一回事。」

「哈哈哈，有道理。我們也別客氣了，吃點果子吧。」亞路谷取出袋子裡的番石榴與毛柿說。

「喔，我沒採到什麼果子，不過，溪水旁的蘆葦根莖，含水量多，這個時節也還算甘甜，我砍了幾節，就當是解饞解渴吧。」

「這好啊，守在這裡，確實想吃點什麼的。還有，只顧著說話監看那些人，都忘了要抽上一管菸草了。」

「呵呵……對了，都忘了要抽菸。」

兩人說著，卻沒有解下菸袋、菸管，監視著海岸的警覺心，讓他們本能的壓抑著「點火吸菸」這回事，只安靜的啃著果子，眼神還不時的投向海岸。

風變得更小了，陽光照射下，沙丘周圍，整個寬廣的河道上，蘆葦芒草的根莖葉梢上蒸騰著水氣，又迅速的隨風向西飄散，使得高士佛方向迎風坡面的樹林，凝結了薄薄一層的霧翳水氣。

「阿帝朋啊，你能判斷出這些是什麼人嗎？」

「不能，如果真要猜上一猜，我猜應該也是北方海上的民族，我聽過八瑤社南面幾個部落的一些傳說故事，說那些洋人出現在這個海域之前，常常有些大船沿著海岸線外南北往來，

1 父執輩的通稱。

也有不少船隻刻意的停靠海岸取水或為了找尋什麼，當然也有因為颱風造成傷害的情形。像這樣的黑色大船，我倒是第一次看過。我想，這些人應該也是北方海面上的民族，只是我不知道，那裡是什麼地方，也沒聽過那裡有什麼。」

「真是有趣啊，我們一輩子就在這些山陵與森林、莽原中過日子，而這些人多半也是一輩子在海上討生活，我們不知道他們怎麼過生活，吃什麼喝什麼；他們可能也不清楚我們是什麼想什麼。我們彼此想像著，猜測著，只有這種災難的節骨眼才會遇上，真是有意思啊。」亞路谷停止了咀嚼說。

「嗯，別說海上了，就算在陸地上，隔個山，我們恐怕也弄不清楚那些在卑南覓的卡地步人怎麼活著，北方那些已經佔據平地的百朗真正是怎麼過生活的，只能猜測或聽說來著。不同的族群總要有個接觸、溝通、交往，才有可能進一步的認識啊。」阿帝朋撇過頭說。

「說到那些聽說的事，阿帝朋，我問你，謠傳幾十年前，有個小孩被一群海上來的人帶走的事，究竟是真的還是假的？」

「誰知道？布搭灣[2]南邊的部落確實有這樣的傳說，我去過南邊旅行，但是可能與這件事有關係的人都不見了，也沒人多討論這件事，甚至有人懷疑這根本就是一個粗心的媽媽，為了掩飾小孩失蹤所編出來的故事。也有人說，大概是那些百朗把小孩擄去賣了，然後編了故事騙人。」

「哈哈……傳說不都是這樣來的嗎？」

「是啊，傳說總是這裡加一點，那裡說一點，沒有的事都說成了一回事。不過，如果真有海上的人帶走小孩這件事情，我願意相信應該是跟眼前這些人有一定的關聯。」阿帝朋說。

「等等，阿帝朋，你看看那些人是死了嗎？從剛才到現在，他們怎麼一動也不動？」

「喔，有幾個躲在礁岩裡，那個被拋出水面的人，的確一動也不動好一段時間了，他應該沒事吧，他的同夥應該不會讓他死去的。」

遠遠的，除了浪花、海湧與大船甲板上一些人活動，陽光下，礁岩上，確實沒有任何人活動的跡象。

「希望這個人能活著啊！」亞路谷不自覺輕聲的說。

9 礁岩的凶險

痛楚從他鼻下的人中部位傳開，剛開始時是一團悶痛，然後逐漸清晰，先是門牙的根部，牙齦周遭組織，又輻射擴散整個口腔、上唇，整個臉部。他感覺有些鼻塞，但血液的腥鹹味道清晰與黏膩，聲音瞬間「轟晃」的響起，他整個聽覺活了過來。

我是暈過去了嗎？我曾經暈過嗎？野原心裡嘀咕著。

他覺得眼前一片白翳，似乎還有些紅血絲串繞的，他想睜開眼，卻因為眼球有些刺痛、酸澀而皺緊眉頭與眼瞼。

我記起來了，我是被浪頭推上礁石的，可是……他遲疑了一下，忘了後面或者沒記憶起後來的情形。想起了什麼，他慌張的想爬起來。一個聲音就在他頭頂上傳來：

「野原先生，你就別起來了，這裡可以遮一點風，你多休息休息吧。」野原聽見一個近乎嘶吼的聲音，夾雜在浪潮的拍擊聲中。

「你是……」野原還是坐了起來，扯開喉嚨問，他感覺到手臂以及膝蓋隱隱傳來疼痛感。

「喔，我是平良島的濱川，多謝你及時趕來，要不是你冒死前來，我恐怕也要被浪沖走了。」自稱為濱川的男子，說話間，已經平跪在野原前，因為距離接近，聲音也稍稍減弱。

「喔，原來你是……你別客氣了。我只記得一個湧把我推了上來，不知道後來的事了。」野原說著，也快速的掃視了周圍環境，他感到異常的陌生。

野原注意到兩人所在的位置，剛好在岩石與海面之間下沉凹陷的一塊平台。與其他礁岩一樣，岩石表面被海水侵蝕得嚴重，上頭密布著細狹深裂的小窟窿，一些貝類、陽燧足、海膽攀附躲藏其中。兩人所在位置一米外的周邊，還有一群群灰黑色的潮蟹，忙亂的隨著浪花的撲起、退落而移動、搶食，上上下下又左左右右。因為下凹低下的位置特性，剛好遮擋了一些海風的直接吹拂，但遮不了陽光。還好海面刮起的浪，撲上礁岩後碎裂噴濺，形成了一層由水氣形成的薄幕，減低了一點刺曬。

「那時……」那自稱濱川的男子說，「當時的情況，我也不是很清楚，我所站的位置，根本無法直接攀上岩石上邊，浪潮來來回回的，讓我筋疲力竭的幾乎已經撐不住了，最後一道浪湧退潮時，那個拉力已經讓我用盡了最後一絲力量，沒想到隨後來了一道大浪，把我整個推了上來，我順勢踩上水裡的幾個踩踏點，待退回的力量稍微減弱時，想再往上爬去，剛好你垂下手臂來，我攀抓著上了去，大船那邊都歡呼起來了。我才發覺，你根本就已經是暈了過去，手臂是無意識的垂了下來。」濱川眼神專注，又帶著微笑表情滿懷感激，盡量的加大聲音的說：

「我注意到你一直沒反應，怕一直吹風受涼，所以把你移到這裡。你真結實啊，扛著你幾乎讓我們又一起掉落海。」

「真的嗎？真是對不起。」野原笑了，上嘴唇在人中的部位，清晰的傳來巨大的悶痛。

「我想，你一定是被湧推了上來後，直接摔地，可能昏了過去又下意識的想過來救我，真是強大的意志力啊。謝謝你。」濱川又伏下身體致意。

「你別客氣了，我們總算暫時平安了，不是嗎？」

「是啊，其他那兩人，也躲到那後面去了。」濱川指著約四公尺水道對岸一塊隆起的礁岩。

「我們失去了三個人，是嗎？」

「唉，是的，松川大人和其他兩人不見了。」

「什麼？」野原失聲叫道，他想起滿臉憤怒與尷尬，賭氣走出艙門的隨從首領松川。

「現在風浪還這麼大，根本也沒辦法去搜救，他們恐怕凶多吉少啊。」濱川的臉瞬間浮現沮喪。

「別想太多了，說不定他們也被困在某個岩礁的縫隙，等風浪更小一點，便又都平安的出現。」

「但願如此啊！」

「多休息吧，這個太陽以及風浪，吹久了也要人命，等休息夠了，風浪也該小一點，我們想辦法把小艇翻正，然後……登陸找水喝吧。」野原本來只想安慰濱川，又忽然感到口乾，順口說要找水喝，而疼痛的感覺，特別是來自臉的正面的疼痛，因為扯開嗓門說話而變得特別難受，令他想結束談話安靜的休息。

兩人各自調整位置，便不再說話，靠著礁岩背著風休息，野原眼睛極度不舒服，他索性閉上眼睛，覺得更口渴了。海風一陣陣颳過岩石的嘯叫聲，併著海浪的拍擊聲遮蓋住整個聽覺。他感覺到膝蓋、手肘、唇鼻的痛楚正在游移，連結集中往腦海裡延展，他輕呼口氣，伸伸腿，一個蟹殼生物被碾碎的聲音從腳底順著腿傳進耳裡。

是岩蟹吧！野原心裡嘀咕著沒多說話，心思鑽進剛剛游進來的水道。

那是他第一次入水時，為了避開泥沙水氣泡形成的混濁海層，他往下潛入海面下近三公尺，那水面下方的岩礁，延伸海面礁岩的形態奇詭崢嶸而水道狹蹙窄仄，除了向上攀升冒出水面的巨大礁岩，一些低矮的岩石上，攀附著明顯有著五顏六色的各形珊瑚，為數不少的各式魚類不畏颱風後激流四竄，各自找著生機。那魚種之多，令野原感到訝異，趁著換氣與游水之際，他注意到礁岩往外海延伸，不到幾米遠，海底礁岩明顯的呈現出一道連續崖壁似的由南向北延伸。一些魚類看起來似乎是追逐著氣泡與斷了根的水草，逐水流由南向北流動，從野原的位置也能感受到那水溫似乎也比較暖和。

那是洋流，往家鄉流去的溫暖洋流。野原背靠著礁石，一個浪花打來，噴濺上右半身，他下意識的撫了撫右臂，下結論似的在心裡說著。

難道這裡是台灣？野原心裡浮起這個念頭，他似乎受到某種驚嚇而睜開眼，因為酸澀，流了淚水又閉上眼睛。

太平洋西側洋流經台灣流向石垣島、宮古島又往琉球方向去，這是宮古島漁人、海員、水手們的常識。野原的驚嚇，來自於琉球漁民間一個共同的概念：如果這是台灣，那麼傳說中那些會殺了遇難船員然後烹煮吃食的野蠻生番，便有可能隨時出現在這個海域。

野原又睜開了眼，朝海岸瞻望，只見岸上青翠的山林連亙，視野已經比清晨時間他所見的更為清楚，他眨了眨眼，又閉上了眼睛。

希望這裡不是台灣，但是，這裡又會是哪裡呢？野原搖搖頭，心裡又興起了這個疑問。他想起海面下那些分明有著充分日照的海底情景，那些繽紛繁盛的海底植物與顏色鮮麗的魚類，與他的家鄉的礁岩有著相似的生長狀態與分布比例，他覺得海水的溫度與流速大致也應該接近。即使這不是家鄉鄰近的海域，必然也是相同洋流經過的地方。

那流向分明是向北啊！野原肯定他所見的海流是朝向北方的，心裡直吶喊。他猜想海底那些由珊瑚礁所形成的礁岩，大致也是因為長年的海流沖刷，而形成的類似一道表面不甚光滑的石牆，或者石列。幾處突出的大塊岩石錯落其間，形成具有危險性的暗礁，使得大船因為風向的吹襲，造成觸礁毀損。另外，垂直方向向西進入岸邊的水道，在漲潮與退潮間，則形成另一股令海流更不穩定的力量，迫使進入水道被湧浪翻覆的小船成員，落海後不規律又難以預測的流向四處。如果真是那樣，松川三人極有可能在小船翻覆之後，被退潮的力量拉出水道，接著被洋流的外圍力量牽引，往外海移去，說不定現在正隨著洋流往北向著宮古島的方向流去，甚至被一整群的魚一路吃掉。野原愈發肯定自己的猜測，也因為這樣的猜測，瞬間感到懼慄，雞皮疙瘩爬滿手臂與頸背，他伸出手掌，胡亂的在身上梭撫與掐弄。

「唉，這洋流真要流向那北方的家園啊！」野原忍不住發了聲，聲音埋在「轟晃」的浪潮聲中，沒驚動身旁一米外正閉目養神的濱川。

規律的浪潮拍擊著礁岩，持續吹著的風與濺起的浪花，減低了日照的熱度，野原覺得有些睏意。想起了妻子浦氏以及兩個孩子，原本就酸澀流淚的眼睛，又流了不少淚水。

那是宮古島長山漁港南邊小岩礁形成的小岬角，他在一處有著適度寬敞的水道與岩礁、砂礫灘的天然小港灣，停著他那一舟六尺寬的小竹筏。平時他總是划著竹筏接近往外海不遠的洋流流經處，撒網捕魚。回來時先去了長山漁港交換貨品，然後再帶些漁獲踩過岩礁，爬上海岸邊十五尺高的天然小坡堤，再走過厚實寬廣的自然生成的防風林，走進寬敞平坦的短草空地的院子，回到他的家。這個地方，在颱風季節時，由海上吹襲而來的風與浪花水氣，就像現在這個他所在的礁岩背後的樣子。有幾回颱風直撲而來，嚇壞了妻小，令野原興起想遷移的念頭，但妻子浦氏認為，這裡是他們辛苦經營結婚成家的地方，周圍有土堤與防風林的遮蔽，木屋還算結實，又接近海岸出海捕魚都方便，雖然稍微偏僻，海風不停，雖然離村莊稍遠，總算也是有農作有漁獲的好地方，野原因而打消了遷移念頭。

這一回的颱風，他們都還好吧？野原心裡想著。其實也不十分確定這個奇怪的颱風，是不是去了宮古島。但他記憶起，有一年秋天，一個颱風穿過宮古島與琉球之間，向西北方移動，當時下地村毀去了三分之二的房舍，自己的搭建房舍最接近海邊反而沒什麼損傷，災後家人都受到了一些驚嚇。

萬一這裡是台灣呢？野原的思緒又回到這個疑慮了。忍不住又睜開眼，瞥向陸地，他覺得眼睛酸澀的程度稍稍舒緩。剛剛才想起他的家人殷殷企盼他回家的情景，他心裡還是不免想到「台灣」，這個在宮古島人琉球人口裡傳誦的，有生番出沒殺人吃人的地方。

能不能在遇到那些番人之前，找到水食物補充體力，以便可以跟他們好好搏鬥一番？野原念頭一起，不自覺握了握拳頭，他覺得一股力量結結實實的自他的小臂與拳頭升起。

或者，在他們出現以前，找好工具把船修了修，順著洋流回到北方的家園？野原睜開了眼向四周探望胡亂的想著。

大船的甲板上已經沒有人在活動，野原所處的礁岩上，除了濱川在旁休息，隔個水道的其他兩人仍然躲著休息。整個區域，一大片礁岩分布的海灣，仍然散彌著浪潮拍擊所形成的淡淡水氣。陽光直曬，海域已經清朗，海面上除了海湧鼓起沉落持續向岸邊推送，被風激起的白色浪花已經變得溫和，溫度比稍早更溫暖些。

野原站了起來在礁岩上走動，試圖找尋躲在石壺與到處密布的小窟窿內的貝類充飢。他伸了伸舌頭，舔了一些濺在臉上的浪花，鹹苦的令他覺得更渴，他本能的往陸地望去，忽然覺得開心，笑了。

由大船觸礁的位置，直接往陸地延伸，那有一整片的雜樹林，再往裡拓展，是隆起的高地接連後面的山稜線。目前這個水道左側是條溪流，溪流看似不大但河床寬廣，溪水大致平靜，蘆葦五節芒密布，看起來適合走獸鳥禽的食物定然豐富，他這麼認為。不自覺得，他的目光又溯著溪流往上往裡瞧，那是個看似深遠無法窺透的蒼綠世界，一直往內往上連結著那些山稜線，山坡盡是森林，陽光下，也依舊散發著原始林的蒼鬱氣息。

「無論這是什麼地方，食物飲水以及造船修船的木材應該都不缺啊。」野原喃喃自語，一股莫名的恐懼忽然襲來，感覺那些蒼鬱的某處，躲藏著什麼不知名的生物，正專注的注視自己，他本能的搖搖頭，帶著手上滿滿抓著的幾顆貝螺，走回剛剛休息的地方。

「這是什麼地方？」濱川問到。

「不知道啊，應該很南邊了。吃點貝螺充飢解渴吧，要等到下午，這風可能才會更小。」

「謝謝你，野原先生，你真是勇敢的人啊。」

「喔，你客氣了，多休息吧，說了話，會更渴的。」

貝類體內的汁液，稍稍減緩了口腔的乾渴，他決意不再走動，安靜的坐著等待風勢更小浪潮稍稍減緩時，率先登岸，去那一條溪水，好好喝個夠甚至沖洗全身。

野原忽然感到一陣噁，一股滑溜感從胃升起，他吐出了剛剛吃下的貝類碎屑，口腔盡是酸蝕與膽汁的苦澀味，一些體液擠近鼻腔與淚管，迫得他瘦澀的眼睛忍不住閉上。他「啐」了一聲，吐了口痰清一清口腔。

呸，居然餓得連這些貝螺都吃不下了。他心裡輕輕咒罵了一聲。

想起陸地，他睜開了眼往那片逐漸清朗翠綠的山巒，又往那溪床瞥上一眼，想起剛剛襲來的感覺，想起長山漁港那個老者講述的，某個大船靠岸找尋水源的故事，那風景，那草莽、那曲徑，那溪流，那些出現的女人與小孩。

他們會是吃人的生番嗎？他心裡想著，又忽然笑著輕聲的說：

「那真是有趣的故事啊！」

10 岸上的搶奪

「你們怎麼都來了？」

阿帝朋忽然撇過頭向後站了起來，只見沙丘後方一群人正爬上來。領頭的是高士佛社的大族長伕入乙，卡嚕魯跟在左後方，約有十三名的戰士配著刀跟隨在後方。

「阿瑪[1]不放心，堅持要自己來看一看。」一俟伕入乙爬上沙丘，卡嚕魯便開口說。

「去去去，我不是不放心，是好奇怎麼來了這麼多的人。」

「哈哈哈，阿瑪就是這樣，明明就是不放心。」

「呸，你又多嘴了，對了，你們看出來了嗎？他們是什麼人？」

「看不出來，我沒見過這種人。」阿帝朋說。

「嗯？你沒見過的人，我們大概也都認不出了。」伕入乙輕皺著眉，目光向海岸延伸望去，忽然說：「那裡怎麼只有一個人？沒有其他人嗎？」

「有啊，從早上到剛剛，一群人進進出出的，現在全部躲進那個船裡面了。」接著亞路谷把早上以來所見到的事，詳細的說了一遍。

「聽你這麼一說，他們應該有不少人，他們究竟有多少人？」

「不知道！不過，看起來這裡面應該有一些身分比較高階的，像阿瑪一樣的人。」阿帝朋說。

「身分比較高階？像我一樣？」俅入乙思索著，又說：「如果真是那樣，他們必定是海上的部落。你們幫我想想，他們會是什麼部落？來這裡幹什麼？會不會是來結盟？或者像當年的卡地步人想遷移到這裡找新的領地？」

俅入乙幾乎是自言自語，語氣極為平和，眾人聽著沒人多接話。

「如果是那樣，我們應該好好接待啊。」俅入乙又說。

「阿瑪，我們看了半天，並沒有完全看到他們究竟有多少人，他們進進出出的好幾回，每一回都不太相同，除了那個人。」阿帝朋指著礁岩上的一個人說。

「對了，他是什麼人？從剛才到現在，他似乎一直往這裡觀望。」

「不知道，但他應該是個勇敢的人。」

「是啊，如果他們真的是來結盟的，我一定要跟他當朋友。」亞路谷說。

「哇哈哈，亞路谷，他真要跟你做朋友，一定很有意思，那個山你最懂，這個海看起來也難不倒他，這個樣子，我們四個人結夥行動，就沒有什麼人可以攔阻的。」卡嚕魯說。

「哼！他要是跟我做朋友，至少不會動不動就捉弄我。我就搞不懂，你哪來那麼多的鬼點子捉弄我啊。」

---

1 父親。

的說。

「呸，你這個牡丹社的亞路谷，這個時間你提這個，找罵啊？」

「為什麼不能說，你怕挨罵呀？」

「這個人應該不是個簡單的人物，他救了他的同夥。」阿帝朋不理會那兩人拌嘴，自顧

「不管他們是什麼人，只要上了岸都是麻煩的事，我們得想個辦法。」俅入乙仍盯著海岸說。

「阿瑪的意思是，不讓他們上岸？」亞路谷問。

「不是。我們沒有能力阻止他們上岸，這個情況我們也不應該阻止他們找尋食物飲水，我們應該想的是，我們的食物夠不夠救濟他們。」

「阿瑪，應該夠吧，那個船看起來就那麼點大，應該沒那麼多人的。」卡嚕魯說。

「最好是這樣，不管他們是什麼目的，人都到了我們的地界了，如果沒有敵意，讓他們吃一頓總是應該的，我們先準備總是好的。」俅入乙說著又想起什麼，繼續說：

「光顧著說話，忘了問你們在這裡幹什麼？」

「呵呵，阿瑪啊，你又不是不知道，每一次颱風來，這些外面來的人總是會帶來好東西，我們是來看看能得到什麼東西。」

「看這個樣子他們人都還活著，你們能怎麼撿得到東西？難道要搶掠？你們又怎麼搶得過那些百朗。」

「阿瑪，這就是我們來的目的啊，每一次遇到風災過後，柴城還有保力庄的那些百朗都會帶來一些特別的東西，他們也不避諱說明那些東西是從哪裡來的。我們不服氣啊，他們行，

我們應該也行的，所以，我們守在這裡，看看他們是怎麼弄到手的。」

「你們這麼篤定可以看得到那些搶掠的百朗？」

「阿瑪，我們其實也不是那麼確定能看到什麼，總是來巡一巡，看一看，畢竟這是我們的領地啊。」

「是啊，阿瑪，我其實不相信，那些百朗會錯過這個機會。這船上應該有好多東西。他們對於錢財的嗅覺就跟獵犬對獵物的靈敏程度一樣啊。」亞路谷說。

「呵呵，看你們說的，別太小看百朗，很多事我們還真得學著點呢。我到別的地方巡一巡，看一看，你們慢慢等吧，有事盡快讓我知道。」俅入乙說著又往海岸看了一眼，注意到原先站在岩礁上的人已經不在位置上。觸礁的大船上仍然沒有動靜。

「真的會有人來嗎？」

「來不來誰知道呢？」

俅入乙短暫的停留又帶著人離開後，三個人坐回沙丘上的樹下，卡嚕魯攤開以姑婆芋葉包裹著的一些食物與一竹節的釀酒，在沙丘左側的灌木叢邊，倒了一些酒敬禱後，一邊享用，一邊閒聊又時不時望向海岸，一直到了太陽偏斜到山陵線，風已經平息，浪濤似乎也變得溫和微弱。

「有動靜了。」

「什麼？」

「我是說海上那些人又出來了。」

「是啊，他們要幹嘛？咦？是在歡呼嗎？」

「是啊，那個人要翻轉那個小船了。」

卡嚕魯與亞路谷你一言我一語的誰也不讓誰，眼睛卻都緊盯著海面。只見海面上那些落海的船員，四個人正在合力的想扳正那艘原先倒扣在礁石上的救生艇，而觸礁的大船上聚集了一些人，卻嘗試著放下另一艘小艇。

「哇，他們要上岸了。」亞路谷大聲的嚷著。

狹窄的水道上，一艘戴有四個人的小艇，操著一根槳，正朝著岸上移動，小艇在潮浪中浮沉。另一艘小艇坐上了七個人，也離開了船邊，向水道移動，浪花飛濺著而兩根槳賣力的操划。

「是那個男人！」亞路谷叫嚷著。

「你能不能安靜一點啊？亞路谷。哇哇的大聲亂叫，耳朵都給你叫疼了。」卡嚕魯推了一把，但亞路谷不理會，兀自叫嚷著。

「他在幹嘛？又操著船回去嗎，哎呀，真是強悍啊！」

遠方的海岸，狹窄的水道上，只見才登陸的小艇又再回頭划向外。與另一艘小艇搖晃著交錯而過，引起亞路谷倒吸了一口氣。

「你唷，看不出來動不動就要殺人的亞路谷，居然為一個不認識的外人叫好喝采啊，你要不跟他成為兄弟還真沒道理。」

「你少囉嗦，安靜的看他們在幹什麼。」

「誰在囉嗦啊，你……」

「閉嘴！」

兩人鬥著嘴，望著海岸安靜一會兒，又繼續拌著嘴。阿帝朋也偶爾加入談話緩衝，但沒多久忽然都閉上嘴巴安靜的看著海岸那些來去的小艇，三人都瞪大了眼睛。原來那艘大船甲板上站滿了人。

「三十九、四十，包括上岸的，小船上面的，已經有四十個了，大船上面還有這麼多人，這艘船究竟載了多少人啊？」阿帝朋說，語氣平和中還有些驚訝與不解。

救生小艇已經來回了幾趟，浪湧卻逐漸變小。先行登陸的人，除了第一批的幾個人，逕自走到溪口取了一些水，其餘的多半在幾塊礁岩的小窟窿，找尋可食用的貝類充飢，也有人在礫石灘外的沙灘坐著，等候其他人陸續登陸。

沙丘距離海灘不到五百米，阿帝朋三人本能的提高警覺，都安靜的、專注的注視著。

「如果人數再多些，這些人一旦進入部落，恐怕沒有哪個部落可以承受得住。希望他們去到百朗的庄落，他們的米糧比較多啊。」卡嚕魯說。

「嗯，要不了多久，天就要黑了，希望他們動作快一點，上了岸找地方休息，這裡離西岸或者南邊百朗的村莊還有一段距離，如果留在這裡，或者沿著溪水向裡面走去，一定會走到高士佛的地界，人數超過五十多個人，處理起來會很麻煩的。」阿帝朋說。

「對啊，你這一提醒，我倒擔心起來了，萬一他們真的往這裡走，部落一下子進來五十幾個男人，就算他們不帶有敵意，一旦發生什麼意外，處理起來還是要費一番心力的，我得及早通報我的阿瑪，讓他有時間跟部落其他氏族研商對策，這事你們可得幫著點啊，一旦有事，也好有個支應。」卡嚕魯說。

「別擔心了，有緊急的事，就照我們的約定，你起個煙，我一定即時趕到。若需要其他的幫忙，沒那麼緊急的事，你差個人到牡丹社來，我的阿瑪也一定全力支持的。不過……」亞路谷遲疑了一下。

「不過什麼？」卡嚕魯說。

「這一回，我們窩了個一整天，就是為了等著看那些百朗怎麼搶掠這些人？現在，太陽都下山了，要不了多久天就要黑了，我們連個鬼影也沒見到一個。還有，這些人真有所謂的好東西嗎？」亞路谷說。

「哎呀，你個亞路谷，你前面說的真叫人感動，怎麼後面……哎呀，又不能說你不對，我們的確是來等著看好戲的，誰知道竟然是這個樣子的，這都不是預料的事啊。咦？等等……」卡嚕魯語調忽然急轉，聲音出現了興奮：「你們看那些人手上，他們確實有些東西，喂，他們帶了一些東西呢，那些是什麼啊？」

三個人如鷹眼般銳利視力，相隔五百米，對於海灘上的所有活動，幾乎是鉅細靡遺毫無分差地全落入眼裡。那些從海上來的，陸續登陸的人，開始卸載了一些物品，數量雖不多，但足夠叫三個已經守候近一整個白天的人雀躍。

「你們看，我們該拿什麼東西跟他們換？」亞路谷問。

「找點食物吧，他們現在需要食物飲水，可是，除了那條溪不算乾淨的水，能吃的，我們剛剛都吃完了，沒有多餘的可以跟他們換什麼。」阿帝朋說。

「這個時候跑回去，也來不及找到他們要的東西吧？」卡嚕魯說。

「你除了那塊女人的布，你沒有什麼特別的東西可以換吧？」

「你個亞路谷，什麼時候了，你提這個？你想吵一架啊？」

「等等，有件事你們想過了沒？就算來得及，你也有一堆好東西跟他們換，我們誰聽得懂他們的話語？比手畫腳的會不會出差錯，發生別的意外？」阿帝朋的話，讓其他兩人都住了嘴沉思。

「我們還是得透過那些百朗跟他們溝通啊。」阿帝朋又說。

「啊呀，說來說去，我們還是得靠這些狡猾的百朗，他們為什麼什麼事都能占上便宜？我們的農作物、獵物他們都能經手，都能挑剔，連這些從外域來人，都能跟他們溝通交換東西？是他們太聰明還是我們太笨啊？」卡嚕魯語氣出現了挫折，連聲調都頹喪了不少。

「不是我們笨，也不是他們太聰明，我們盤據在這些山頭、樹林、莽草原裡，我們懂得的也不是這些狡猾的百朗所能懂得。柴城或者保力庄的那些人，遠離自己的家鄉到這裡建村落，為了生存，他們不得不四處接觸不同的人，他們自然也懂得許多我們所不知道的事，自然也比我們知道什麼物品更有價值，什麼物品可以換得更多的東西。但也因此他們更貪婪更想要擁有更多的物品。除非我們一直保有我們的習性，餓了，山裡、荒野就有食物，渴了，溪裡或露水都能解渴。但是，一旦我們的慾望變成他們一樣無窮無盡時，我們就得學他們，就需要他們。不是說日後凡事都必須依靠他們，而是，我們在還沒有能力獨自面對所有的變化，還沒有能力理解他們之前，我們不可能不接觸這些外來的人，或依賴他們在某些方面的能力，不管他是百朗，或者其他的族群。」
「你說的就像現在這個情況？」
「現在這個情況是得需要別人協助。」
「我們自己不能？」
「能，但我們得試試！」
「難道連遊歷各處見多識廣的阿帝朋也沒有這個能力？」
「我也許可以，也敢試試，但此刻，我更想看到有百朗出現，看他們怎麼處理這些人。」阿帝朋說。
「如果那樣，我們豈不就錯失了擁有這些人手上那些東西的機會？」
「不，兄弟啊！我們不知道他們現在手上剩下的，算不算是什麼好東西，得到手之後我們怎麼處理，會不會像傳說的那個女人的東西，招致後來有船艦攻打我們？我們毫無所知啊。我得提醒你們，今天我們是來觀察百朗怎麼取得這些外來者的物品，同時，眼前這些海上來的人，人數已經超過五十人，而小船還在往返載人。這麼龐大的人數，跟我們交易完之後，會不會要我們協助他們食宿或者提供其他的幫忙？如果是那樣，我們哪個部落有能力完全提供他們的所需？」阿帝朋不急不緩的說。
「嗯，阿帝朋說得對，可是，太陽都下山了，這些人也可能都上岸了，要不了多久天就要黑了，平常那些精明像蒼蠅的百朗呢？」亞路谷身子稍稍向後傾，無奈的說。
「那我們就再等等吧！」卡嚕魯說。

海面上的小船持續進行著，浪潮也沒停止片刻，而亞路谷已經不耐煩了，打了個呵欠說：「我看，別等了，我們想辦法跟他們溝通，取得一些東西吧！」

「哈哈，亞路谷啊，別灰心，你這麼一說，那裡……你看，那些百朗出現了。」卡嚕魯指著那群海上來的人的方向說話。

只見那個方向出現了兩個盤著髮辮，短褂灰黑長褲的人正揮著手，走近剛登陸不久穿著黑袍、白袍與水手裝的一群人，雙方比手畫腳，又似乎說著話溝通，沒幾下子那群人便半圍著那兩個人。接下來的畫面頓時讓三人啞口無言。

那似乎是又經過一番很難的溝通，那兩個人應該說了什麼話，讓海上來的那群人受到驚嚇，以至於後來那兩人不斷的走入人群，不停止動作地收取每個人所帶下船的東西，然後各自裝袋在兩口大袋子裡時，人數超過六十名的那些海上來的人幾乎沒有反抗與拒絕。收完東西，那兩人揹著收來的物品，沿著小徑朝南方離去，而海上來的這些人離奇的、安靜的，全部離開了海岸跟著那兩個人後面走。只花沒幾分鐘的時間，登陸的海灘只留下那兩艘救生艇，而遠處敗破的大船，還一傾一斜的配合著浪濤、潮聲搖晃。這讓阿帝朋三個人瞠目結舌，久久無法回神。

「阿帝朋，你聰明，看得也多，你告訴我，剛才究竟是發生了什麼事？我們是看見了卜靈奧[2]嗎？」卡嚕魯說。

2 巫師。

「這個……我也不懂了！」阿帝朋似乎不想多說，輕皺著眉頭說。

「你呢？亞路谷。」

「呸，我哪裡懂得這個？等了一天，什麼好處也沒得到，兩個百朗沒打沒殺的，輕易的獲得了那些將近六十幾人的所有東西，真是見鬼了，真是怪事。不管了，我得走了，山路遠，天完全黑以前我得回牡丹社了。」

「既然他們都跟著那兩個百朗往南走去，這裡也就沒有再留下的意義了，我們都回去了吧。」卡嚕魯說，想起了什麼又說：「阿帝朋，你沒別的事吧？到我那兒留住一宿吧，把剛剛的事再跟我說一說吧，我的阿瑪常鼓勵我說要跟你多聊些事，增加點見識，今天早上有人巡陷阱，應該有收獲，不如，我們一起去喝個湯，多聊一聊。」

「也好！」

「亞路谷，你呢？」

「不了，我的阿瑪再三交代，夜裡一定要回到部落同其他的青年漢子一起待命，隨時聽差，我得回去的。」

因為順路，三人一起走回高士佛的路上，亞路谷與卡嚕魯一路鬥嘴，阿帝朋卻一路無語沉思。

這就是語言，就是談判溝通吧，只三言兩語，便得到想要的。阿帝朋幾乎是發出聲音來的在心裡嘀咕。

11 去向的爭論

這裡果然是台灣啊！野原心裡咕噥著，又止不住剛剛受到的震驚與憤怒，手指仍微微顫抖著。

剛才那兩個人，宣稱是住在附近庄落的漢人，告訴他們這裡是台灣，要他們千萬別向西深入，否則將遇到傳說中的「大耳生番」，就可能會有生命危險，如果一定要移動，就往南邊，那裡有漢人的庄落。那兩人還威脅說，「大耳生番」會搶奪財產物品，一個不小心可能被殺。所以，最好事先把東西或者財物交給他們保管。

那兩人的說法，野原是半信半疑的，他覺得他們是騙子，而且是很有經驗的騙子，連收集東西的大袋子都是事前準備好了的。他想斥責那兩人，但因為身邊的物品包括將帶給家裡妻小的禮物，早在昨天以前的風浪以及觸礁時流入大海了，加上島主與其他村長們囑咐著不要節外生枝，而首里來的那些官員與商人，更是驚嚇得自動把所有的物品都給了那兩個人，所以野原當下沒有發作，只在隨後向南移動之後，不斷觀察與想伺機拆穿那兩人的不懷好意。

野原覺得不合理的事是，自己這一方除了先前松川強行登陸落海失蹤的三員，安全登陸的總共有六十六名，扣除掉島主、村長副村長、首里來的那些商人，其餘的都是精壯的文書、隨從、船員與漁民，更別談這其中還有幾個隨從侍衛。就算不把這些隨從侍衛算在裡面，平常下地村那些跟著野原練拳的這些人，即使都失去了武器，也絕非不堪一擊，無法保護這一行人。這下好了，三言兩語被兩個陌生人要去了剩餘的東西，甚至連乾淨的淡水與食物也沒得到一點點的資助，而他們所說的「大耳生番」的位置以及如何殺人吃人也說的太含糊，野原覺得那是他們編故事來嚇唬他們的。這分明就是遇上了高明的騙子，憑幾句夾雜著日語、漢語以及琉球方言，就把一群人給騙了。野原憤怒極了，往南邊的路上，他仔細觀察那兩人，總覺得他們眼神飄忽鬼祟，時停時走的像在算計著什麼；而琉球來的，宮古島來的這一群人，卻像是一群迷失的鴨子或孩童，由飼養人或者大人領回，一路無語、沮喪、疑懼的跟在那兩人後方，彼此不安的交換眼神又偶爾四處張望。野原厭惡了這個情形，更加狠狠的怒視這兩人，正想發作，卻望見那兩人正同時瞥頭望向他們所謂生番出沒的山區方向。想起傳說中的吃人凶番的事，野原頓時覺得這裡應該就是台灣，一種未知的恐懼油然而生，心裡也為自己突如其來的恐懼感而震驚。

如果這真是台灣……野原的念頭陡起又轉了彎。

真有吃人的生番嗎？

野原不自主的朝山稜線下那連片的蒼綠世界，他想起他被大浪打上在那片礁岩上找尋食物，面對寬闊又深鬱的溪床，幾座聯併聳立的沙丘，以及更裡面更後面那些蓊鬱的森林時，曾經一度感受到那裡確實有幾對眼睛的監視著他，那是一股細細淡淡極幽微、極隱晦卻又異常具體的的感覺，雖然那感覺稍縱即逝。

野原不自覺握起了拳頭，行走間，提了氣，忽然向前擊出一拳，半長的袖子，扎實的發出「噗」的空氣震動聲，驚動了周邊的幾個同是下地村一起來的人。

「野原，怎麼了？」

「喔，我想，如果這裡真有生番，我們得調整一下走路隊形，太陽已經落入那些山頭，天應該很快就黑了下來，不知道會不會遇到生番襲擊，我們得保護島主大人以及幾位与人啊。」野原說著，因為擊拳拉扯肌肉，一股疼痛感自上唇擴散，令他忍不住扭曲著表情。

「的確是這樣，不過，島主的隨從首領松川先生不在了，那個副首領會不會聽你的？」

「我管不了這麼多了，島主大人雖然不是我們的責任，但是我們是下地村的村民，平常練拳為的也是有那麼一天能派上用場，我想我們應該有責任保護与人們，保護其他需要的人。除了一路提高警覺，我覺得我們需要進一步採取一些措施，保護島主大人以及其他人。」

「嗯，有道理，你覺得該怎麼做？」

「你們幾個平時跟我練拳的，算一算六個人，兩組，我帶一組到最前面去，跟在那兩人，你帶一組跟在与人左右。」野原說著。

「這樣子，會不會引起其他村的隨從誤解而騷動？」

「就是要引起騷動，那些島主大人的隨從沒什麼警覺，都到了這個節骨眼，還漫不經心，像一群受驚嚇的小孩子，誰喊了就跟著誰走。我們就試看看能不能引起騷動，讓大家清醒清醒，目前這個情形太不正常了。」野原說著，又看了看一群人，上自島主下至那些他以為可能見多識廣的船員，都安靜的，驚惶的，簇擁著擠在一起走路。

礁岩外的岸邊沙灘與短草形成一個南北走向的通道，其中走出了一條約兩人並肩寬的路，可見平常這裡走動的人就頻繁。而甫上岸的宮古島眾人走在這一條路上，並不太受到既有的道路制約，一團團一坨坨的行進。最前方是那兩個搜刮所有人財物的所謂當地人；船長以及幾個船員跟著形成一個群組；島主以及幾個村長和島主隨從，間隔了幾步跟在後方；首里來的官員、商人以及幾個副村長、村文書一個集團；野原以及幾個同村的接在後方，殿後的是幾個船員以及各村沒有擠在村長身邊的隨從。除了前頭的兩人時時向西邊山區張望，其餘的人，疲累的低著頭著實像一群剛剛落水被救起的鴨子，那樣的窩囊猥瑣。

野原沒等那人回話，已經指點後面兩個人同他一起走向前頭。

隊伍產生了一些變化。

首先是島主身邊的護衛，見到野原不顧順序的逼近，很自然的疏展開形成一個戒護網，護衛副首領前川屋真叫道：「你們幹什麼？這麼不顧禮儀超越島主大人？」

這一吼，驚醒了其他人都抬起頭來看著野原，個個小組的行進隊形忽然都疏開了，像膨脹的米飯或地瓜，變大、結實又擠成相連的隊伍，令野原倏地感到飢餓，他嚥了嚥口水說：

「我不相信這兩個人，這兩個人騙我們說這是台灣，這裡有大耳生番出沒會搶奪我們的財物，會殺了我們。如果是那樣，他們兩個人怎麼可能單獨在這裡走動？我現在就要走過去仔細監視他們想幹什麼，如果欺騙我們，我要他們把東西還回來。」

「哎呀，你真是莽撞啊。」一個村長也覺得野原僭越了禮儀，責備起來了。

「沒關係，這樣也好啊，讓大家都提高警覺也不能算錯了，讓他去吧，其他人也都小心注意了。我們不知道這裡究竟是哪裡，也不曉得這兩個人究竟想幹什麼，能把我們帶到哪裡去，多加留心就好，別惹事了。」島主仲宗根玄安沒有責備的意思，揮了揮手，輕皺著眉頭看著野原。

隊伍果然不同了，只在涉溪時停留了一會兒，眾人洗過臉，喝過一些帶有些黃褐色泥沙不算乾淨的水，又繼續往南走，野原卻有幾分猶豫，頻頻撇頭望著那溪水。

那看起來是一條通往那片山嶺深入的一條溪，颱風過後溪水四處溢流，但不湍急；主水道水面不寬闊，可清楚的辨識那是往西往上延伸。幾叢五節芒草與蘆葦布滿了溪床，再往裡些，雜樹林密布，在稍遠處開始出現較高的樹木，溪床右邊遠處有一座看似獨立的沙丘。

假如眼前這兩位自稱為當地居民的人所言屬實，這裡的確是大耳生番的出沒地，那麼那些生番的居住地又會是在哪裡？野原搖搖頭眼神又溯著溪水往上探去，他忽然記憶起長山漁港那個老者所提到的，關於一條溪床水潭的一群女人與小孩。心想，如果那樣，這溪的上游應該也會有類似的聚落存在，也許有機會可以獲得某些的支援，比如食物或者住宿，野原覺得自己這一群人應該可以試試。但假如那兩人說的屬實，那麼盡早離開這裡是必要的。可是，過了這溪往南，海風垂直的向西橫吹，風勢較為強勁明顯，沙灘變得較寬，靠近西邊還併列著一連串的山丘，像平地隆起的一道山脊，橫亙在海岸與綠色山巒之間，冒煙似的風吹颺起沙塵，在暮色漸濃的現在，看起來是既荒涼、頹蕪又失去生氣，這令野原多了些疑慮與猶豫。

南邊真有漢人的聚落嗎？如果眼前這兩個漢人所言不假，那麼台灣人的聚落會怎麼對待我們？我們可沒東西再讓他們搶了啊。如果不跟去，那些殺人吃人的大耳生番……野原又搖搖頭，腦海嘀咕著，他知道自己的身分，根本沒有多發言的餘地。

而眾人似乎也覺得不安，多數人開始東張西望，島主與幾個村長更是停了腳步，撇頭望向海水方向，呆望那個觸礁卡在礁岩上的毀損大船。島主忽然哭了，啜泣著猛掉淚，慌得一行人急忙勸慰，兩個護衛更是心急的趕上隊伍前面，質問那兩個領頭的當地人，究竟要把他們一行人帶到什麼地方。

爭吵開始了。那兩個護衛大聲的責問，而那兩個當地人更是近乎咆哮的回應，漢語夾雜著一點點的琉球語，雙方比手畫腳又張牙舞爪的彼此詰問，加上原本就規律漲退的潮聲，野原根本沒聽懂任何一個有意義的單字。他走向前站在船長身邊，離那兩人稍近一點，想聽清楚一些事，後面幾個人也跟了上去，但那兩個當地人一點也沒有讓步的意思。後頭傳來下地村村長傳達島主的聲音，要眾人都閉上嘴，並指示一個文書前去協助溝通。

只見那兩個當地人又比手畫腳的，大聲嚷嚷並指著道路往南的前方，然後撇過頭以後，加快腳步沿著路向南翻過一道由山邊向海延伸的沙丘鞍部消失。這下子，不僅那個文書楞在那裡，所有人都傻了眼，島主急急的走了上來問怎麼回事？

原來，那兩個人說，既然大家都不相信他們，事情也簡單的多，就在此分道揚鑣。天要黑了，前面過了那個鞍部有一個大的石洞，足夠宮古島人一起窩著過夜，附近乾柴多，也夠大家一夜生火取暖。等天明以後，請盡量朝南方走，千萬別往西邊，否則遇到了大耳生番而因此受害，可別怪他們了。

「這兩個混帳東西，他們真的那樣說？」島主生氣了。

「我不太懂得他們的語言，我猜想，大概的意思應該是這樣了。」

「混帳，真是混帳，要我們這麼多人像野獸一樣住山洞，這成什麼體統啊？這個地方，那些沙丘，我們……哎呀……」島主又愁著臉，袖袍遮包著頭似乎又哭了。

「我去把他們追回來，說個清楚，不帶我們走也要把東西還來！」一個護衛說。

「先別惹事了！」船長見狀，怕衍生其他問題，趕緊說話：「他們兩個雖然沒繼續幫忙，至少還沒給我們找大麻煩，我們真要對他們怎麼樣了，誰知道他們會不會整個村子來報復。我們現在得想辦法盡快找到修船的器材工具，或者可以協助我們回到琉球的人，不是找人打架出氣。我們還是先去看看他們說的山洞是怎樣吧，萬一真的不行，再想其他的辦法，沒多久，天都要黑了。」他沒等島主回神，指著野原幾個人，要他們先快速的往前探勘，又囑咐其他人跟在後方維持隊形跟上。

沒等船長交代完其他事，野原已經帶著幾個人幾乎是奔跑著離去。小徑通過的沙丘鞍部，距離他們現在的位置並不遠，只消快步走個十幾分鐘便抵達了。這其實也不能算是山洞，那是小徑左側兩大塊礁石所形成的類似洞窟的空間，高度不高，但看起來挨挨擠擠的應該可以塞得進六十幾個人坐著休息，進出口背著風，若洞口生起火來應該可以提供一些熱度，野原這麼估量著。不過，十一月的寒冬有風的夜裡，這個不完全密閉的海邊洞窟，能保證幾分溫暖？而夜裡真的不會有動物或者那兩人所稱的「大耳生番」出沒嗎？野原左右四下探看又覺得沒信心。他往南邊瞧，除了瓊麻、短草以及耐風的灌木，山丘岩石陡起，往下延伸已經欺近海邊，小徑已經變得狹窄。

他留下同行的幾個人吱喳討論抱怨著這個洞窟，自己循著小徑往回走上沙丘鞍部，看著船長領著所有人慢慢的走來，一群人看起來更頹喪，更失魂。他們背後那條被颱風刮刷變寬裸白的溪床上，有幾條分割亂竄的溪流正流向海灘，幾座零散的林投樹叢，在太陽已沒入山頭的天光下，皮癬似的這裡一塊那裡一塊的錯落生長。而海上，除了拍擊海岸礁岩的浪潮，礁岩以外的海面已經沒有白色浪花或泡沫，破損的大船依舊卡在那兒，只輕微的隨浪湧規律的輕搖擺動。野原忽然感覺手腳的傷隱隱作疼，他意識到剛剛走得有些急。撇頭，又望向那條朝西延伸入裡的那一大片綠意，在陽光已經沒入山巒稜線的黃昏中，有些薄霧氤氳。野原稍稍感到驚訝，那些連片的大山所遮罩圈圍的暮色，與宮古島下地村帶有海風川流的夕陽入海的景觀截然不同，那是一種山嶺憑空收回陽光的景象，那般沉鬱與凝滯，或說深邃與灰境，有幾分安詳與更多令人挫折、不安的氣息。

那裡，一定有人居住著。野原心裡起了這個念頭，而河床周邊的雜樹林，也令他聯想到也許有果樹可充飢的想像，他嚥了嚥口水，忽然楞了一下，因為他以為看到了炊煙。

家裡應該也生起了火了。野原想起妻子浦氏每天傍晚炊爨生起火來滿屋子煙，晚餐的時間，孩子總是不厭其煩的訴說著，他是如何勇敢的摀著嘴跑到門口望著爐灶，野原眼眶忽然濕了，鼻腔頓時塞澀。

那些炊煙穿透茅草屋頂的細縫，往上集結凝合升起的情景，是每日告知我該划著漁筏回家的訊息啊。野原噙著淚水，半瞇著眼吊起嘴角，心裡苦笑著。

12 高士佛社

卡嚕魯與阿帝朋並肩著，閒聊著走在通往高士佛社的小徑上，小徑穿越過整個溪床的芒草原與雜樹林，然後在一處有著兩棵大茄苳樹矗立的小空地開始往上延伸，小徑寬度依然足夠兩個人併排著走。沿途，歸巢與最後覓食的鳥禽吱喳的四處鳴叫，那些斑鳩、雉雞，竹雞競鳴似的這裡、那裡嘎鳴；成群行動的麻雀和慣習各自活動的黑頭翁、長尾黑鶇以及不知名的鳥種也不肯讓分的交互聒噪；連冬天不常見的暮蟬也分幫區派的盤據山麓「山骯骯……」的唱和。

才轉過彎道，一棵雀榕下的小空地，一塊排列著幾個石椅的休憩空地，三個配著刀穿著獸皮剪裁成上衣與後敞褲的年輕漢子，忽然站了起來迎上來，又上下打量卡嚕魯兩人。

「你們空著手回來？」其中一個人吃驚的問道。

「吉琉，你怎麼來了，你不是等在家裡面，你都來了，我們的熱湯……？難道……你們吃完了？這怎麼可以。我們正想好好的參加你們，你們……就吃完啦？」卡嚕魯表情有些驚訝。

「不是那樣的，一些族人現在還在我家享用著，我的阿瑪留了一些等著你們呢。可是……」吉琉遲疑了一下，打量著兩人說：「你們沒有帶來任何東西啊？」

「沒有，我們沒弄到什麼。」

「哎呀，真是沒用，我就知道不能期待你們，我們正準備要自己去看看呢。」吉琉表情瞬間出現了不屑的意味兒，而且，幾乎是邊走邊說的打了手勢，要其他兩個夥伴離開。

「喂，你們現在去是沒有用的。」卡嚕魯揚起聲來提醒已經轉入小徑彎道，往下離去的吉琉三個人的背影，但那三人完全不理會呼喊聲而逕自離去。

吉琉是清晨卡嚕魯與亞路谷所遇見的父子檔，那位年紀較輕的漢子。他們的陷阱上捉到了一隻山羌。因為遲遲沒見到卡嚕魯等人回來，心急著可能真有好東西而拿不到，又懷疑卡嚕魯藏私，所以，找了平時與他鬼混的兩個人，一同佩起了刀，想到海邊看看有沒有機會。

「哎呀，這個吉琉喔，平時就小心眼愛計較，這麼急著要去，我看你能找到什麼好東西。」卡嚕魯沒好氣的說。

「讓他們去吧，心裡存著疑惑，很容易有別的想法的。況且，他們現在去，順便確認一下那些人的後續動向，也是好事啊。」阿帝朋說。

「我說阿帝朋啊，你說的有道理，他這種態度很容易讓我上火，而你居然想到這裡，怪不得我的父親這麼欣賞你。」

「呵呵……別這麼說，我不相信你沒想到這一層，你只是不想讓他們多跑一趟罷了。」

「哎呀，你都這麼說了，我還真沒什麼心事能瞞過你的。我看我們別說這個了，趕點時間快快回去，免得吉琉家的那些人把湯都喝完了，我們落得只能舔鍋子解饞了。」卡嚕魯有種被理解的快慰而開心的說。

高士佛社的主要聚落是建立在背向海面斜坡位置，自八瑤溪溪床往上約五百公尺高度的一處山脊凸出部，四十幾戶的茅屋階梯式的沿坡度上下建立，隔著牡丹溪與亞路谷的牡丹社遠遠相望著。主要的農作田，則在面向海的坡面圍上石圍牆，分隔成不同的旱作田。由高士佛社的主要聚落東面坡往下到八瑤溪溪床，還有些零星的，幾戶住家所形成的小聚落，由幾條小山徑連結著。這些零星聚落，多半屬高士佛社幾個氏族，因為不同的理由分住，或者因為耕作方便而就近建屋寄宿，久而形成三五戶的小聚落。本質上不論領地概念、部落規範戒律或者歲時祭儀，仍屬於高士佛的一環，遇到祭儀或者重大情事，都自動的沿著卡嚕魯兩人所走的這一條山徑，回到高士佛社。

卡嚕魯才進入高士佛社，斜刺裡忽然出現一個人攔住他們。

「這邊！卡嚕魯！你們去這麼久，再不回來吉琉家的獵物都要吃完了。」

「我先回家見我父親吧！」

「不用了，你阿瑪就在他們家，大家正聊得起勁呢。他算準了，這個時間你應該會回來的，他要我在這裡攔截你過去跟大家說說你看到的事。」

「是這樣啊？這樣也好。不過，你們還有東西可吃嗎？我們吹了一天的風沙，也該喝個熱湯什麼的，我邀請了四林格社的阿帝朋來，可別連湯都沒喝上一口，這傳出去，要給人笑話了。」卡嚕魯說。

「放心，這一回吉琉家特別為你留了一些肋骨和內臟，說你去看了海邊的一群人，回來也許有好東西送他呢。你們真有東西啊？」

「這……怎麼好意思呢？」卡嚕魯原本歡心的情緒忽然被「好東西送他」這一句給弄擰了，覺得尷尬，遲疑了一下，急忙拿阿帝朋敷衍：「喔，這樣子接待四林格社的朋友，應該也不致太失禮了。」

「別不好意思了，大家都等著你呢。」

吉琉家，在階梯式的部落格局中，是位於最上端的梯台左側，沿著部落上方小徑的進入部落入口後的第一條小巷弄右轉，經過兩戶人家前院走到底就是他家的位置。小徑在進入他家院子旁分岔，經屋後向上到稜線後，連結到上坡往部落獵場的小徑，以及部落外的一條下山小徑。

高士佛每戶的住屋形式大致相同。吉琉家是長方形，院子是以礫石、小石板鋪成，進院子口右側是一個看起來像是圈養禽畜的欄柵，裡頭除了乾癟的動物糞便與乾燥的腥羶遺留氣味，已經沒有任何動物在裡面。欄柵旁是一座以四根樹幹為底柱，離地約一米的穀倉，每根柱子上端倒扣著一片約三個手掌大小的凹型木板子防鼠。穀倉屋頂同住家一樣是以茅草疊層搭建著，牆面留有一個門或窗子方便取穀物，整個儲物空間大小寬度約一個成人手臂張開伸直的直徑。再往穿過一個約十米見方的鋪石院子，便是吉琉家的住屋，以茅草、竹子、樹幹為材料所建造的房子，厚實的茅草屋頂以桂竹竿編成方格網型壓實著。與同樣也是茅草為建材的牆面相對應，給人一種巨大香菇穩穩地扣罩著，既遮風又避雨的安全感。

此時西北向的部落斜坡，還享有夕陽餘暉折射的光亮，部落各家升起的炊煙，止升起、飄移與瀰漫。幾戶人家的孩童還嬉嬉鬧鬧的沿著巷道這裡跑那裡鑽，而吉琉家院子的交談聲，早已經傳進還沒進入院子的卡嚕魯與阿帝朋耳朵。

「這可糟糕了，大家都期待我們能帶回來什麼，這下子，我們空手而回，那大好機會也給了那些百朗，等一會兒可不知道要被說上多難聽的話了。」

「照你這麼一說，我是應該跟著亞路谷去牡丹社的，這下子，我可要被你拖著去聽別人說閒話了。」阿帝朋臉上掛著微笑，撇過頭望著與高士佛社隔著溪谷遠遠對望的牡丹社，又看著卡嚕魯說。

「那真是對不起了，我沒預料到會這樣呢。」卡嚕魯被阿帝朋注視得也不好意思了，點著頭說。

「喔，開你玩笑的，這種事本來就是很難避免的，大家很少見到部落以外的東西，想得到些新奇物品當作獎賞也是人之常情啊。」

「其實……」卡嚕魯停止了腳步。

「怎麼了？」

「我是說，在我們這裡，真正說閒話的嚼舌根的並不多，部落有幾個不同的氏族，平常大家開開玩笑，有的時候就單純只是找樂子，還真沒有太多心眼的，剛剛我跟你說的那些什麼人要說什麼難聽的話，那些話語的確有的時候聽起來教人心裡不舒服、窩囊，但那樣的玩笑其實沒有多少惡意的。」卡嚕魯說。

「嗯？這我不懂了，我們剛剛說的不就是別人講閒話的意思嗎？」

「是這樣，但……又不是這樣。」

「呵呵……你要說什麼呀？」

「我是說，我們這裡的人當著你的面窩囊你，說些讓你下不了台的事，不過是想挫挫你的銳氣，增加整個談話的樂趣，即使背後說了你的難堪事，也是一種提醒或者當笑話聽，沒有人真心在心裡面存著其他的意圖的。說是閒話，也不能算是真正的閒話的。」

「卡嚕魯，你這話說得很有意思，閒話不閒話的有這麼大的差別嗎？你這麼認真的解釋，是意有所指吧？你該不會是在說亞路谷的牡丹社吧。」

「這個……的確是，對不起啊，我不是嚼舌根在這裡說牡丹社的小話。你剛提到了牡丹社，我想起了亞路谷講了幾回的憂慮與困擾，兄弟一場，我想還是先讓你了解，他們內部氏族間的芥蒂，並不存在於高士佛社，如果我的部落族人言語上有什麼不恭敬，請別放在心上，而讓自己難過了。」卡嚕魯顯然對於談論別的部落的事，感覺存有一點不恭敬的愧疚感，因而遲疑。

「哈哈……我說什麼大事呢，卡嚕魯，你多想了，牡丹社的事，我多少知道一些，他們氏族之間的暗中較勁，我也聽了不同的人說了幾回，我是知道的。今天亞路谷執意要回去，還不就是因為不想留話柄，要建立好榜樣，不是嗎？你這麼慎重，難不成是因為高士佛社的人，開起玩笑來要讓人無地自容了？」

「不是不是，不是這樣的，嗯……也是這樣的吧。」

「呵呵……看你一連幾個不是。你放心吧，又不是沒來過高士佛，又不是不知道高士佛社嘴皮子的厲害，況且，我又不是來鬥嘴的。」阿帝朋伸手拍了卡嚕魯肩頭說。

阿帝朋個頭高出卡嚕魯一個頭，兩個人停在進入吉琉家院子前的那戶人家門口說話，引來圍聚的眾人投來好奇的眼光，一個聲音投來了：

「你們兩個站在那裡說話是有什麼企圖嗎？是商量怎麼藏起你們帶來的好東西，是嗎？」

「是啊，站在別人家門口窸窸窣窣的摸來摸去，天還亮著，你們以為沒有人看得見你們啊？唉唷，我說那個四林格社的阿帝朋，你長得這麼體面，還怕找不到女人啊，難道你不知道卡嚕魯早就有一個柴城的心上人啊，那可是個長得細皮嫩肉的百朗女子，卡嚕魯不會看上你的，你別纏他吧！你過來，讓我們這裡幾個女人看一看，你也挑一個來提親吧。」一個中年婦女也拉開嗓門叫嚷，逼得阿帝朋不得不推了一把卡嚕魯要他移動。

「唉唷，你們看看，這兩個人還真是親密啊，這樣的阿力央[1]真是讓人沒話說。只可惜了我們這些未婚的姑娘，平常守著這麼大的田產，還不就是希望哪天你阿帝朋能來拜訪拜訪，看上了眼好成親的，你們兩個男人這樣攪在一起，多傷這些女人的心啊。還有你，卡嚕魯，我們這些阿姨嬸嬸的，還沒責備你看上那個百朗女子，現在，你真要勾搭阿帝朋，我們可就要你好看啊。」一個女人又說。

「喂喂，他們兩個可是鐵錚錚的漢子，你們別胡說八道了。阿帝朋怎麼會看上卡嚕魯呢，他這麼聰明，長得這麼好看，我看那些百朗的村子，一定有不少的女人跟他有往來，你們那些年輕的姑娘可要加把勁，可別輸給那些百朗啊。喂，阿帝朋啊，我跟你說了幾回，你別一

1 排灣語，朋友，友誼。

個人獨占了那麼多百朗的女子，你也大方介紹一個給我嘛。」一個中年漢子也發聲了。

「呸！」卡嚕魯輕輕的啐了一聲，堆起笑容輕聲的撇過頭對阿帝朋說：「看吧，你比我還受歡迎啊。」

「啊，還沒坐定位，就已經開始歡迎我了？真不愧是高士佛社啊，呵呵……」阿帝朋也展起了笑容壓著聲音回應。

吉琉家的院子，除了吉琉的家人親戚，高士佛幾個氏族的族長也來了，加上前後左右鄰居，近三十人分成四個小圈圈圍坐在石板上。高士佛社的大族長伕入乙那一圈圍，已經左右騰出兩個以腰圍粗的短樹幹，分斷成矮凳子的座位空間，卡嚕魯兩人先後坐定位置。幾個年輕女人已經投來幾道目光在阿帝朋身上，其他幾個圍坐的圈子聲音也忽然都變小了，似乎想聽聽卡嚕魯帶來的故事。

「咦？亞路谷呢？沒跟你們一起來？」伕入乙開口問。

「喔，阿瑪，他急著趕回去了，說晚上要陪著牡丹社其他年輕人守夜呢。」卡嚕魯回答。

「呵呵，他真是個有責任感的年輕人，你們可得學著點。」

「牡丹社的大族長阿碌古，這樣的要求自己族裡的年輕人，恐怕也是不得不為啊。」一個族長說。

「是啊，他一個外社的人結婚進入牡丹社『卡福隆安』氏族，幾年內快速變成一個重要的領導人，一般族人不會多說話，但是氏族領導人，特別是傳統領導家系的氏族，多少在心理上會有那麼點不甘心。」伕入乙說。

「說來，我也不得不佩服阿碌古，牡丹社人這麼強悍，平常誰都不服誰，更不把我們這些部落放在眼裡，他一個四林格社人，能夠把自己變得比牡丹社人更像一個牡丹社人，這也難怪眾人會服他。」一個中年的族長說。

「呵呵……看你說的，什麼比牡丹社人更像牡丹社人，你說說看，牡丹社人該是什麼樣？」

「唉，佅入乙啊，你不會不知道吧？牡丹社人重感情，愛恨強烈，與你相好可以把田產讓給你一半，跟你交惡，連他家養的狗都不會給你好臉色。所以牡丹社人才會這麼憎恨那些專門騙人的百朗，喔，或者也應該說柴城、統埔[2]、保力[3]的百朗這麼厭惡牡丹社人的原因吧。」

「嗯，除了這個，阿碌古有智謀有勇氣，對外不讓一口氣，卻對牡丹社其他氏族百般容忍，甚至嚴格要求自己氏族親友，平時低調與處處禮讓其他氏族。這也是一般的牡丹社人這麼服氣他的原因，甚至傳統的領導氏族表面上也多有所禮讓。」佅入乙說著，忽然想起坐在一旁還沒開口說話的阿帝朋，又說：「你看我們光顧著說話，還沒讓這兩個年輕人說說今天一整天待在海邊吹海風，觀看那些外人的情形呢。」

「是啊，你們幾個族長，太囉嗦了啦你們，一直講話，我們要聽聽他們講那個海邊有什麼啦。」一個中年婦女順勢嚷了起來。

「喔，大家別急啊，這個由我來先說，說不齊的，阿帝朋再來補充。」卡嚕魯放下手中盛湯的木碗說。

---

2 地名，今恆春統埔村。
3 地名，今恆春保力村。

13 石洞穴的爭議

天色將要暗了。西邊與海岸不遠的山巒，幾道山坳褶曲已經呈現灰黑暗沉，那是夕陽餘暉被山勢所遮蔽的入夜前景象。稍早，一群因為風災觸礁擱淺在八瑤灣海岸礁岩的宮古島人，三兩走成了縱隊，頹喪的，各自帶著心事又忐忑地，沿著海岸線礁岩外的沙地小徑向南邊走來。隊伍穿越過一條由山腳向海邊延伸的沙質小山脊，群聚在一座由兩塊大礁石所形成的「洞窟」前議論著。有些人只在洞口觀望了一會兒，又離開人群四下走動，這其中包括這領頭抵達的船長，他皺著眉頭注視著洞窟，隨即又前後來回探看環境。幾個船員也不待招呼的四下離去找尋木柴。而剛剛被島主任命為隨從首領的副首領前川屋真，則氣呼呼的走到人群的最南邊，對著南邊那兩位當地人離去的方向咒罵著。隨著野原最先前來探勘的幾個人，早已經進入洞窟勘查並熱心的提出看法。

野原一直留在小徑穿越沙丘的鞍部，一語不發的望著這一群夥伴，沒跟著眾人貼近洞窟湊熱鬧。他注意到島主以及幾個首里來的官員臉上，那種驚訝不可置信的表情；耳朵聽見的盡是那些擠上前去，觀看洞窟所發出了鄙夷、厭惡的哀號。

「這是不對的！」一個穿著黑色袍子的村長幾乎是吼叫著，那聲音充滿沮喪與憤怒，近乎嚎叫的又說：「我們怎麼能睡在這樣的地方啊。」

「是啊，再怎麼說我們也是首里來的官員商人，偶爾吃些鄉下的粗米，睡個硬板床還可以忍受，要窩在這種連猴子都不可能睡的窟窿裡怎麼睡？坐著？還是躺在泥沙地上？被子呢？真是的。哎呀，我怎麼這麼倒楣啊，才第一次跟著出海巡訪，就遇到這種事，一個弄不好，我要喪命在這個鬼地方了。」另一個下顎有一顆痣長了四根長毛的琉球官員說。

「你安靜點，什麼死不死的，只有你會死在這裡。你呢，最好死去，讓那些吃人的生番把你吃得乾乾淨淨。等我回去我就併購你的布料生意，要不了兩三年，全首里城加上全琉球的布料生意就一定可以掌握在我手裡，到時候中山王要到紫禁城進貢，或者出使薩摩藩，少不了要我陪著，那樣說不定可以談更大的生意，哇哈哈，你最好死在這裡。」另一個淺灰色袍子的商人瞪著眼說。

「好啊，原來你安的這個心，怪不得當初你把這一趟說得多麼美好，說什麼到宮古島，到八重嶼這些偏荒的小島嶼看看，說不定這裡因為接近台灣，西洋人南北往來的，有機會在島上看到什麼新鮮的。原來你要我來，是早就有這個陰謀，你真狠啊。我看，就算不是這個颱風讓船觸礁，恐怕在海上你就對我下毒手了。」

「閉嘴！」一個村長大聲音吼了起來，「你們起碼像個男人吧！這個時候吵這個幹什麼？」

「耶？你什麼身分啊？你一個小海島的与人關起門來跟你的村民耍耍官威就算了，你來插什麼嘴啊？我們商人的事，你懂嗎？那些關於全琉球布料的商業競爭，你懂嗎？真是混帳，你插什麼嘴啊？」

「你……真是無禮，這樣子說話，就算你是個官員，說話也不能這麼粗魯。還有，怎麼你也是個商人？而且是私底下經營布料的官員。哎呀，你官不官商不商的有什麼好嚷嚷的？還好淪落到這個情況，讓我們都知道你幹了什麼勾當的。你了不起？你真要是凍死餓死，我根本不會覺得意外，你才是混帳東西。」這村長更生氣了，大聲的指責。

「閉嘴，你們都閉上嘴吧，別花精神吵這件事，大家都各自想辦法找些乾草，折一些枝葉鋪出個床好睡覺吧！」船長已經折返了回來，平靜的阻止了這幾個人繼續哀嚎。見幾個人都安靜了，他換了個口氣繼續說：「這裡往南，不遠處看起來是山跟海的交接海灘，按照那兩個人的說法，小徑那一頭應該有聚落，只是不知道距離有多遠，就算有，我們大隊人馬在夜裡出現，人家應該也不會歡迎我們進入的。」

「船頭，你的意思是，我們今晚都要睡在這裡？」新任的隨從首領前川屋真也回到了人群，聽了船長的話質疑著。

「嗯，我可以相信那兩個人所指的方向的確有村莊，也許我們可以從他們那裡得到協助。只是那裡究竟有多遠？我們都不知道；能不能在天黑以前走到那裡？會不會被拒絕然後趕出來，入夜後繼續在這種沒有人煙的地方遊蕩？我們也不知道。所以，我認為今晚大家就留在這裡吧，趁著天還沒黑，先把睡覺的東西準備好。等休息夠了，或者各位要是晚上睡不著，覺得無趣需要吵架，大家再來吵一吵吧。」

「睡在這裡？晚上，會不會有他們說的大耳生番攻擊我們？」一個隨從說。

「既然那兩人都說了，在這裡不會有生番出現，往南走也不會有生番出現，往西走才會有危險。只要我們留在這裡就會相對安全，現在考慮危險不危險的事就沒什麼意義的。」

「船頭啊，你這麼多年在外遊歷，怎麼……那兩個人說什麼，你都相信？」一個村長撓了撓頭，疑惑的望著船長說。

「呵呵……我是個老經驗的船頭，我跟我的乘組員一貫的態度就是務實。往南會不會有村落？往西有沒有危險？那個距離我們現在的處境太遙遠，也不可能現在就被證實。但是，如果現在我們不立刻準備好怎麼安頓，那麼，今天晚上，我們就有可能都凍死在路上，或者凍死在這個洞窟裡。」

「喔……」眾人似乎領悟到什麼，發出了低鳴，使得海岸邊的洞窟前，併著海潮聲迴響起一陣的讚嘆。

「沒凍死在這裡，我們也會餓死的！」隨從首領前川忽然說。

「對啊！」眾人又爆發起了連片的聲浪。天還沒全黑，船長與前川的考慮都有道理，再忍一個晚上的飢餓，或者冒險繼續前行找尋食物與協助，現在正拉鋸著眾人的意志。

一直留在沙丘鞍部小徑上的野原，早已經走了下來，安靜的站在外圍看著這些夥伴交談。他順著沙丘向西邊山脊延伸的方向望去，遠處樹林似乎有騷動，他猜想，那股騷動應該是一群獼猴才是。某一年他陪同繳納歲賦的隊伍編組了一艘船前往琉球，在一次陸地的踏訪行程中，他在一個村落外見識過一座樹林邊緣的獼猴騷動，印象極為深刻。

如果，那真是一群獼猴，那就表示那個方向容易找到野果子來吃，說不定或許鄰近也有村落。只是……琉球的獼猴，跟這裡的野猴子習性相同嗎？野原心裡猜想著。

他看了看幾名官員、商人愁苦、焦慮、憤憤的表情，又看看了船長以及幾個船員們堅定、安靜與不屑的神情，那個顯明對比，讓他覺得有趣與不知如何是好。官員們商人們在琉球王城首里吃穿講究慣了，擠在一艘小小的進貢船上早已經喊著受委屈了，現在要他們挨餓著，在泥地上鋪草擠著睡，當然更要叫苦。但如果照船長的說法，今晚留在這裡大家擠在一個洞窟，雖不致凍死，挨餓個幾天，確實也不是好受的事，得必須先找點東西吃才成。天未暗，能不能現在先去找些東西吃再回來睡，應該也是不錯的做法。溪床附近有不少的雜樹林，很難說沒有一兩種果樹可以結果子食用，這應該可以試試的。野原想著，心裡又覺得感慨，他那些在宮古島下地村的鄉人村民，平日下田出海的，誰在意過自己衣裳華美？拚了命打魚耕田，求的也不過是餐餐溫飽，家人能安定的生活在一起，那些布料市場什麼的又是什麼？那些官員們商人們，穿著由兩三層不同材質的布料所穿搭的衣服，確實好看，但是能工作嗎？這些洞穴確實沒那麼舒服，但是遮風避雨安穩的窩一個晚上，應該也沒什麼問題。這是命吧？是階級吧？野原胡亂的想著，沒有憤恨卻有股知足認命的安定感。

這些琉球來的好命人啊。野原心裡忍不住笑了，正想發言說話表達贊成船長與隨從首領前川的意見，前川聲音又響起了：

「大人，島主大人，您說說話吧！」

只見島主仲宗根玄安彎腰著身子，舉起雙臂抱著頭，寬大的袍子遮住了他的表情。

「大人……」

「唉，我們怎麼會淪落到這個地步啊？」島主直起身子，愁著眉，兩眼眶濕糊著，鼻口掛著兩條滑液，語氣哽咽：「今年我們大張旗鼓，乘組了兩條船風風光光的前往首里繳納歲賦，中山王破例的賞了我們這麼多禮物，還派幾個官員隨行，連幾個大商人都跟著我們回宮古島。唉，現在好了，家裡沒有回成，卻到了這裡……這個什麼鬼地方的……」

「台灣，那兩個人說是台灣。」前川插了話。

「台灣，這個有吃人生番出沒的地方，今天晚上，還要我們住這個什麼鬼洞。這，怎麼好啊？」

「大人啊，您說說，到底我們是留下來擠這個洞窟？還是趁天還沒黑繼續前進，換個地方看看？」

「唉，我餓了，也累了，我也不知道該怎麼辦才好，你們當下人的，難道不能想點辦法？」島主說話的氣息幾乎是呈現呢喃狀態。

「我不管了，我要換個地方，就算沒地方睡，我也該先找到東西充飢。」一個官員忽然嚷了起來。

「大人，依我看，天還未黑，我們先找先東西吃吧。說真的，那兩個人的話我根本不相信。更何況這個洞窟緊靠路旁，半夜隨時都可能有人經過洞口，會發生什麼事我們都難預料。就算我們今晚我們都能塞進這個洞窟，都能平安度過今天晚上，明天還我們繼續往南走，能不能順利找到這裡的居民幫助，會不會遇到更多的騙子，也還都是未定之數。倒不如我們趁天黑前在這附近找些果子充飢，天黑了就在那附近找地方擠一擠，也比在這裡吹海風暖和些。

我贊成盡速離開這裡。」一個村長說。

「這個……船頭啊，你說說看，我們怎麼辦啊？」島主說。

「大人，什麼決定都好，要離開我們就盡速離開；要留下，就請大家盡快各自準備睡覺的東西，我們沒有時間猶豫。」船長說。

「可是……」島主皺起了眉頭，遲疑了一下，「萬一，往其他的方向走去，我們遇到了他們說的吃人生番，我們怎麼辦？」

「大人啊，這些都是傳說謠言，這些也許都真實發生過，但是宮古島跟台灣的距離遠比到琉球的距離還近，這麼多年來，我們也沒聽過跑這個海域的漁民遇到過，我想，這一定是那兩個人編來的故事欺騙我們的。」剛剛說話的村長又說。

「那……我們應該往哪個方向去呢？」

往西，沿著溪床往裡找尋可吃的東西。野原幾乎脫口說出，那個長山港老者所說的故事，在他稍早望向西邊山麓時，曾清晰的浮掠與深刻具體的在腦海成形，顧及身分位階卑微，他忍了下來沒說出往西行的建議。

「大人，往西走，沿著溪床往裡找尋應該可以找到吃的東西，就算一時找不到食物，還有溪水可以充飢啊，這兩三天以來應該沒有人真正吃了什麼東西吧，繼續留在這裡，誰知道今晚誰會被誰吃了。」前川隨口回答。

這樣的回答讓野原感到驚喜與意外，他原以為這只有自己會這樣想，但是前川這麼說，又瞥見船長嘴角也隱隱上揚，他警覺這可能是多數人都認同的做法。因為興奮，他不自覺握了拳，心裡大喝一聲。

「呸，什麼誰吃誰的，既然這樣說，你的話也有道理……你就帶幾個人在前找路吧，沿路遇到狀況你就自己做決定，別等著問我了。唉，我們立刻動身吧！繼續待在這裡，光聽海浪沖刷的聲音，恐怕我也要心神不寧做噩夢的。可是，唉……還真是餓啊。」島主頹喪的揮了揮手示意。

沒等島主說完，已經有人開始沿小徑往回走向溪水出海口，希望盡快進入溪流的主幹岸邊，前川以及他身邊的幾個人追了出去，搶在前頭。

野原笑了。

他選擇走在最後一批的幾個人，看著隊伍回頭往剛剛來的路走去，他忽然笑了，倏地又收起了笑容。

我真是天真啊！野原警覺到自己的一廂情願，心理直嘀咕。他並不知曉現在的位置，對於這個區域有無危險也毫無概念，他心念著往西行純粹只是那個長山港老者，所講述的故事所帶來的無害想像。所以當前川提及往西行而眾人立刻採取行動時，野原忍不住發自內心一種如願的喜悅而笑了，心頭卻隨即浮起了稍早以前那兩個當地人，倉皇又頻頻往西望去的神情舉動，他倏地一凜，收起了笑容，一股不安隨即盤據心頭。他直覺那裡一定有什麼讓那兩人害怕的事，即使不是大耳生番，也一定有其他令人畏懼的因素。

那裡如果真有危險，那會是什麼？野原注視著正加緊腳步向西行的夥伴們，心裡升起了這個疑問。

14 高士佛社的日常

吉琉家的院子生起了篝火，原先群聚的人，除了同一台階的巷弄鄰居還留下外，幾個氏族族長也都留下來陪著俅入乙繼續閒聊，多數人都離去了。

天光已經變得十分曚昧晦瞑，那是一種暗夜與微弱光影相互滲透、糾纏、拉扯與啃食的光影景象；視界所及彷若灰黑色底的浮水印，那是依然看得見形象殘影，卻怎麼也無法在瞳孔形成一個完整具體的清晰形象，彷佛只差一個偏角度便要陷入全黑的光度。高士佛社戶戶都燃起了火炬，那些穿透住家結構細縫的，大小不一亮度參差的微弱光影，彼此連結、照映，也使得陷入黑夜的高士佛社，在逐漸退去淡淡的薄霧入夜時分，透發著點點的、溫黃的光韻。才剛剛升起的薄薄的蛾眉月已經領著一顆晶亮的星子，在西邊遠遠的牡丹社的山稜線掛著。

留下來的，還沉浸在卡嚕魯講述海邊那群外來人的過程，彼此低聲交談著不打擾幾個長者的交談，但話題又很快轉向男女間的愛慕與追求；原先憂愁著今年糧食不足，而討論如何利用這個冬季颱風過後的時間，搶種些芋頭地瓜或者其他樹薯的幾個長者，受青年們的青春氛圍吸引，也忍不住跟著轉岔了話題。

「俅入乙啊，順著他們剛剛的話題，我倒要說，你家卡嚕魯孩童時期給統埔的百朗放牛，他真要娶一個柴城的百朗女人，那一定是一件有趣的事。」一個族長說。

「這有什麼好的，不就是……他們怎麼說那個？」

「姻緣！」阿帝朋接話。

「對，姻緣！但是誰又知道萬一真的有百朗嫁進我們這個部落，我們會被拉著做什麼轉變啊，我不免還是要擔上一心的。」

「還能有什麼轉變？真要那樣，我看你們還是把我這個老太婆趕到外面小米田地裡的小屋子住吧。一個百朗的女子來，看上的是卡嚕魯，聽的是卡嚕魯的甜言蜜語。嫁進來了，會不會聽我的呢？是跟著我們的習俗，還是要把百朗那一套東西搬進來啊？變成我這個當家作主的女主人聽她的教導嗎？生活了一輩子，真要我遷就一個外地來的女人，壞了規矩，叫我情何以堪啊。」俅入乙的妻子面無表情語氣還有些疑慮的說。

「我看不會那樣吧，進入我們這裡，當然是照我們的習俗啊，要是不行，就讓卡嚕魯搬出去部落旁搭建自己的屋子吧。其實，我還真希望真有個百朗的女子嫁進來呢。」一個氏族族長也說。

「呵呵……你乾脆自己，或者要你兒子娶一個進來算來，看你說得這麼興奮，你倒說說看娶了個百朗到底有什麼特別的？」俅入乙說。

「別的不說，我聽人說起北邊有一個叫鳳山的大城，百朗的女人早起了便要洗衣服、生火煮飯然後準備茶水，等公公婆婆起床了洗臉吃飯喝茶水。卡嚕魯真要娶了那樣的媳婦，你每天天一亮，才下床就可以先洗臉喝個熱茶，上餐桌吃飯，然後換上乾淨的衣服到部落巡視巡視，這樣多威風啊！」

「唷，那這樣，我每天早起洗臉，穿漂亮乾淨衣服四處走動，像一隻公雉雞那樣驕傲，要不了半個月，鄰近的所有女人都看上我怎麼辦？你們怎麼辦？你聽誰鬼扯那些事情啊？你聽過我們這幾個部落嫁去柴城或者保力的那些婦女，哪一個是這樣過生活的？那些地方的百朗女人，又哪一個是這樣過的？百朗又哪裡比我們體面乾淨？還不是髒兮兮的出門，隨地吐痰大小便。」

「阿帝朋是這樣講過的啊！阿帝朋，你說，你不是這樣說過的嗎？」

「喔，我聽說那是很少數的有錢人家的丫環做的事。」阿帝朋說。

「什麼丫環啊？」

「就是聽差，給人使喚的下人吧，我也只是聽來當趣聞給大家說故事增加樂趣，是不是真的這樣？我可沒見過啊。不過，我相信是有這樣的事的，我確實聽過一些來到枋寮的卑南人說起過，連他們在卑南覓¹那邊的女王府上也是這樣的。」

「卑南人？你聽那些卑南人說的事哪裡準了？說不定你也是被那些卑南人騙了，別忘了，卑南人看起來跟我們這些是一樣的，該打獵下田該骯髒該醉酒是沒兩樣；腦袋裡那些曲曲巧巧的跟那些百朗也沒什麼兩樣。卑南社那個領頭到這裡做買賣的叫陳安生，就是百朗，去年經過這裡還被牡丹社的阿祿古修理過，不准他們進入下十八社的領地。」一個氏族族長說。

「不完全是這樣的，有些百朗家的媳婦確實是這樣的。」阿帝朋說。

「你看看，阿帝朋啊，你就是沒講清楚，害我被俅入乙說兩句。」

「呵呵，想什麼啊你們？就算所有的百朗媳婦都是那樣，你們想想，我們哪來的本事去弄這麼多布料？光是現在，衣服還得要幾袋芋頭跟人家換，誰有多的衣服可以讓你每天洗？誰有能力買茶裝模作樣的喝？我可沒那個能力啊。真要嫁到我們家，我看她還是得跟部落所有女人一樣下田耕作，處理食物，我們一樣吃地瓜芋頭的。你們想想，一個百朗的婦女要真願意低聲下氣嫁進來幹這些事服侍我，你們覺得好玩，我還真不敢想呢。」倈入乙說。

「唉唷，各位長輩，怎麼說的好像真有一個百朗的女人要嫁給我似的，我根本還沒跟誰說上兩句呢，更別說吹笛子求愛。」卡嚕魯忍不住的說。

「難道你那些風流事都是假的？你別忘了你小時候替百朗放牛，跟我說長大了要娶統埔那個跟你一起放牛認識的女生，你忘了我可沒忘啊。還有，我可是有幾個親戚的女兒嫁到柴城的，你三天兩頭往柴城跑的事，我們可是知道的唷。話又說回來的，百朗聽得懂你吹笛子的意思是要她跟你好啊？」卡嚕魯的母親說。

「我……唉唷，怎麼就說到那裡了呢，我小時候的事也能拿來說啊？我怎麼知道他們聽得懂聽不懂啊，就算是他們真聽得懂，我還沒去拜訪呢，也還談不到結婚嫁娶這種事啊。」

「呵呵……我看卡嚕魯，你也別不好意思了，娶一個百朗來，說不定可以教你種稻種黍增加糧食，還可以教我們關於他們百朗釀酒蒸餾酒的技術，也可以帶來他們百朗的織布技術，以後你就不必翻牆去拿人家的長條布了。」一個年輕漢子烏來說，而他的話引起院子裡的人

1 指台東平原。

大聲的笑鬧。卡嚕魯在柴城拿了一個女人處理月經的長條布的事，大家都知道的。

「喂！烏來你說的這個……是什麼話啊，這個……跟那個又有什麼關係呀，你們真是的，哈哈……」卡嚕魯抗議著卻又忍不住自己笑了起來。

俅入乙神情卻沉了下來，目光巡了一下說：「大家開開玩笑倒是沒什麼關係，真要嫁進來，我也可以接受的。我們要注意的是，這些百朗一直想辦法要往我們這山裡鑽，可不是單純來看山看樹的，他們要的東西可多了。你們跟他們交易往來，可千萬要留心自己的土地，別讓他們用各種理由給騙走了。牡丹社已經嚴懲了私下同意把土地讓給百朗的人，現在也更加嚴格禁止那些百朗進入牡丹社，這些事對部落對那些百朗都造成了一些怨憤，柴城有些人恨死了牡丹社，揚言要阿碌古好看。」俅入乙停了停又看了看大家，接著說：「各位的家產都是各位所擁有，按理說要求大家聽從我的想法去處置，也說不過去。但是大家得想清楚，這些百朗精明得很，會用什麼方法得到他們想要的，都不是我們可以想像得到的。與其將來起紛爭，倒不如大家一開始就減少往來或者交易。你說是不是啊？阿帝朋。」俅入乙話鋒一轉，忽然撇頭問阿帝朋。

「這個……的確是這樣。不過，我們還是不能完全不跟百朗接觸，他們聰明機伶狡猾，為了生存處處展現的心機與勤奮，是我們所欠缺的，值得我們好好的學習。所以，卡嚕魯真要娶個百朗女子，或者我們都去結交了百朗當朋友也是應該的，只不過要特別小心謹慎，我們沒有他們那麼精明的，對外面的種種，我們知道的太少，太容易受騙啊。」阿帝朋說。

「什麼呀，連你也那樣說！我哪裡有要娶百朗的女人呀？這都是大家亂說亂傳的，怎麼就全當真了？」卡嚕魯睜大眼睛提高聲調看著阿帝朋說。

「呵呵……，一些部落女人嫁給了他們，你要是真娶了百朗的女子也算是討回一點顏面，這也不是壞事啊。現在百朗越來越多，就像那些海潮一波一波的來，我們也只能擋得了一時，要不了多久這裡也許都要住進他們的人了，就像現在我們不得不面對他們一樣。你娶了百朗，也許可以多一點了解他們的思考方式，也可以熟悉他們的語言，就像他們對待海邊那些外人一樣，只要說一些話不用打架也能獲得他們的東西，這種能力太可怕了，這就是溝通能力吧。」阿帝朋說。

「是啊，卡嚕魯，你娶了百朗的女人，我們也許也有機會跟進啊。」烏來說。

「呸，好個烏來啊，怎麼還在這裡鬼扯呢？今晚你不是要去拜訪袞古嗎，要不要我跟她說你心裡想著的是柴城那些有著白色奶子的百朗女人啊？」

「耶，卡嚕魯，你假正經了半天，說漏嘴了吧？連百朗的白色奶子你都說得出口。好呀，原來，你上柴城都是去偷看百朗女人的白色大奶子？我警告你喔，你可別亂來亂說話啊，袞古真要相信了，你可要負責給我找個百朗，最起碼，你天天帶我去柴城看百朗的奶子。」

「呸啦，你們幾個年輕人也跟這裡的老男人學著不正經啦？我們部落的女人都死光啦？鄰近幾個部落的女人都嫁完啦？啊？讓你們盡想著那些百朗的女人。你們真要是那樣想的，那好，我去嚷嚷，就說你們不想要部落的女人了，要她們都嫁給百朗去。」伕入乙的妻子看不過去了，指著烏來和卡嚕魯說。

「我的伊娜[1]呀，這可使不得啊，都嫁給百朗了去吃米飯，誰替我們種地瓜煮芋頭啊。我說烏來啊，今晚四林格的阿帝朋也在，我看我們就陪著你去約會拜訪裘古家吧，我好久沒聽你吹笛子了，這婚姻真要成了，可別忘了我們啊。」卡嚕魯說。

「喔，對了！」卡嚕魯又想起什麼似的，補充說：「阿帝朋啊，你跟我一起陪著去吧。我可好奇著，你這麼體面英俊的人，裘古會不會看上你了，然後拋棄了烏來呀？哎呀，這可好的，烏來一天到晚胡說八道不正經，拋棄了也好。」

「呸，卡嚕魯，你胡亂說什麼？這種事……」烏來說著說著見到院子裡的人朝院子口望去，不自覺住嘴了。

只見佩著刀的吉琉一夥三人走了進來，臉部表情在篝火的餘炭火光照映中，沒有太多喜悅，顯然有什麼事惱火了他們。

「吉琉，你們找到什麼好東西了吧？」卡嚕魯語帶調侃。

「好東西？呸，什麼也沒有，連人影也沒見著一個。」吉琉解了佩刀，正在順勢解開穿著的後敞褲，頭也沒抬的說。

「一個人也沒？他們真的跟著那些百朗走了？」卡嚕魯語調有些訝異，不自覺揚了起來。

「什麼跟著百朗走了？」吉琉停下動作，抬頭問。

「是啊，就是因為出現了兩個百朗，把那群從海上來的人的東西搜刮走，又將他們帶走，我們才空著手回來啊。」卡嚕魯接著把稍早的事又重講了一遍。

「什麼呀？百朗把他們搜刮然後帶走了，而且是你們眼睜睜的看著他們離開的？」

「沒錯！」

「而你們卻不吭聲，讓他們離去，又害我們白跑一趟？」吉琉幾乎是將佩刀與後敞褲捲在一起往一旁丟，怒視著卡嚕魯。

「唉，他們要離去，我們怎麼攔得住啊。而你們急著跑開，又哪肯聽我們說上一句啊，我叫喚你們，你們也沒人停下來理會我們啊。」

「總而言之，你就是不夠意思。一定是拿了好東西藏了起來不讓我知道。」

「耶，吉琉啊，你胡說八道什麼，你不是也看見了海岸邊根本沒什麼人。」

「這個……這也真是奇怪了，接近海邊的路上我們沒看到那裡有人，心想應該是距離太遠，我們便走下去，只看到礫石灘上兩艘小船，往南的路上除了一大群的腳印，那個區域已經見不到任何人留下來呢。」吉琉看了一眼他的夥伴，又說：「本來想看看能不能找到一些好東西，今晚送給袠古當禮物的，看來什麼都沒有了。」

「哈哈，我忘了，你也看上了袠古，哎呀，今晚真熱鬧啊，我可好奇你跟烏來今晚怎麼競爭啊，他笛子吹得比你好，你恐怕得不到袠古的歡心了。」

「呸，卡嚕魯，你別幸災樂禍又不把我放在眼裡。拜訪姑娘這種事，只要是單身漢誰都有資格，就算烏來笛子吹得好，也不能保證什麼。況且他唱歌又那裡比得過我，袠古一定會看上我願意跟我交往的，你看著好了。還有，你這個只喜歡百朗女人的人最好給我閉嘴。」

1 母親，母執輩。

院子內的交談繼續著。老人們帶著笑容看著這群年輕人，這一群正值青春的漢子談論著誰跟誰，誰不跟誰；閒聊著今晚將有一些男孩各自帶著自己的樂器，鼻笛或口笛，一群群或個別的拜訪他們心儀的女孩家；猜測著家有適婚年齡女孩的家長，應該會利用這個機會好好觀察初次來的，或已經來了幾回的部落青年，能不能博得家裡女孩的歡心，夠不夠資格成為自己家裡的一分子，好了了一樁姻緣。為此，幾個青年漢子相互鼓勵著。

阿帝朋幾乎是安靜的聽著看著陪著笑著，他了解這個傳統表達好感的方式，對一個男人有多麼重要，誰喜歡誰，藉著笛聲遠遠的傳遞，就有機會開啟一段姻緣。他向高上佛社的幾個方向投去目光。心想，不要多久的時間，月亮微光下，一段段相互較勁的笛聲、歌聲定然從不同角落發聲起。一段音符落幕，必然緊接著引起另一端的吹奏挑戰。他理解那些不同旋律，不同吹奏技巧的笛聲，各自代表著一個熱情、真誠、急切想找尋愛情的青年。所有人都知道笛音有別，特別是那些待嫁的女孩更是清楚，哪一個笛聲屬於哪一家男孩的。心有所屬的男子，同時也受女孩某種程度首肯的，則會帶著樂器，單獨的拜訪並在接近院子前開始吹奏。其他還在尋覓還在猶豫的男孩，剛開始先會在自己家院子練習吹奏幾天，讓周遭的人熟悉他的笛聲，日後一個人或者由其他男孩陪著在幾條巷弄間遊走吹奏，等待某些受吸引而膽子較大的女孩，走出院子歡迎他們進院子聊天。矜持的膽子小的女孩，則會忍受著她所喜歡的笛音或歌聲的誘惑吸引，由遠而近，經過院子，然後暗自跺腳氣憤自己怯懦，任笛聲慢慢遠去也不敢走出院子打招呼。

「說不定今晚，部落幾個角落，會有好幾對相互心儀的青年男女，大半個夜晚閒聊唱歌

INK PUBLISHING

讀者服務卡

您買的書是：________________

生日：　　年　　月　　日

學歷：□國中　□高中　□大專　□研究所（含以上）

職業：□學生　□軍警公教 □服務業

□工　□商　□大衆傳播

□SOHO族　□學生　□其他 ________

購書方式：□門市_____書店 □網路書店 □親友贈送 □其他 _____

購書原因：□題材吸引 □價格實在 □力挺作者 □設計新穎

□就愛印刻 □其他 ________（可複選）

購買日期：_______年_______月_______日

你從哪裡得知本書：□書店 □報紙 □雜誌 □網路 □親友介紹

□DM傳單 □廣播 □電視 □其他

你對本書的評價：（請填代號　1.非常滿意　2.滿意　3.普通　4.不滿意）

書名_____ 內容_____封面設計_____版面設計_____

讀完本書後您覺得：

1.□非常喜歡　2.□喜歡　3.□普通　4.□不喜歡　5.□非常不喜歡

您對於本書建議：

感謝您的惠顧，為了提供更好的服務，請填妥各欄資料，將讀者服務卡直接寄回或傳真本社，我們將隨時提供最新的出版、活動等相關訊息。

讀者服務專線：（02）2228-1626　讀者傳真專線：（02）2228-1598

235-53
新北市中和區建一路249號8樓
印刻文學生活雜誌出版有限公司　收
讀者服務部

姓名：　　　　　　　　　性別：□男　□女

郵遞區號：

地址：

電話：（日）　　　　　　（夜）

傳真：

e-mail：

INK

吹笛吧。」卡嚕魯忽然對阿帝朋說。

「是嗎？」

「嗯，說不定烏來的笛聲與吉琉的歌聲，還會隔空競爭呢，今晚可要熱鬧了。」

「呵呵……還好你不必加入這個戰局。」

「我不想，而你，可要小心別被哪個女孩喜歡上，搶了其他男孩的機會。」

「呵呵……你想太多了。」阿帝朋笑著回答，心思卻忽然飄到海上來的那一群人現在在那兒。

他們在那兒？他們在幹什麼？阿帝朋想著。

15 露宿雜林區

天實在是黑了，雖然一開始大家循著溪水上溯，方向大致朝著西邊走去，但越是入夜，方向感越是難以確認，加上溪水在已經被沖刷擴大的溪床泛流，一張破網似的四下分支，溪床泥地軟硬不一，植被分布雜亂，野原直覺隊伍似乎是一下向西一下向東或向北的前進著，有一度幾乎就是回到最初登岸的地方。船長憑藉著過人的方向感已經警告了好幾回，但是顧及到六十六名飢渴難耐的眾人，會因為神智不清而掉隊分散，船長也不得不隨隊伍的走向跟著飄移。

直到人群幾乎是不自覺的往海邊走，回到了那兩艘救生小艇所在的海灘，船長忍不住的大吼了起來：

「每個人都振作起來，緊跟著前面走，別掉隊也別自己走自己的。我們現在這個樣子，等於是在原地打轉。」月光下，船長隱約辨識出野原的輪廓，指著他說：「你，帶著你剛剛的人在前找路，前川先生跟其他的隨從保護島主與官員們，緊跟在我與乘組員後方，其他各村的与人與隨從各自形成一個小組，每個小組都緊緊的跟隨，我們往西走進一些距離，避開海風，誰都不要走失了。」

船長的斥吼並沒有立刻振奮所有人，一些來自官員、商人的嘆氣聲還是壓抑著的、輕微的此起彼落，只有野原立刻拉著與他親近的幾個人，如同傍晚率先離去那般的調整到前頭，朝西前進。

跨越南北向的海岸小徑，便進入短草遮覆的細沙地，及踝的短草皮覆蓋著約莫五十米寬的狹長細沙平坦地，微弱月光下，像是一面柔軟卻粗面的灰黑長毛絨布匹，微微折射著月光卻顯露更多的黯影。

這個時候應該是吃過飯拿一張蓆子到院子鋪展，跟兩個小孩嬉戲的時間了。

野原心思飛向了家，飛向那個位在宮古島下地村，那個凸起的海岬天然高聳土堤上方，一座自然形成的防風林後方他親手搭建的木屋；想起了平時與家人在餐後的入夜時分，頓時心頭一緊，肚子更餓了。

他有兩張以月桃莖編織成的蓆子，平時捲掛在門口兩側的屋簷，一張約六尺見方的蓆子，剛好夠他一家三口加上嬰兒乘涼，或者嬉戲。

這個時候，我想這個幹什麼？野原心裡責罵了自己，而飢餓感更重。

越過一個碎礁岩自然形成的堤坎，野原注意到腳底下正踩著的小徑，隱隱約約的向西迤邐延伸，一下子鑽進一大片的雜樹林。他直覺這小徑不時有人走過，以至於草植顯得低矮形成路徑。野原回頭看了一下跟在後方的眾人，確定沒有脫隊，便囑咐身邊兩人領著隊伍繼續沿著小徑前進，自己帶著兩人先行前往踏查。

野原無法在蛾眉月昏暗的照光下，判斷雜樹林前後左右的範圍，順著小徑進入雜樹林便隱入黑夜中，所幸這裡有些高低疊層的礁石，踩踏著石塊接壤的低處所形成的路徑，減少了三人誤入樹林而遭樹枝刺傷的危險。礁岩路徑緩緩升坡而後又出現短草被敷蓋的沙質小徑。野原不確定這些植物究竟是什麼種類，但憑經驗判斷踩地發出的聲音，他猜測至少有馬鞍藤這類長枝軟莖植物，生長在這些短草所形成的小徑旁。再往前，右側有一座沙丘，他順著路徑爬上沙丘，發覺沙丘後方是個小土堆似的山脊，有一些樹林，透著夜空的背景還能清楚的看出，沙丘頂上稍後方也有一棵樹。野原心想這些應該是海邊的細沙被吹到這裡，因為這個小土堆與附近樹林阻擋而漸漸成為沙丘的。

「我們停下來吧！」野原輕聲的說。

「怎麼了？」一個夥伴說。

「你們注意到了嗎？這裡的風很小，距離海邊應該有一段距離了。」野原說著，同時低下身體以手觸摸地面，感覺是溫熱的。

「野原，我也覺得我們走了不算短的距離，天這麼黑，我看我們別走了，怕路上危險啊。」

「是啊，我也同意這樣，天太黑了，我看大家也沒什麼力氣繼續走下去，沒遇到那些大耳生番，恐怕也會遇到其他的危險，倒不如就在這裡休息，等明天天亮了再走吧。」另一個夥伴也勸著。

「就算想繼續走，我也沒多少力氣了。這裡沒什麼風，沙丘背風的地方草被還算密實，晚上不鋪草應該也不會太冷，應該合適吧。我們四下看看，在他們跟上來之前先弄清楚這裡的狀況。」野原說。

沙丘後方呈現緩坡的形態，腹地並不大，因為風吹沙的關係，沙丘後方還鋪著厚厚的細沙，部分被短草與濱海植物覆蓋著，沙地與草植保住了白天日曬的溫度，以手觸摸還可以清楚的感受地面暖和的。加上錯落生長著幾棵樹可以遮去不少露水，野原評估作為露營地應該可行。只是，隱約中，一股極為淡薄的，在充滿鹹味與腥味的空氣中，滲逸出的食物味道斷續的飄送著，令野原稍稍感到不安。

三人沒花上多少時間，便又回到沙丘頂上稍後方那一棵樹下碰頭，由船長領頭的本隊隨後跟了上來，自動依據行進的編組，收縮在這沙丘後方。船長沒徵得島主的同意，簡單的安排幾個船員與侍衛輪值晚上守夜之後，便宣布今晚就暫時在這裡露營。遭遇船難拚死登陸找尋食物飲水的這一群人沒有異議，多數人幾乎直接席地躺下休息，沒有人多說話，除了喘息、輕微的交談聲只持續幾分鐘，便全然安靜無語。

島主以及幾個村長官員被安排到沙丘頂稍後方這一棵樹，野原以及他的夥伴則稍稍往前移到沙丘頂上。野原環視了一下周遭，眼前，除了沙丘周圍參差的灌木樹梢線，海岸、海面方向的情形已經難以辨識。他身子不由自主的頹坐而後躺下，隨即感覺沙地一股溫熱透過背脊逐漸散布四肢百骸，幾道輕微的鼾聲已然由幾個方向接續傳來。而海濤依舊規律的遠遠的響著。

大家真的餓了，累了，野原心裡想著。

他眼皮才感覺沉重，一股深層的飢餓感襲來，先是胃腸的凝縮感在腹腔內打了圈，往下沉落又忽然往上頂著食道、咽喉與口腔，他忍不住嚥了嚥唾液，另一股乾渴卻瞬間變得強烈，而白天被海潮推送撞擊到礁岩上的痛楚，卻自手腳以及面頰、上唇一點一點的襲來散開。

睡吧，你已經吃過晚餐了，那是你捕捉曬乾的魚，還有幾顆去年還沒吃完的地瓜，配上以魚骨、昆布煮成的湯，你忘了？那是你最愛的湯料啊。浦氏在你還未回家前就已經生火熬煮的，那些炊煙漫瀰整個屋子後往上竄升鑽出屋頂之上，連結成一片煙雲，你看見了，所以你收了網，划起了槳回家。你才進院子便發現兒子在門口等著你，認真又紅著揉過的眼睛告訴你他多勇敢，你忘了嗎？所以你吃過了，吃飽了，而剛剛你才撕下一塊魚肉親手送進你兒子口中，並且告訴他，多吃魚肉身體會變得結實，將來一定可以擁有一大群學徒成為宮古島第一流的拳士，成為全琉球最厲害的武師，甚至未來能護衛著琉球王去九州的薩摩藩、去大清國的紫禁城進貢。你都忘了啊？你是吃過晚餐的，你已經不餓了。

野原幾乎是對著自己說話，催眠著，飢餓感從耳孔釋出，半邊的腦殼頓時蝕空，換成了暈眩噁心感倏地升起。他一動也不動的，只張著眼看著已經灑滿星子的夜空，清晰的想起這個時間，是他憂心孩子在院子著涼，從院子收回蓆子進到屋子的時刻，卻也是下地村村莊裡多數人用過餐坐在院子閒聊的時間。這段已全然入夜的時間裡，即使再怎麼節儉的家庭也會點著油燈照明以方便活動；時間還算早，再怎麼早睡的家庭也不至於熄燈睡寢。這個時間，所有家庭應該都已經點燃了以魚油為燃料的油燈，那種暈黃搖曳的光照，是野原最喜歡逗著兒子玩影子遊戲的道具。他會帶著兒子兩手交疊著伸向魚油燈，投射的影子便形成飛鳥飛動的樣子；或者配合著說故事一邊比劃影子，常讓三歲的兒子「啊哈哈」的笑著或驚嚇著躲進妻子浦氏的懷裡。

啊，真想念啊，我們一定可以順利遇到能夠協助我們回到宮古島的人。野原心裡說著，眼睛湧起淚水而感到一陣痠澀。

才入夜不久，月亮已經逼近山稜線，周遭的鼾聲似乎從這裡轉移到那裡，有人醒來有人睡得更深層，他想試著伸展手腳，卻發覺身體幾乎是一動也不想動的攤著的，那是一種極度疲倦後，身體與腦中樞短暫斷訊的狀態，不覺疲倦疼痛，只安靜的攤屍似的癱瘓著。

野原不禁苦笑，體認到原來自己真的累了。他不記得自己有過這樣疲倦的經驗，即使婚前自己獨立搭建臨海邊的木屋，砍樹修整成梁柱、整地坪、挖洞搭起，一連工作半年，他的身體都沒這麼疲倦過。就算昨天被浪潮拍上礁岩短暫昏迷醒來，也沒這麼累過。

他還是睡著了，卻在一陣極輕微的風在他鼻翼流動時醒來。那帶著一點鹹濕的風信中，夾帶著極輕微的食物味道，以及一絲絲穀類發酵的酒精味。這味道挑醒了他，野原幾乎是忽然睜開眼。視線所及，月亮已經不見了，夜空中，只見銀河在右上方像是開裂的一座通往某個世界的通道入口，幾個明亮的等星，相互連結成為幾個簡單的幾何圖形，或者連成跨過半個夜空的直線，群星繁茂，也使得夜空呈現帶有藍紫色的無垠空間，與山脈稜線與遠處海平線清楚的區隔。

有煮熟的食物！野原蹙了蹙鼻翼非常肯定的想著。

他意識到自己睡了一陣子，與他一起躺在沙丘頂的夥伴均勻的鼾響著，他坐了起來，又站起身子朝著左側漆黑暗沉的灌木影子走去，摸索了一陣子，又走了回來，發現一個人影站在沙丘向著海岸的前緣，他著實嚇下了一跳。

「睡不著是吧？野原先生。」那影子說話。

「喔，是船頭啊，你嚇了我一跳。你也睡不著？」

「睡了一會兒，又忽然醒過來，發覺有人影走動，我過來看看。怎麼，你睡不著？」

「睡了，但是被食物的味道喚醒。」

「食物的味道？」

「嗯。」野原說著，而後看了一眼沙丘上躺著發出均勻鼾聲的夥伴，自顧自的往沙丘前緣更往下走去坐了下來，船長也跟上去了。

「這個沙丘，白天有人在這吃東西，我們觸礁後以救生艇上岸的過程，有人坐在這裡監視著。」

野原剛剛在沙丘左側的灌木叢中，發現一張姑婆芋葉，那葉子有煮熟過的肉香油味以及一些醃漬食物的味道，那灌木叢邊的沙地還有酒味，他懷疑應該是有人在飲酒以前做了灑酒敬禱的儀式，他將自己的看法說給船長聽。

「姑婆芋葉包裹著食物？又倒了酒敬禱？這不就跟我們在宮古島的習慣一樣嗎？如果是那樣，這裡難道是宮古島？不可能啊，這海岸與海灘陸地的狀況還是很不同於宮古島任何海岸的狀況啊。」船長低聲的說，隨即又想起什麼的說：「這應該就是台灣吧，如果你說的沒錯，我們現在就在番人的地界。」

「什麼？真的是這樣？」

「嗯，我只是這麼猜想，我們這些跑大海做貿易的大多知道台灣的生番與宮古島、琉球的一些習慣相似，所以，如果真有人坐在那裡看著我們登陸，有可能就是生番，絕不會是那些清國人，而且附近應該有一個生番的村落。」

「如果真是那樣，我們往西走應該就不會有危險。」

「不，我們並不知道他們是什麼，就算生活習慣有一些相同，我們總是外人啊，闖入他們的地界總是存在著風險，稍微不小心也許就會發生爭執引發危險。這裡既然流傳著大耳生番殺人的事，我們就不應該掉以輕心啊。」

「樂觀的想，也許他們只是監視，對我們沒敵意，或者我們真的可以遇到願意幫助我們回宮古島的一群人。」

「呵呵，野原先生，我注意到你是個勇敢也很有主見的人，你的看法應該有幾分道理。」

「船頭不贊成我的看法？」

「喔，別誤會，我不是不贊成，只是，我很難這麼理所當然的看事情。我們不知道番人的村落是怎麼一回事，這個監視我們的人他們的村落有多大，他們掌握的技術夠不夠協助我們修復船隻，或者有沒有可能提供適當的工具讓我們製造大船。但經驗告訴我，往內陸居住的土著，基本上是沒有能力製造在海上活動的大型器具。就算這裡的森林樹木生長著足夠我們製造大船的上等木材，他們也可能沒有適合的工具，畢竟他們不是以此謀生。就算兩者都有，要我們重新製作新的大船要花費多少時間啊？等可以出海了，那又是幾個年節過後的時刻？」

「船頭的意思是……」

「我的意思是說，我們最好找到管理這個地方的官府協助，如果沒辦法，最起碼要找到清國人靠海港的村落，直接借他們的船隻回去。」

「那……」野原想起傍晚那兩個漢人，猶豫了。

「你是想說為什麼不跟著那兩個人？」船長撇頭看了野原，繼續說：「那兩人已經表明了意思，我們不可能跟著他們走，只能自己往南碰運氣，而且大家也同意往西邊的山裡走，你不也是這樣想的嗎？」

「是啊，起碼有機會找到食物，目前看起來方向是對的，這裡有聚落，可能也有食物。」

「所以，我不是不贊成啊，我只是提醒我們得小心謹慎跟遇到的番人溝通，取得食物，並請他們引導到清國人的村落，最好能直接聯絡到官府。」

「阿哈，我了解了，我想我們一定能獲得番人的幫助，至少能吃到一些食物吧！當然，我們還是得小心一點，別冒犯了他們。」野原說著，腦海卻浮起長山港那老人所提及的，一群婦女驚慌逃走的故事。

船長與野原的交談並沒有持續太久，便各自休息睡寢，踏實的土地與沙丘上厚厚的溫暖沙子令野原幾乎立刻陷入沉睡狀態，直至東方海面上空泛起白華，而一群人開心的由沙丘外圍交談著回來時，才掙扎的醒來。

有幾個人開心的談論著在沙丘左側的溪溝外找到番石榴樹，這個訊息一下子傳開，使原本還沉浸在睡眠鼾聲的人紛紛醒來，一大半的人往外走去。交談聲「嗡嗡」地擴散著。

「你們……」野原醒了沒坐起，臉維持著仰望朝上，問了旁兩位夥伴，「你們要不要也跟著去找一找？」

「這麼多人摸黑去找果子，就算真有番石榴果子，也不見得夠我們所有人吃啊。忍一忍吧，留一點力氣，等天一亮好繼續往裡找啊。」一個說。

「也對，現在急著進去，人都走散了，萬一出什麼意外可不好聯絡了，可是肚子好餓啊。」另一個說。

「那就……再睡一會兒吧！」

野原只簡單的說了一句，身體一動也不動的躺著想再睡一會兒，以減緩飢餓感。眼睛卻怎麼也闔不上，怔怔望著只剩下幾顆較為明亮星星的夜空，他覺得自己已經開始耳鳴了，忍不住嚥了嚥唾液，卻聽到隨從首領前川急迫的聲音由遠而近：

「大人，我看我們還是走了吧，前面近樹林的人都散去了，我們不走，恐怕大家都要散掉各走各的了。」

「啐！看你這麼慌張的像個笨蛋，我們現在走，往哪裡走啊？那些分散出去的人，都往哪個方向了？」島主忠仲根玄安坐著沒好氣的說。

「你叫前川屋真是吧？你先靜下來，這個時間，就讓島主多休息，別急著上路。你呢，就多派幾個人把那些已經分散出去的人叫回來，集中在那個有果樹的樹林附近，你待在那裡看著，如果還能找到野果子，就派人送過來給島主進食，別慌慌張張的。」一個村長看不過去，說著。

「這……」前川猶豫著，望向島主清晨暗夜裡不甚清晰的臉孔。

「去吧，等天再亮一些，我們就出發，你讓所有已經離開的人集中在一起，別私下亂跑了，這個時候，別再節外生枝了。」島主說。

野原只是安靜的躺著聽著，夜空已經劃過幾顆流星，他睜著已經痠澀的眼睛留意星群的背後，那已經淡去了不少黑幕色的夜空。想起昨天一整天在礁岩上，忍著身體撞擊的痛楚吹海風日曬，他忽然扭動了一下讓背部認真的感受底下沙丘的厚實，心裡一陣安心。

天要亮了，但願今天運氣會好一些。野原心裡說。而遠處幾聲雉雞的三兩聒噪聲傳來。

16 夜訪少女的情歌

天要亮了。阿帝朋睜開了眼，腦海裡升起了這個念頭。而高士佛社幾戶人家豢養的雞隻聲聲落落的傳來彼此的競鳴，讓他感到吵雜。他本能的轉頭看了看一個手臂外酣睡的卡嚕魯，然後坐了起來。

食用禽類肉質是統埔、保力庄、柴城那一代漢人的習慣，因為肉食習慣的不同，排灣下十八社的部落的居民是以獸肉為主，不吃禽類，捕捉禽類通常只是為了拔下一些美麗的羽毛作為裝飾，或者製作箭羽，畜養雞禽並不是常見的事。因此在部落內聽到雞鳴，並不是太平常的事，連經常四處遊歷的阿帝朋也覺得有一些不習慣。

阿帝朋很快的聯想到卡嚕魯可能正在跟柴城一個漢人女子交往的傳言。高士佛社人向來機伶，對於新的東西充滿好奇，接受度也很高，所以即便部落地處的位置較四林格社、竹社等更深入山嶺，隔個分水嶺與漢人的往來卻頻繁發生。這幾戶人家畜養雞隻，除了鮮麗羽毛的需要，極有可能是用來跟漢人做交易的。阿帝朋心裡想著，他撇過頭看著卡嚕魯是否已經醒來，想問清楚這一件事，卻見卡嚕魯鼾聲正綿。阿帝朋打消了念頭，隨手抽起了菸斗塞進一些菸草，起身取一個炭火點菸。

這是卡嚕魯的家，身為部落主要領導氏族，這個住屋坐落在高士佛五個梯層中間那一層。以部落上下兩個入口形成的通道區隔，通道右側除了卡嚕魯家，還有一戶人家靠向右山坡，左側則留有一個廣場，廣場旁有一間比尋常住家稍大的屋子。因為廣場作為全部落集會慶典需要，這個梯層也比其他幾個梯層來得寬，因此卡嚕魯家的院子即使蓋有幾個如倉庫等功能性的建築，整體也還是比一般住家寬敞。進院子右邊離牆約一米，植有一棵毛柿，院子周邊的建築牆邊有石板作為矮立牆，牆前有膝蓋高度的砌石矮階，以方便作為座椅休憩。昨晚跟著部落青年拜訪過部落女子後，卡嚕魯與阿帝朋生起了篝火，在樹下鋪了蓆子睡覺。

想起入睡前拜訪那些少女的過程，阿帝朋輕輕的呼了口煙。

昨晚，院子圍聚閒聊的人才剛剛解散，院子裡，只剩下阿帝朋與卡嚕魯抽著菸。就在月亮落入西邊山稜線的那一刻，一個低沉的笛音響起了。那笛音是舒緩的，溫和的，既不高亢也不噪亮，沉甸甸像一股帶有暖意的風輕輕流過，暖陽陽又懶洋洋，絲毫不費力的娑撫過眾人耳鼓，高士佛社四十幾戶，霎時都安靜下來了。那笛音源頭並沒有移動，顯然是固定在某處，只安定的傳達著笛音。那不是吉琉與烏來之間對裘古的爭奪戰序幕，而是住在部落最下緣梯層的一戶人家搶先上場。

阿帝朋幾乎是張著嘴不敢置信，那通常需要高音大聲才能傳遞的，卻讓這樣一個低沉又平調的笛音，舒緩穿過幾個房舍鋪滿整個部落與周邊山林。

「好厲害啊，這是古拉魯[1]，是吧？」阿帝朋首先打破沉默。而笛音剛剛換了氣，又吹起另一個稍高的笛音。

「沒錯，算一算，他吹奏古拉魯應該是我們這裡最高明的，你是知道的，以鼻子發音，需要足夠的氣息。他不但聲音飽實，而且氣量足以推動聲音鋪展到整個部落，聲音均勻清晰一點也不費力。」卡嚕魯說。

「不容易啊，像個百步蛇的叫聲，綿長、孤獨、沉鳴又威嚴。」

「是啊，每天入夜後的第一聲笛聲就是他發出來的，而眾人好像也默認由他發出第一聲響。這除了因為他是一個氏族的領導家族，他吹奏古拉魯的功力深厚也是原因。」

「跟烏來比起來如何？」

「這兩個怎麼能放在一起比較呢？他是貴族家系，烏來是平民階層。貴族家庭相互示愛，有身分的考量，連吹古拉魯也要考究，他的功力固然高明，但是古拉魯的聲音嚴肅沉悶的讓人不敢放肆。烏來的單管口笛就不同了，沒有家系身分的負擔，感情奔放了，笛音輕快也清亮，隨他的感覺自由編曲，有趣味多了。」

「所以，今晚，我們該參加哪一組。」

「呵呵……你如果想搶那個貴族的女人，應該不需要太費勁，日後有的是時間，這一晚，我想我們應該做壁上觀看看烏來與吉琉較勁，而且，光是看裘古以及她的姊妹淘怎麼應付這

1 鼻笛。

些男子就有趣多了。」卡嚕魯笑咧著嘴興高采烈的說。

「什麼時候開始？」

「不急，我看今天晚上應該是吉琉先出手。」

「為什麼？」

「你忘了，今晚他沒拿到什麼東西可以當成禮物送女孩，而且我們剛剛還挑撥他與烏來。」

「啊，我忘了。我忘了你是有陰謀的。」

「怎麼這麼說？我只不過……」卡嚕魯沒繼續說，因為吉琉的歌聲已經響起，而最先鳴響的鼻笛停止了。

paqulid[2]，風是不會停止吹拂著
因為風信裡有我對你的傾慕
從海邊那些帶著鹹味的細沙
穿越芒草莖往上凝結的水氣
都將在清晨時分晶瑩成露水
妹妹啊，那裡摻著我的愛慕
paqulid，夜晚總會按時的來臨

因為夜黑裡有我對你的渴望
從新月朦晦的光暈掛在山頭
而後悄悄無意外的沒入躲藏
都將在清晨時分循環成晝夜
妹妹啊，那是我對你的愛慕

阿帝朋側著耳傾聽，那是來自吉琉由部落最上層階住屋傳來的，歌聲沉穩、雄渾、氣力又不失情韻，那中低音的範圍，與先前傳來的鼻笛，在音頻上倒有幾分契合。阿帝朋來過兩三回高士佛社，聽過不少人唱歌，吉琉的歌聲他也不陌生，但這一回這歌聲似乎是刻意的降了幾個音階，令他感到不解卻驚豔不已。

「卡嚕魯，我記得吉琉不是這樣唱歌的呀。」

「當然不是，你多久沒來高士佛了？過去你聽到的是他在聚會時高亢著歌唱的樣子，好像在炫耀這個部落沒有比他更會唱歌，一股勁的拉高嘶吼。」

「是啊，我記憶的他，的確是這樣唱歌的，那樣高拔的歌聲，遠遠的就能聽得清楚，他一定得很費勁的唱歌，這可不是一般人可以唱得來的。現在是怎麼回事？變了！」

「變倒是沒變，說真的，那個唱法，也只有他能做得到，但是，再怎麼好聽的歌，一股

---

2 paqulid，排灣語，當然。

勁兒的拉高飆音聽起來就像只是在炫耀，是可以吸引女人愛慕他，但不是每個人都欣賞啊。」

「啊哈，我懂了，袞古不喜歡他那樣的唱歌方式。」

「哈哈，你說對了，這一段時間他編了幾首歌像現在這樣的調子，確實是因為袞古的原因。」卡嚕魯呼了口煙，而吉琉的歌聲又再響起，隱隱中還似乎聽得見幾個不同方向的住家，也傳出了跟著學唱的輕微聲音，其中還摻雜著一些年長婦人吟吟哦哦的學唱聲。

「這是因為有一天，女人們輪工換工下小米田除草時，我們也跟著去幫忙。當時，大家起鬨要吉琉領頭帶著大家邊工作邊唱歌，沒想到幾首歌之後，整個小米田卻始終只有他自己一個人唱。他覺得受屈辱發了脾氣，被袞古說了兩句，要他編一些大家可以輕鬆唱的歌謠，這樣子唱歌，既輕鬆不費力也不影響工作，心情還能適度調整。」卡嚕魯又說。

「確實是那樣子，他那些歌的確不適合工作或悠閒的時候給大家唱和的。」

「是啊，也幸好是袞古說話，否則依他的脾氣恐怕要拔刀找人算帳了。也就從那個時候，他編了幾首輕快不費勁的歌謠，因為好學又容易上口的歌，沒想到一下子就傳開了，平常沒事，就可以聽到這裡唱那裡和的。原來流傳的歌謠不但沒有被排擠，反而因為他的新歌，又被帶起跟著被大家傳唱。部落裡不論哪個年齡層的婦女都愛聽愛學愛唱他的歌，有幾個女孩暗示著他可以成親，可是他獨鍾袞古。」

「所以，他現在唱的歌，應該就是專門為了袞古所編的情歌了。呵呵，聽起來他追求袞古應該有一段時間了吧。你聽那個什麼晶瑩成露水、循環成晝夜，那可真是折騰啊。」阿帝朋也搖搖頭，吸起菸絲所形成的炭火光，在臉孔前左右晃成不規則的扁圓光圈。

「是啊，裘古似乎沒那麼容易妥協，吊盡了部落好幾個男人的胃口。還好是這樣，在颱風來之前的那一段時間，天氣好部落又沒有特別的大事，每個晚上上演著這種青春男女的事，大家有事可做，有歌可以學著唱著，聚在一起閒聊也好打發時間啊。」

「哈哈哈，我都忘了我們四林格社最近有沒有這麼熱鬧的晚上了，青年人追求青春才是部落除了豐收以外最希望看到的事啊。」

「你應該不需要這樣吧？你的長相、體魄、才識，任何一個女子很難不被你吸引而愛上你，可是我怎麼覺得你似乎在逃避什麼？」

「你說我？你自己呢？」

「我？我不知道呢。以前我以為就會這樣，長得夠大了就跟部落女人結婚，所以特別期待成年以後，能跟部落青年四處串門拜訪年輕的女人。等到自己成年了，也有了看對眼的女孩，但是幾個月前去了一趟柴城，我感覺自己有了變化，對於部落女孩也有不同的想法。」

「呵呵，你還是承認了，你看上柴城的百朗女子。」

「喔，對你，我就不隱瞞什麼了。但是，那不能算是看上或者其他必須立刻被確認的男女情愫。我想到的是，我們始終跟自己部落女人結婚，或者與鄰近其他部落往來，不管男女總是婚嫁出去的多，討進門的少；後來這些百朗陸續住進附近，我們的女人也因為不同的理由嫁了出去。這樣下去，部落女人只會越來越少了，我們這些男人得想辦法從外面娶一些進來，與外族結為親家，增加部落的力量。」卡嚕魯停了一下，吸了口菸繼續說：「我不知道百朗是怎樣的習慣，他們的女人究竟有什麼不同，但我想他們的女人嫁給部落男人應該也是可行的。」

「所以，你想娶柴城的女人？」

「唉，我剛剛不是說了嗎？我現在並沒有確定我究竟想幹嘛，可是，你不覺得這事可行的嗎？」

「那當然可行啊，你的父親和幾個氏族族長都分析過了，你娶一個百朗的女子也不能說是壞事，而且非常有幫助。」

「可是，我還沒決定要怎樣啊？」

「可是，你已經念念不忘那個女子了呀。過去的三個月，你嘴裡心裡硬生生活著她的影子，或者……那塊布。」

「哈哈，那塊布。」卡嚕魯笑著，那煙霧噴逸著，「也許吧，也許是那樣，所以，我總是不自覺的迴避部落女人的示好，總是迴避參與這樣的拜訪少女、嬉戲聊天的活動。心裡就是存著疙瘩，也說不上為什麼。」

「這倒是很有意思啊，還好你的父親沒有反對的意思，這是做部落領導人的氣度與視野啊，能對部落生存發展有幫助的，都應該認真考慮、正面思考。」阿帝朋說。

「怎麼？你的父親反對你有這樣的想法。或者你有一段心傷得要死的感情歷程。」

「喂，你在刺探我？」

「不是那樣，兄弟一場，我沒把你當外人。當然我沒有要你也說說自己的祕密，只是隨口就這麼想著，不是無禮的要刺探你啊。」

「我了解，我也沒什麼特別的私事好隱瞞的。」阿帝朋清了清菸斗，邊收進隨身袋邊說：「你是知道的，我一直在遊蕩，不是農忙不是慶典的時間，我總愛四處遊歷，我的父親不限制我，母親也放棄了說服我盡早成家的事。即使有女人表示願意跟我過日子，我也沒打算這麼早就定下來窩在部落裡啊。」阿帝朋說。

卡嚕魯沒接話，因為烏來的笛聲也響起了。

烏來家就在卡嚕魯家下兩個台階巷子，單管的口笛聲音格外的清脆清楚。那笛聲裡，似乎藏著三隻鳥兒，在清晨破曉的時刻吱喳的討論著誰該多啄些蟲兒回來，轉瞬間又爭論著多餘的蟲兒，該分給誰。一隻說該讓牠帶回去分給他的弟兄，因為牠們常照顧牠；另一隻說，讓牠帶回去給牠的姊妹，因為牠的姊妹很快就會有心上人，然後離家；一直沒吵著說話的鳥兒，最後也說話了，牠請求那多餘的蟲子讓牠帶走吧，牠最近看上了一位姑娘，牠想好好的餵養牠，讓牠美麗優雅。兩隻鳥兒爭論不休，另一隻鳥兒見縫插針，總是適時的補一句又塞一句。而高士佛全部落的青年男女，或者那些已婚又好奇這些青年傳情的長者，卻各自在自己的角落上呵呵笑著，痴痴顛瞋著、討論著這個烏來吹奏著笛聲將會朝著哪個方向走去。有人肯定的說會走向裘古家的院子，有姑娘期待著那笛聲游移著走向自己家門，然後自己放任一切尊嚴不顧矜持的向烏來傾訴愛意。一直到烏來的笛聲到了結尾，那些騷動仍然未平息。

「這個，我就不如你們，我幾乎一竅不通。」阿帝朋說。

「你不需要吧！你只要開口。」

「也許吧，不過我還是喜歡四處遊歷。」阿帝朋看了卡嚕魯一眼，繼續說：「從最南的龜仔角社[3]到最北的爾乃社，都有著我的足跡，沿著四林格走到豬勞束[4]、琅嶠[5]再到保力、柴城這些百朗的村落，然後走上一圈到牡丹、經過你們高士佛、布搭彎[6]，這麼多年，我就這樣找到機會就遊歷，看著海看著山，跟不同部落的人交談聽故事，試著跟百朗打交道，雖然也沒學會多少話語，卻感受到不少的樂趣。心裡存了許多的問題，也想通了不少事。」

烏來的笛聲換了一曲，聲音有移動向右的跡象，部落幾個角落，壓抑不住的發出了長短不一、高低錯落的女聲嘆息，那樣的輕微喟嘆含著期待與不服氣。

「我覺得，我們正在面臨重大的挑戰，也許很快的會做出改變，將來，這裡不會只有我們這些講相同語言的部落，那些百朗，或者來自海上其他地方的民族，會不斷出現，會越來越多。」阿帝朋繼續說。

「依你看，我們該怎麼辦？」

「我不知道，我們知道的太少了，那些百朗使用的布料怎麼製作？他們那些鐵鍋是怎麼製成的？那些從海上來的長了很多毛的洋人的大船怎麼建造？怎麼使用槍枝？怎麼會發射那麼大顆的砲彈？我們都毫無想法，甚至連用話語跟他們溝通都覺得困難。」

「可是你懂很多事啊，鄰近的部落，沒有人比你更知道那些傳說，整個地方的人情風俗沒有人能比你說得更完整啊。」

「的確是這樣，這才是我覺得可怕的地方啊。我這麼多年的遊歷與不成家，我這麼渴望知道所有的事，即使我熟悉了我們生活領域的所有道理與故事，甚至也漸漸熟悉了百朗的想法，我所知道的也只是我們熟悉的領域。那些我們可以看得到的範圍之外，那些我們所能想像的領域以外，究竟還存有什麼，都遠遠超出了我的能力與想像啊。卡嚕魯，我的兄弟，我們會面臨前所未有的改變，至於那是什麼，我不知道，我們的生活地域究竟不同於外面的世界啊。」

「那我們該怎麼辦？」

「面對那些未知的事，還能怎麼辦？你繼續努力的做高士佛人，我繼續做一個四林格社遊蕩的阿帝朋，大家各自想辦法增加生存的能力吧。」

「唉，你說的嚴肅了，我跟著也快活不起來了，你呀，跟那些老人一樣，就會想東想西的胡亂想，你連女人都還沒碰呢。」

「呵呵……的確是這樣，真不好意思了。」

烏來的笛子聲音，又忽然轉往部落右下方去，卡嚕魯正要提醒阿帝朋一起去看看，院子外響起了吉琉的聲音：「你們光在那裡說話，跟我一起去拜訪裘古吧！」

昨晚拜訪那些少女是進行了很長的時間才結束的，裘古大方的邀請吉琉與烏來一起進入院子閒聊，也歡迎阿帝朋與卡嚕魯加入，當然，另外還有幾個女孩陪著裘古。阿帝朋清楚記

---

3 鵝鑾鼻附近的社子頂。
4 今之屏東滿州。
5 位居今日恆春東門附近的部落。
6 今之旭海。

憶的幾對晶亮青春的眼神，在黑夜裡不斷的近乎週期性的往自己臉上掃來，伴隨著說話的銀鈴，令阿帝朋覺得開心。而吉琉與烏來為了爭取裘古的好感，想盡辦法找話題取悅，笛聲與歌聲輪番來，連帶吸引其他幾個住屋的男女老少，也情不自禁的加入。裘古家不算大的院子變得熱鬧，她的父母也跟著幫忙招呼。

「醒來了？」卡嚕魯仍然躺著又忽然翻過身咕噥著說。

「早醒來了，天快亮了，鳥雀已經忙了一陣子。」阿帝朋說。

夜空已經褪去了黑，越東方越明亮，幾帶飄浮著的雲層，從橙色轉成了靛青色，高士佛對面遠遠的山稜線變得清楚可見。卡嚕魯家附近早起準備餐食的聲音，與四周響嚷的群雜著的雀鳥聲，已經四下連結。

高士佛社，醒來了。

17 初遇大耳人

原站在沙丘上幾乎是睜大著還有些澀痛的眼睛，環視周遭，然後一動也不動的望著逐漸變得刺眼的海邊。那海灣向內陸彎蝕出一大片海域，兩側向海延伸的山脊恰恰也只留出一段明亮彎弧的海平面。那觸礁的大船清楚地卡在浮出海面的兩大塊礁岩間，孤立在接近海岸的海水中，看起來似乎還不時隨著潮水極微弱的擺盪。

昨夜摸黑行進，先由海岸邊往南移動，到了那個礁岩形成的洞窟又折回往西走，一不留神又回到海邊原點，然後就著微弱月光循著模糊的路徑摸索到這個沙丘上。現在太陽即將自海面升起，視線明朗了，才發覺他們昨夜根本就只是在溪口附近團團轉，所經過的地方都在幾百公尺的視線範圍內。

野原心裡笑了笑，除了笑自己一行人白忙，也愈發肯定昨天一定有一批人坐在這個沙丘監視著他們的一舉一動。

「野原，我們該走了。」

「嗯，天亮了，胃也餓著空著都縮在一起了，我們趕在前面走吧。」

野原沒有說出走在前面也許可以先找到食物的話語，但其他相隔十幾步遠的人似乎都有相同的想法。只見雜樹林內騷動不已，昨夜睡在裡面的人都起了身，慌慌張張的循著叢草間，一條已經很明顯被走出的路徑，越過一條溪溝，朝另一處雜樹林走去，似乎是想趕上昨夜就露宿在那個附近的夥伴。島主以及幾個官員、商人還伸著懶腰緩慢動作著，遲遲沒有離開的意思，在船長的提醒下，才伴隨著輕聲嘆息蹣跚緩步的離開。那雜樹林裡確實有幾棵野番石榴樹，樹上也留有些果子，侍衛首領前川屋真昨夜讓人帶回了一些。那些果子沒有填飽誰的肚子，卻令島主更覺得飢餓，走動間呈現恍惚微顫狀態，看在野原眼裡也有幾分不忍心。

野原身體的疼痛感已經明顯緩和了不少，走起路來也不覺礙事，他深吸了口氣，試著繃緊肌肉，緩緩吐完氣後領著幾個人，先行在島主移動腳步前離開。經過雜樹林時野原折出一根木杖，並盡快走到前方所在的一群人，跟前川打過招呼便沿著朝西的小徑前去。

野原注意到那些路徑已經被走出明顯的路跡，路面上的短草被蹂躪，掩覆到小徑的長草有些斷裂、脆裂，凝結的露水珠濺開了一片。不僅如此，附近雜樹叢只要看起來有可能長有果樹的，就都已經被走出了一條或兩條的小徑，這些路徑與左右岔出的痕跡，是順著野原等人出發的方向往前延伸，看起來都是昨晚露營樹叢中的宮古島人走出的。

「看來，已經有不少人先走了。」野原自言自語，而肚子更餓了。

「也好，前面有人，應該也沒有什麼危險了，只是，可能也找不到任何可以吃的東西了。」走在後面的接了話。

「這樣走，我們應該會走散的，遇到了危險怎麼接應啊？」

「也只能這樣了，那些大人們自顧不暇，大家都餓肚子，能找到吃的東西比什麼都重要，況且也不見得會遇到什麼危險。」野原不由自主的想起，長山港老者所說過的那些船員進入一個陌生的山林地域的故事，聯想到也許他們會遇到一群女人小孩，而那是一群非常友善又不吝嗇給予食物的人。

「野原，你真的那樣想啊？」

「我……」野原忽然啞口，一個意念升起，危機感油然而生。

他想到一群女人小孩群聚的地方，他們背後一定也有著相當數量的成年男人保護著養育著，如果那樣，一旦遭遇了，會發生什麼事？

「呵呵……也只能這樣想啊！」野原尷尬的笑著說。

三人自成一個梯隊，追不上已經走在前面的一群人，也稍稍遠離了跟在後方的一群官員和隨從。經過一片刺竹林，來到一棵一個人環抱粗的毛柿，樹底下落了不少的葉子、折枝，還有一些啃食過後隨地吐出的橙黃色果皮。野原認不出這是什麼樹，他好奇的拿起了那些帶短毛的橘黃碎果皮湊鼻聞了聞，帶些甜味的香氣令他感覺更餓了。

「這是什麼果子啊？」

「不知道！木材直挺，敲起來硬實啊。照這香氣看來，這果子應該好吃吧。那些人跑在前面，能吃的都被他們吃光了，後面那些大人吃什麼？」一個夥伴以手指節叩了叩樹幹。

「後面那些大人吃什麼？我們擔心什麼？我們自己都照顧不好了。」

「要不，我們趕在他們前面，至少能找到吃的。」

「我們是應該趕到前面，阻止他們再往前亂跑，後面都跟不上了。」野原阻止了其他兩個夥伴的討論。
他注意到幾步遠，有一個岔路口，有近日走過的痕跡，路徑清楚但露水並未被破壞。野原想走進看看，卻聞到人類糞便的味道。他脫口說：「有人！」
「什麼？」
「有人來過，糞便還新鮮的。」野原循著岔路小徑以及味道，看到了一堆糞便，高聲回答。
「那怎麼辦？會不會是我們自己人的？」
「不是，這糞便應該是昨天留下的。」
「你的意思是昨天有人來過？那麼這附近一定有人居住，是吧？」一個夥伴語帶興奮的說。
「是的，應該距離這裡不遠吧。」野原回答著，想起昨晚在沙丘上那些帶有食物味道的姑婆芋葉。
「那應該就有希望可以吃點什麼了，我們快走吧，餓死了！」一個夥伴說。
野原等人的交談傳到了後面，後面的人也受到了鼓舞，加快腳步跟了上來。沒等他們全部擠上來，野原三人決定循著毛柿正下方的，一條向西深入的清晰路徑前行，因為那路上除了已經是既成的路徑，路旁的草明顯的留有不少走過的痕跡，他那些飢餓的認真找尋食物的夥伴們，已然走在前方許久。
這裡真是特別啊，像是早已經來過幾回，那樣的熟悉。野原暗自思忖著。
這一大片綠叢，遠看是芒草、蘆葦與雜樹叢間雜生長，走了進來才發覺還有些高大的刺竹叢，以及他們叫不出名稱的樹種。這些植物樹木所覆蓋之處，居然還有不同種類的草本植物蔓延。他嚥了嚥口水，因為飢餓，一股虛空感一直鬱積在腹腔內，時而蠢動向上，又沉沉往下移動，以致他作嘔、暈眩、乏力，耳鳴聲「嗡嗡」的悶響著。走在小徑內眼睛常不自覺閉合，那些掩覆至小徑上的草植葉梢拂過臉頰，也沒讓他本能的伸手撥擋開。失神中，野原警覺一絲線狀的辛辣刺痛劃過臉頰，他睜開眼，只見那葉緣鋒利的茅草正一片片一叢叢的迎來，他倏地警醒過來，瞇起眼睛，伸手撥開，但還是避免不了在手臂皮膚劃了一道道淺淺的傷。他忽然想起了往事，那個在下地村找尋樹材伐木的時光，覺得有趣起來了，精神也隨之稍稍提振。

他在娶妻子浦氏過門前，為了找尋可以作為屋子大梁的樹幹，他曾經往北深入下地島中心位置。正確的說是，他只是繞過下地村西邊稍稍往島中心偏北的地方走動。那是一大片如同現在所看到的植物分布，也同樣到處可看到野生動物排遺所播種的野果樹。第一天，他幾乎就只是摘採果子，在那一大片雜樹林子鑽進鑽出的閒蕩，傍晚時分才將野果子送去了浦氏家。日後組成了家庭，在浦氏懷第二個孩子以前，他曾找了春天某一個不出海的日子，帶著浦氏揹著兒子，進入那片樹林採野果子遊蕩，他記得兒子吃得滿嘴紅紫色的野生草莓顏色。

他忽然笑了。

「可惜，現在不是春天。」野原想著，不自覺脫口說。

「怎麼了，野原，你想起什麼？」

「喔，我想起下地島那些沒開墾的荒地也是這樣的情景，在那裡，春天有很多果子，我想這裡應該也是這樣，可惜現在才一月，不是春天。」

「如果是這樣，那恐怕沒果子可以摘了。」

「別想太多，你看這裡有幾條被走出來的小徑，剛剛你們也看到了，有吃過的果子皮，草叢有人的糞便，空氣中還飄著臭味。我想，這附近有人，也許就是住家，一定有辦法找到食物的。」另一個人說，而他的話瞬間引起大家的飢餓。

野原決定不再說話，沿著小徑加快腳步往西，想追上前面那一批夥伴，而前方忽然喧譁起了聽似歡呼的聲鬧。

「他們發現了什麼？」

「應該是食物吧，或者是……田園？」

聽到可能是栽植食物的田園，一夥人拔腿就往前跑，誰也不肯落後。才幾個轉折，小徑從芒草叢中鑽出，野原被眼前的景象吸引而呆立。

前方是一小片看起來應該是旱作田，大小寬約二十步，長四、五十步距離，小徑沿著田園邊向西延伸，經過大致位於旱田一半的距離，有座茅草屋頂的矮小木屋。野原所在的位置到小屋子之間的旱作田種植有地瓜，那些半乾萎的地瓜葉四下連結著，深綠的葉片間夾雜著抽出的嫩綠新芽。田地的周圍有三棵並不高大的木瓜樹以及一些豆類連結生長。小茅屋再過去明顯是剛整理過的田地，那些整理出的石頭還整齊的疊成一般成人膝蓋高的矮石牆。讓野原呆立的景象是：先他而來的同伴十幾個人，除了三個正興高采烈的摘採幾顆表皮半泛黃的木瓜，另外幾個人摘採著看似下地島上的野豆，一邊摘，還忙不迭地的往嘴裡送，塞滿嘴巴又有些從嘴角擠出；其他的人分別占據著地瓜園一角忙著撥開地瓜葉挖著，有人有收穫尖聲大笑歡呼，沒收穫的咕咕嚷嚷的嚷著。而小茅屋那一頭，一道矮石牆邊一棵被砍去上枝葉的小樹旁，卻有三個人瞪著眼張口驚詫無語的看著這裡的喧譁與忙碌。這樣的反差令野原驚訝，而自己的夥伴旁若無人的進到人家田裡翻找農作物，卻沒發現可能是田地的主人就在旁邊吃驚與無力的阻止他們，更令野原覺得不可思議。

「野原，我們不跟著一起找點吃的嗎？再晚，我們什麼也沒得吃了。」

野原沒有回應，隔著旱田，注視著那三個人。

「喂！你們幾個自己為自己找點東西吃吧，別光在在那裡等著別人分你們吃啊！」眼前一個正挖起一條瘦小地瓜塊的同伴看著他說。

「我們也挖挖看吧！」另一個人也說。

野原仍然站在那裡望著前方不動，他的舉動引起了其他人的注意，陸續停下動作來，循著野原的目光望去，忽然都覺得受到了驚嚇，站了起來。

「怎麼辦？」

「你回頭通知後面的人趕快趕上來吧。我們這裡遇到了人，需要那些大人們來做決定啊。」野原說完，便循著小徑向那三個受驚嚇的人走去，其餘的人仍呆立在各自位置，望著野原移動步子而不知所措。

野原心跳莫名的加快，臉頰手臂的傷口跟著緊繃起來，令他不自覺聳肩扭曲臉部表情肌肉想放鬆，忽然又機伶的織起笑容半舉著手臂朝著那三個輕輕揮動。他知道那三人正注視著他的走去。四、五十步不遠的距離，彼此都能清楚看到對方表情，野原知道他必須盡可能放輕鬆，表情和善的去說點什麼。

想起要說什麼，野原忽然笑了，表情瞬間也柔和多了。他們說什麼語言？能聽得懂他的琉球話語嗎？野原自問著，卻看見其中的一人注視著他的目光，他沒來由的升起一股親切。

長山港的老人！野原心中大叫著。他清楚的記憶起最初他帶著兩條魚，第一次跨過幾條舢板朝向那老人時，那老者眼裡那股不解卻又期待著什麼的友善眼神。

如果是那樣……，長山港的老者所說的故事是真的，確實有這麼個地方，有著這麼些人。野原不敢往下想又希望有所連結，連結那老者與這裡的人之間可能的連結。

那三人兩男一女，站在中間的是一個中年漢子，散著頭髮，耳朵垂了約三個指頭的寬度，中間有個缺孔，身形不高，臂膀結實，只穿粗布料的短上衣與膝上的黑裙子，目光和善與充滿好奇。他右邊另一個男的，約十幾歲的青少年，兩個耳垂也穿了個洞，塞進了約一大拇指粗的圓扁平木片，輕皺眉頭兩眼炯神。那婦女，穿了較多的灰黑色布料，目光多了些不安，頻頻望著中間的男子與漸漸走近他們的野原。三人手上都拿著耙土的手木鍬。

他們是一家人，這個男人是田地主人。野原肯定的在心裡說，人已經走到這一家人面前。

「我們……」野原欠了身子行禮，「我們從琉球來的，船觸礁了……」野原以手指著海面，緩慢的說著。

「我們幾天沒吃東西了，想找些食物與水喝。」野原又說。但他確定對方聽不懂他說的話，因為他們一臉疑惑，而中間的男子又一直注意著野原的左臉傷口，以及比劃移動的帶著傷的手臂。野原雙手環抱著肚子，又比了仰口倒水喝與張嘴扒飯進口的動作。其他人也不自覺靠了上來。

那個田地主人目光向著被蹂躪過的地瓜田望了一眼，又撇過頭向他身邊的少年說了些話，再跟身旁的婦女說了話，然後揮手示意要眾人跟著他。忽然，那少年幾乎是跑著離開。

他了解我的意思！野原感到開心，而後頭響起了一些交談聲與走動雜遝聲，顯然那些官員大人們知道了這些走在前頭的人遇到了當地人，也找到了食物。

18 四林格社的阿帝朋

「要下田工作的人開始出門了。」阿帝朋朝著左側下方巷道說著。

「你是知道的，這個時間不整理，播種的時間就會往後拖延。」

「也好，趁著風雨過了的這幾天整理，田地還濕著氣播種剛剛好，看來你們高士佛社今年的冬天應該有充足的食物了。」

「連這個你也知道？」

「這什麼話，這一點每個人都知道吧？我可不是什麼事都丟一旁到處遊歷，該下田的時間我還是會下田的。你不下田幫忙的呀？」

「這個……」卡嚕魯撓了頭支吾。

「我忘了，你是領導家系的人，你不下田的。」

「也不是這樣子，我偶爾也跟著下田裡幫忙，只是沒記得這麼多。」

「嗯，這些女人昨晚都在裘古家跟著我們唱歌閒扯，也起得這麼早，她們大概是相互換工了的。」阿帝朋注意到昨晚當主人的裘古與三個姊妹淘，正揹著背簍沿著幾棟石板住家邊的階梯走了上來，幾對眼睛投向阿帝朋。

子。

「是啊，往常這幾個都是這樣一起工作一起活動，感情可好的。」

「我想我也該離開了，沒能幫上什麼忙，也別閒在這裡礙眼啊。」阿帝朋說完便站起身

「吃點東西再走吧，你等等，我進屋子看看有沒有吃的東西。」卡嚕魯也起了身收起昨晚的睡席，卡嚕魯的母親卻已經端出了一盤芋頭，幾塊燻肉切片。

「都吃點東西吧，大家都要下田了，你們也別餓著肚子了。尤其是你，阿帝朋，個子這麼大，別餓著了讓我們這裡的姑娘心疼。」

「哇，哪來的燻肉啊？」卡嚕魯問。

「還不都是那些姑娘，說給阿帝朋吃的。」

「哇哈，這太……太不公平了，我在這這麼多年，怎麼沒見過誰送吃的討好我啊？」

「什麼呀？沒人給你送過啊？哎呀，卡嚕魯啊，你是故意忘了還是怎樣啊？你想要有人送吃的，好啊，我立刻放消息讓部落裡的年輕女人知道。」

「耶，停！我開玩笑的，別當真啊，伊娜！」

「別當真？我怎麼能不當真啊？這麼多年你拒絕了那些姑娘，讓我在我那些快要埋進土裡見祖宗的姊妹們責罵了多少年，說我不通人情眼睛長在頭上看不起她們，我都忍下來了。我多希望現在有人沒事送吃的討好你，而你不再拿什麼古怪的理由拒絕人家呀。這件事我怎麼能不當真啊？你倒說說，什麼時候真正找個女人組一個家呀？」

「哎呀，我的伊娜唷，阿帝朋在這裡，你就別再說了吧！」

「別再說？對啊，阿帝朋，我們沒把你當外人，你四處遊歷見識多，你多開導開導他，就算他真的想要柴城那個百朗的女人，你替我幫他拿主意吧，我說不動他呀。」

「哈哈，伊娜，妳不是要下田了嗎？太陽都要曬進來了。」卡嚕魯說。

「對呀，都這麼晚了，大家都出門了，我也該下田了。」卡嚕魯的母親揮過手轉身，又回頭：「阿帝朋啊，勸勸卡嚕魯這個死腦袋的，百朗的女人聰明勤勞，但是山上的工作她們恐怕做不來。你開導開導他，要他眼光別那麼高，部落裡漂亮能幹的女孩多的是，想要每天有人送食物討好，也只有部落的女人可以這樣。要不……阿帝朋啊，你幫我找一個你們四林格社的女孩介紹給他呀……」

「伊娜！太陽要曬進來了，妳快下田吧！」卡嚕魯幾乎是推著他母親離開院子。

「哈哈……」阿帝朋忽然笑出聲音，沖淡這尷尬。

「這就是我的伊娜。」

「看來，她是很在意你看上柴城那個女人的事。」

「唉，我連話都還沒跟她說上一句，更別說碰過她的手，就被說成這樣子。看來晚結婚就要忍受這些。你不也是這樣？」

阿帝朋沒接話，看著對面山頭的牡丹社方向，取了一顆芋頭咬上一口。

天已經大亮，高士佛社在山稜線的背面，與牡丹社隔著牡丹溪遙遙相望；旭日升起直接曬上對面牡丹社山區後約半個鐘頭，陽光才會射進高士佛社。只見牡丹社山區已經不見山嵐，而背著海風的高士佛社底下的雲霧還未散去。居民此刻多已出門下田農作，除了整理原來就已經種植的芋頭、地瓜等主食，也開始栽種樹豆或者其他野菜。即使沒有太多農務的，多數人也多半會到田裡走走，排遣時間與隨興的整理旱作田。即使是進入冬季的東北季風了，高士佛社人也還是習慣在太陽射進部落前出門工作。這是一年裡相對閒散輕鬆的日子，東北季風吹拂，又恰巧在粟、旱稻才收割與耕種的空窗期，大致也是芋頭、地瓜才收穫不久的再生長期。多數人家是需要想法子栽植些豆類或食用野菜，男人有機會也得上山打獵或設陷阱捕捉野生動物，以增加食物種類。阿帝朋自然熟悉這個情形。

阿帝朋嚥下口中已經嚼成膏狀的芋頭，又將手中的半顆送進嘴裡。他喜歡這種半個拳頭大小烘熟曬乾保存的芋頭，平時出門或下田工作塞兩三顆隨身袋裡餓了充飢，在家用餐也可以加熱蒸軟了吃。剛才卡嚕魯的母親送來的，包括這兩種，他挑了乾硬的，一來是習慣慢慢的咀嚼，二來是咀嚼的過程中，因烘乾而保存的芋頭香氣與甜味，會隨著唾液的發酵一點一點散發與還原。他望了望左側供部落集會的廣場外側的坡地，那些已經收割的旱稻田，地主似乎已經重新植種了新的芋頭苗，而田地周邊的疊石旁，那些樹豆樹莖都長成了半個人高。

高士佛社的人真是勤快啊！阿帝朋忍不住暗自讚嘆，他忽然想起「統埔」、「保力」，那兩個石門隘口外的漢人村莊，那些一塊接著一塊的水稻田，上個月收割前，那些金黃色飽脹與充盈的稻穀，他停止了咀嚼。

他從不認為漢人會比附近部落的族人更勤奮與認真，但漢人掌握的農作生產技術決定了他們庄落人口規模發展的速度。光是粟、旱稻與水稻耕作地的規模相比較，那兩個庄落的每一戶人家的水田地，幾乎就快要等於高士佛社所有農田地的規模。可以想見，那些穀物一年兩收，收割了收藏了，儲糧能供幾戶人家全年用量都還有剩，這些還沒加上兩個水稻植種期之間，那些雜糧的收穫。除了這些農作物，漢人某些不下田的人，時時刻刻想方設法的要進入山區，收購部落的農作、山產、皮毛、藥材，甚至樹木與土地，同時販賣平地布匹、舊衣、鐵器、鹽糖，甚至更高利潤的火藥等等。這些物產都是部落人必需的民生物資，漢人站在掌握買賣關鍵的位置，部落人得花費更多的糧食交換所需，這也使得必須與漢人交易的部落人，在面對漢人時自然矮上一截。不願接觸漢人的，則根本採取敵對的態度。高士佛的大族長俅入乙，一再提醒部落人任何交易都不能讓土地落入漢人手上，而牡丹社大族長阿碌古採取抗拒與禁止的原因，也是著眼於部落不同於漢人庄落，族人不同於漢人嫻熟交易的技巧與深具企圖。那些在商場交易的機敏狡詐，遠遠不是這些自古與世隔絕的山區居民所能知曉一二的。多數的部落人都了解這個狀況，但生活需要或者其他因素接觸，又幾乎不可避免的陷入極度弱勢與不公平的交易狀態。想增加糧食生產與收穫，當然得學習漢人的知識與優點，只是，願意來教授種水稻的漢人，不論閩粵，都想要擁有一塊自己的田地，幾乎都會要求部落必須讓出一塊地作為酬勞。加上種稻的程序繁複，灌溉水圳的開挖與分配水權也是學問，誰也沒有把握三五年內學得來。更大的問題是，一旦開始種植水稻，山區部落得砍掉周邊樹木，開鑿水路，生活結構重新打破，那些跟隨著祖先記憶的傳說神話與生活文化型態，得做根本的破壞與改變。而不論山區或接近平地的部落，可能還沒有開鑿水渠，還沒開始學會育苗，自己就先失去了漢人眼裡早就打定好主意的最精華的地段。

兩難啊！阿帝朋心裡又咕噥著說。

作為一個喜歡遊歷的人，這麼多年的觀察，他自然了解這些關於糧食生產、關於日常生活所需的事，是文化的習慣，是民族積累百年甚至更長的歲月所積累而成的慣習。全盤學習的結果，就是全面的被漢人同化掉了，最後的結果，不是漢人變成下十八社人，而是下十八社全部變成漢人的庄落。與其那樣，就寧願保持現在這個樣子，依著日出日落作息，簡單的吃食，歡愉的歌唱與知足的生活著，同時耐著性子，限制與漢人過度的接觸，拉長時間，一點一滴的從漢人學習必要的知識。

只是……百朗以外，那些看起來更聰明更先進的人，他們的部落又是怎樣的世界。阿帝朋心思忽然又轉向那些從海上來的人。

「你想什麼？看你一動也不動的，牡丹社那裡有什麼？」卡嚕魯手裡拿著盛著清水的水瓢說著，又順著阿帝朋目光向牡丹山區望去。

「牡丹社的亞路谷，一定也跟著他們的族人到田裡工作了吧？」阿帝朋說。

「這個……應該是這樣的，他不可能閒在家裡，他不是我啊。」

「大家都努力工作著，我看我也該離開了。」阿帝朋說著，接下水瓢喝了水。

「我送你一程，這裡還有兩片肉，我們一人一塊解決了吧。」卡嚕魯說著，順手接下水瓢與盤子。

「你別送我了，兄弟自己人就別麻煩了。留下吧，大家都在工作呢。」

「我留下幹什麼？你又不是不知道，現在田裡哪來那麼多工作可幹的？你等等，我把這些東西收一收，佩個刀送你一程。」

陽光射進了高士佛，越過稜線走向東面坡的山徑，阿帝朋與卡嚕魯，一前一後的走著閒聊著。沿途少了雀鳥啁啾，風雨過後的植物枝幹卻多了碰撞摩擦的傷痕，仍留住的葉片依舊青綠生機。遠方的海面上無雲，海岸邊除了浪花連成的一片白色色帶，看不清顏色暗沉的礁岩上有任何的異樣。

山徑蜿蜒下降抵達高士佛社外圍岔路口，兩人都停下腳步。往前通往四林格社的小徑，往左向下則下抵到山腳平地幾戶零星的住戶田園。這路口經長年的往來行走與休息，形成約橫寬各十步的空地，空地邊緣還疊砌有幾座矮石牆，當成座椅供往來族人休息。靠部落的方向設有一道簡易的首級石牆，擺著三顆看似年代久遠的頭骨，眼窩織張了些蜘蛛網。

「你就送到這裡吧，見面的機會多，也不急著今天把話都聊完了。下一回風雨來，能出門的時間，我們再碰頭吧。」

「下一回風雨？那不就等明年了？需要這麼長的時間嗎？你不能常常騰出一點時間，我們幾個人約著去打獵，或者你帶著我們四處走走？」

「哎呀，卡嚕魯你幹什麼呀？柴城的女人你不要了？幾個男人窩在一起有什麼意思，又不是打仗相殺的。」

「總是捨不得吧，只有跟你說話可以這麼暢快不設防，輕鬆的嚴肅的想著了就說，不必考慮惹誰不高興。」

「呵呵……你保重吧，等我過幾天再來，我們到牡丹社找亞路谷，一起越過牡丹的稜線，到女乃社住兩天，再翻過山到麻里巴里拜訪。今天不逗留了，我想去豬勞束拜訪任文結[1]。」

「任文結？你沒事去拜訪這個卓杞篤族長的百朗女婿做什麼？你有時間，乾脆我們現在就去牡丹社。」卡嚕魯幾乎是瞪著大眼聲音揚起的說，他實在不能理解這個道理。任文結是下十八社名義上的總領導人卓杞篤的漢人女婿，聰明機敏，精通閩粵語以及下十八社所使用的排灣語，雖然言行舉止幾乎與這裡所有下十八社的青年一樣，但卡嚕魯還是嫌他身形瘦小羸弱、單眼皮又喜歡搶話、出主意。

「呵呵……再怎麼說，他總是卓杞篤的女婿，等哪一天，說不定他就要接任他們部落的領導位置，有些事我們還是得好好的與他溝通的。」

「這怎麼行，他接任了他家族的領導地位，不也就是接任我們這裡下十八社聯盟的盟主地位？他是百朗，這怎麼可以？豬勞束都死光了？沒人了嗎？他真要宣稱那樣，我們高士佛也不一定要承認的。」

「哈哈……到時候會是什麼情形，誰會知道啊？不過現在好好的了解這個人也是必要的。他是百朗，他熟悉保力、柴城那些百朗的想法，假如我們希望能從他們身上學到一些東西，或者引進一些技術，就有必要多一些像任文結的人，更何況現在百朗進出我們幾個部落的情況這麼嚴重，也應該有人好好溝通把話講清楚，都像牡丹社那樣拔刀相向也不是辦法。」阿帝朋維持著笑容說，忽然想起什麼的又說：「說不定你娶柴城的女人，還得找他說兩句呢！」

1 後來恆春建城後被賜姓潘，改名潘文杰。

「吥，這附近部落嫁到柴城的還少啊？輪得到他來？」

「哈哈哈，別不好意思了，該颳風該下雨自然有個定律機緣，也不是現在我們能怎麼想就怎麼算，日後的事日後再說吧，我得走了！」

「算了，不說了。走吧，我也得下去巡巡看看，昨天匆忙的來回，也不知道那些住戶最近好不好。」

「對了，那些海上來的人，應該都到南邊百朗的村莊了吧。」阿帝朋才走兩步忽然停了下來說。

「等等……底下有人來了。」

「嗯，聽起來走得很急，呼吸急喘的這個樣！」

卡嚕魯不等阿帝朋說完，已經按了按刀柄朝著左岔往小徑走去，阿帝朋也跟了下去。

「什麼人？」卡嚕魯邊走邊呼喊。

「是我……」一個聲音還沒結束，卡嚕魯便看見一張年輕的臉，滿頭大汗，臉頰泛著紅暈的少年。

「不好了，我父親要我來通報……底下來了一批不知道哪裡來的人……偷拔了我們的地瓜還有其他作物……」少年上氣不接下氣的說。

卡嚕魯沒繼續追問，交代少年繼續前進到部落向領導人通報，轉頭對著阿帝朋說：

「會不會是那些海上來的人？我們一起先過去看看吧！」

19 大耳人的善意

野原一動也不動的望著木屋前的狀況，那景象實在有一點詭異。宮古島島主又將頭埋進曲起的雙臂之間，兩隻白皙卻瘦弱的小手臂穿出寬袍貼著雙耳，細長的手掌包覆著後腦，幾綹白髮不安分的鑽出指縫。

稍早之前野原一群人跟著垂著大耳朵的地主夫婦，沿旱田小徑向前行約五十步，轉過突出的山坡前一面石壁，便看到兩三間茅屋。這三間茅屋依著後方的山坡前緣，成弧形的前後排列建築著，方向略成東北。每間屋子前方的幾棵樹之間都清出了活動空間，看起來就像是一塊大空地種了幾棵樹那般。垂著大耳的地主，走到第一間茅屋便停了下來說了一些話，手比著屋子門口外樹下的空間，似乎是要野原等人停下來休息，也不管野原眾人是否會意，夫婦兩人逕自分別在屋子周邊進出。

這茅屋除了一個主建築，後方與側方還有較小的建築，看起來，其他兩棟也是同樣形式。比先前那旱田地的小茅屋大上許多，屋頂的茅草疊了兩層看起來厚實得多，周邊的牆除了最底下約膝蓋高的部分疊著石塊，往上則是以竹子茅草編成的牆。靠東面的部分捆紮了新的茅草與屋子其他部分有著明顯的差異，顯然前兩天的風雨並沒有造成一些大的傷害。這樹叢間以茅草搭建的屋子，讓野原想到宮古島下地村憑他一己之力搭建的木屋，因而感到得意與自豪。野原親手搭建的屋子，固然也使用大量的茅草與竹材，但是主梁與所有的柱子，皆是以樹幹為材料，圍牆除了竹片茅草，他還特別使用約手臂粗的枝幹編出一層防護牆。而屋子四角的柱子則由外向內插入兩根樹幹作為支撐，平時抵禦海風，颱風期間也有很好的抗風效果。野原幾乎是帶著優越與驕傲的張望著眼前所有的茅屋。

野原的得意沒有持續很久，島主後面跟上來的眾官員已經嚷嚷著跟了上來，很快的擠進茅屋前那些樹下的空間，有人從那兩間茅屋前的樹下，搬來幾張以樹幹刨出的座椅讓島主及官員坐。而屋主夫婦也端出了一些水煮的地瓜條，裝盆在竹編的簍子器皿，放在島主面前一張樹段椅子上，那些水煮地瓜灰乎乎的令那些官員們都輕輕發出了哀嘆聲。隨著幾個官員商人的嘆息聲，稍微站向前面的人也隨即搖頭往外圍離去。外圍的人遠遠的望向內圈，看見島主面前的一小盤煮熟色澤灰黑的番薯，也不抱著希望，有人席地癱坐有人倚著樹幹乾脆閉起眼睛，更有人走向茅屋靠向山壁的位置，一個以樹幹鑿出的儲水桶，拿起以竹節製成的杓子喝水。那是一座以大樹幹鑿出儲水空間，另外以幾根剖半的竹子削去中間的竹節，連接成為導水管，接引茅屋後方那個山壁罅隙流出的山泉水到儲水槽，槽旁一個以枯樹削成的架上，掛著兩個粗大竹節做成的水瓢，眾人輪流大口的喝水，山泉水清洌甘甜，幾個人居然打出嗝來。沒有人多說話，連剛剛一直不停抱怨的幾個商人，也都安靜下來了望著島主，表情茫然絕望。

野原沒跟著眾人離開島主周邊，極度的飢餓感又重新的席捲而來，他嚥了嚥口水，胃部一陣痙攣直想坐了下來。他忍不住彎下腰來，臉部與手臂的疼痛忽然變得明顯。他抬起頭看看四下散去飲水，繼續找尋食物的眾人。又收回視線看著官員們，島主依舊把頭埋進雙臂中，雙肩似乎不自覺地抽搐著。野原最後把視線落在他前方四步，站在島主前方不知所措的大耳人夫婦，那個男人正一臉尷尬微慍與不安地晃動。

野原猜想著，這大耳人知道他們一行人飢餓著，顯然他也努力地將他們現有可吃的食物全端了出來，一定是那少量的食物讓大耳人覺得尷尬，而六十六個宮古島來的成年男人，都擠進了這幾間茅屋前的樹林空間，又沒有多餘的食物充飢，也讓他感到不安，甚至眾人因為沒有預期可以得到食物的反應，也讓大耳人覺得受辱而稍稍動了氣。

我們真是無禮啊，忽然間，野原心裡說著，又心生起了極大的歉意。心思回到了宮古島他那位在島的西邊，終年吹著海風的下地村。

野原心裡掂量著，這個大耳人的田園看起來不若野原在下地村自己開闢的田園肥沃，從他的農作物生長狀態來看，他一年的收穫量也不會很多。就算他的種植技術優良收穫量也多，又如何在這種不預期的情況，拿出足夠一次能滿足六十六個人的食物量？就算能，這一大群人的吃食應該夠這個大耳人全家幾個月的食物。

哎呀，我們怎麼能期待他有這麼多食物？又怎麼期待他把所有食物拿出來讓我們食用？我們又怎麼可以因為失望，而完全不注意他的善心好意？野原心裡嘀咕著，不自覺的向前兩步，展起了笑容望向那田園主人。

野原他看著那大耳垂下的屋主，輕皺著眉頭有緊抿著嘴唇，野原知道眾人對屋主拿出的食物的反應，令屋主感到尷尬、微慍與受傷害。野原趨近幾步，試著緩和這個場面。垂耳的男人，也注意到了野原，他忽然比手畫腳開口對著野原說了一些話。

「真是對不起，我們忽然出現在這裡，造成你的困擾，也謝謝你的善意，這些食物看起來很可口。別誤會了，我們很感謝你的善意，只是我們還不知道怎麼平分這些美好的食物。」野原欠過身子後，比手畫腳的微笑對著屋主說，而他的話吸引了官員的注目，島主也抬起頭來收起了沮喪，平和的看著野原與那垂耳的屋主。

園地主人急急地想表達什麼，對著野原說話又比著那一籃子的水煮地瓜，接著朝幾個癱坐在眼前的島主官員和其他人，他越說越急而眾人越是困惑。

那垂耳的屋主，見大家困惑，停了停又說，忽然說了一長串話，比著那一簍水煮地瓜，又指著茅屋後方的山脊。

「你是說……」野原沒有聽懂垂耳屋主話語的意思，他猜想著他的意思可能是表達這山上或者山腰有聚落，有更多的食物。

垂耳的屋主繼續說話著但表情稍稍緩和了，臉上出現了一點笑意。他說話的聲音，吸引了眾人注視，多數人又靠了上來。垂耳屋主忽然又開口朝著其他兩間茅屋的方向加大音量說話。原來是那兩個茅屋的男主人，各自端著也同樣是竹編的小簍子走了過來。他們在自己的園子工作，聽到一群人的聲音，好奇的回來探視，剛好看到鄰居拿了食物出來，聽到了鄰居的解釋，也看到了現場的尷尬，他們不約而同的各自拿了家裡所有煮熟了的食物走來，站在原先那個垂耳的屋主。三個耳朵穿洞沒有飾物的男人，與一個女人，令眾人感到好奇，官員更肆無忌憚的上下打量這幾個只穿著粗麻布短上衣、漢式七分長褲，光著腳的瘦削男人與女人。

「島主大人，我看您就試著吃一些吧，這裡看起來不像是有足夠食物的地方，不如現在吃一點充充飢，喝點水，等休息夠了，我們繼續找這附近有沒有大的聚落。大家愁在這裡也不是辦法。」船長也趨近插話，順手取了那盛著番薯的藤簍遞給島主。

屋主們的簍子裡，有幾條地瓜與芋頭，還有一坨以月桃葉托盛的醃漬食物，那濃重的味道，令官員們都掩鼻不敢接近。島主伸手取了一條地瓜，向那幾個垂耳的屋主們點過頭示意後，剝下煮熟了的薯皮，吃了兩口。

「你們也分著吃吧，大家再忍一忍，也許前面就有東西吃了。」島主說。

而他平靜的話語，讓其他官員覺得訝異，卻也沒多說什麼，幾個人安靜的一人一小口分食著那幾條番薯。這情形卻讓其他人更絕望，站在外圍的人，多數人直接向外疏散，部分人又鑽進那些綠意的灌木叢，有些人往旱作田的方向走去，有些甚至乾脆擠到那水槽喝水。

食物依然少，船長還是傳了出去讓大家分一分，芋頭番薯太少而人太多，沒吃到的人依舊餓著，吃了一小口的人卻更飢餓了。野原也嘗了一口，覺得比在下地村家裡種植的地瓜更甜更綿，他想多吃一口，唾液卻開始奔流，而飢餓感更重，剛吃下肚的一小口番薯伴隨著一股噁心，直要衝出口。他逕自離開島主前面的位置走到那儲水槽，排了隊狠狠地喝了幾大口水，才回頭卻在水槽幾步外的樹下忍不住的嘔吐，引來其他人的關切。那些吐出來的汁液除了稀濁看似被融化的番薯糊狀，就剩下大量的清水帶有幾絲的黏液。野原感覺食道咽喉被一陣酸洗過，頭也輕微的暈眩，開始耳鳴，幾天前在船艙繩床上嘔吐的經驗又重新襲上。他注意到其他夥伴或坐或躺，不少人是嚼著一些草莖。他感覺虛弱，往前走了幾步兩腿出現了疲憊感，肛門口也隱隱疏合，他索性靠了棵樹坐了下來，眼前一陣黑，他閉上了眼睛。

「這裡比下地村更窮吧？」野原喃喃的自言自語。

「他們應該過得很自在！」野原又說，想起那茅屋的主人，他不好意思起來了。

他的不好意思是因為意識到，就算他捕魚技術比他們強，農作的技術比這些大耳人都好，突然來了這麼多人，他又怎可能完全應付得來了，更何況他們幾乎是已經盡可能的端出這些食物了，儘管這些食物看起來並不漂亮，數量又少。

能找幾戶人家住在一起，應該也是件好事吧！這樣相互照應，孩子之間也有玩伴。他念頭一起。

關於他與浦氏結婚，獨自一戶遷出村莊到經常向風的南邊居住的事，曾引起村落人的非議。最初野原不斷解釋，是因為貪圖南邊海域漁產以及沒有被破壞的海邊樹林，加上他喜歡獨自與家人過生活所做的決定。但他心底真正的原因，還是因為浦氏孤身從東邊伊良島中部市鎮，跟著野原來到宮古島，受村裡居民的猜疑、流言與排斥，令野原心生憤恨。他擔心嫻淑恬靜的浦氏受傷害，結婚前選擇了南邊海域建立自己的住屋，結婚後離開村子。野原從未對其他人提及浦氏的出身。這幾年，浦氏守著他為他生了兩個男孩，確實讓野原感到窩心與安定，也漸漸讓野原恢復他原本在村裡活動與教授拳腳功夫的行程。浦氏一度建議舉家遷回村子，但野原自豪自己建立的家園，也習慣了南邊海域的海風與漁場，而他也不喜歡像村里其他人那樣，頻繁的進出伊良島中部的主要城鎮，野原幾乎就是以伊良島南方的長山漁港，作為漁獲交換與購買日常用品的地方。他的堅持與浦氏的諒解，讓他們一戶人家清幽又殷實地過生活，頗讓熟悉他們的一些村民羨慕與嚮往。這一次進貢船出海前，有三戶與野原交好的人家向他表示，希望能在他家附近蓋房子，形成幾戶的小聚落。

能真正搬來最好，大家彼此有照應。野原心裡說，卻又不真的認為他們能承受颱風季節來時，迎面向風的可怕。

我都想遷回村子裡了呢。野原腦海浮起浦氏與小孩，心裡咕噥的說。小孩子的成長還是需要玩伴，而他教授拳術時，也可以減少走路往返的路程，不讓浦氏帶著孩子走太多的路。

浦氏畢竟是伊良島那個繁榮市集裡的人啊。野原心裡說。

他嚥了嚥口水，想起身回到島主身旁附近，看一看那幾個屋主大耳人，耳邊似乎響起數人跑動的雜遝聲，他倏地睜開眼。正巧望見剛剛進入這茅草屋前的樹林空間的小徑上，慌張的跑進來幾個剛剛回到旱作田覓食的夥伴。他們的驚惶的表情與慌張跑動，驚起了騷動，一些人不自主的向內圍收縮，島主以及幾位官員也跟著緊張的向外張望。

野原提了口氣站了起來，卻見小徑入口處並排站立著兩個配著長刀精壯的大耳漢子，站立在右邊的比在左邊的高出一個頭。

嗚……眾人發出了輕聲驚呼，野原才注意到，所有的人都已經在他身後的樹幹後方。

野原暗自提氣，繃了繃肌肉，他感到心跳正在加快。

眼前的大耳漢子先是不語，又偶爾張闔著嘴唇，兩人似是交談著。裸露在短上衣外的寬肩與背膀肌肉線條明顯；短裙下一雙粗壯的雙腿猶如樹幹一般結實，寬大的腳板，讓兩個人穩穩的扎實的挺立，讓人忘了這是冬季風雨過後已經涼寒的季節。宮古島眾人都靜默著沒人發出聲響，目光失神的望著他們從未見過的人種。若不是來人腰間的長佩刀尾掛著的幾綹長髮，與垂下的大耳垂穿掛的圓形木片驚醒野原與船長等人——來者是佩帶武器的大耳生番，眾人恐怕都要忘記傳說中那些殺人吃人的人種了。

想到這兒，野原忽然打了個冷顫，嚥了嚥口水，才驚覺喉頭乾渴。身後忽然發出了聲音，高喊著：「卡嚕魯……」原來是那幾個茅草屋的大耳人，走了上來說話。

20 初見海上來的人

來人是卡嚕魯與阿帝朋，才轉進這三戶茅屋前的樹林空地，見到一群人擁擠的佇立呆望看著自己，兩人便不自覺的一左一右站立在入口，左手很自然的按了按刀柄，警戒著看著眾人。

那真是奇怪的一群人啊，卡嚕魯想開口說話，卻因為忽然警戒心大起，那份肅殺令他腎上激素快速分泌，怎麼也發不出聲音來，想撇過頭看一看阿帝朋，又忍不住望著呆立在一棵樹前方而臉上有明顯傷痕的外地人。

「他們是昨天我們在海岸觀看的一群人。」阿帝朋忽然輕聲開口說話，聲音輕輕的傳入卡嚕魯耳裡。

卡嚕魯頓時回過神來。他的眼神忽然變得銳利，很快的由左至右搜尋一遍，發覺這群人都面有飢容與疲累。除了茅屋前坐著的幾位中年老者，其餘大多是年輕的漢子，所有人看起來都是經常勞動的人，體型沒有多餘的贅肉脂肪，部分人手臂肌肉筋脈明顯。人數似乎太多了，卡嚕魯一時沒辦法算清楚有多少人。

「一定是昨天那一批跟著百朗南下的海上人。可是怎麼會出現在這裡？」卡嚕魯輕聲回話，氣息已經平穩了下來。梭巡後的目光回到站在最前面的漢子，他注意到他手臂上有些嚴重的擦傷，凝血之間還看得到皮膚下的紅色肉層。而三個屋主走了上來，他們後方還跟來幾個曬得黝黑精實的外地人。

「卡嚕魯……」最先接觸那些宮古島人的屋主邊走來，邊開口，引得站在最前方的野原鬆了一口氣忍不住回過頭來。

「卡嚕魯，不知道他們是從哪裡來的，忽然出現在我們的地瓜田，吃了我們種植的東西，我不知道該怎麼辦。這個人一直跟我說話，好像是說他們從海上來，很多天沒吃東西了，希望我們幫助他們。所以我叫小孩，趕去高士佛通報。」那屋主指了指野原又繼續說：「我們拿出了早上吃剩的東西，但是實在不夠啊，我們該怎麼辦？他們人那麼多。」

「他們沒有粗暴吧？」卡嚕魯問。

「沒有，很客氣。但是我們幫不上忙啊。」

「怎麼辦？」卡嚕魯撇過頭問阿帝朋。

「我算了算，他們有六十六個人。比昨天算的人數還要多，他們要是真的跟著那些百朗走就好了。現在出現在這裡還真麻煩，看樣子，也只有帶領他們回高士佛，想辦法讓他們吃飽休息再送他們到保力庄或者柴城，請那些百朗協助處理了。」阿帝朋說著，手不自覺離開刀身。

「這沒問題吧？他們有六十六個人，都是男人，而且多半是年輕的男人。」

「應該沒有問題吧，昨天在海邊遇見那些百朗，他們順服的讓那兩個百朗拿走所有隨身物，現在他們看起來雖然很焦慮緊張卻也很溫和啊。我想，這裡一定有一個地位很高的族長，管得住這些年輕人。」阿帝朋伸手指著宮古島島主仲宗根玄安以及幾個官員的方向。

見到阿帝朋低聲交換意見又指著官員們，隨著屋主跟上來的船長也忍不住向前走來。野原沒注意船長走來的舉動，自己搶先的鞠了躬說話，表明宮古島人因為船難而來到這裡並沒有惡意。船長接著說話，聲音從野原後方響起，引起阿帝朋偶爾皺眉頭又點頭，卡嚕魯也覺得疑惑，有些聽起來他似乎懂得其中的意思。

「他說了一些話聽起來像是保力那些百朗的話語啊。」卡嚕魯說。

「嗯，只是，有些又不像，不過看他比手畫腳的意思，大概是說那艘船是他們的，他們遇到了颱風，壞了，肚子餓，請幫助。」阿帝朋說。

「你跟他們說吧，你的百朗話懂得比我多。」卡嚕魯說。

他們的交談吸引宮古島人的好奇，大都戰戰兢兢的靠了上來，幾個商人也靠了上來，引得卡嚕魯不自覺的又按了按刀柄，令野原覺得壓力，伸展雙臂阻止其他人繼續靠上來。

一個商人說話了，顯然比船長稍為流利的說著漢語。但阿帝朋無法完全理解他說的話，也無法辨別那是粵語或者閩南語。

「好了，都別說了，我無法聽懂你們說的語言。我知道各位遇到了問題，但是我們沒有能力提供解決的辦法。這裡最近的部落就是高士佛社，你們可以求這一位高士佛的青年，請他允許你們進入他們的部落，也許可以讓各位吃一頓餐，然後帶你們到百朗的村落。」阿帝朋努力的夾雜著他懂得的粵語與排灣語表達他的意思。卻惹得卡嚕魯與宮古島人滿臉疑惑，有個商人似乎懂得了其中的意思，轉過頭向其他人解釋，阿帝朋則以排灣語向卡嚕魯解釋。

「什麼呀？真要進部落？他們是外人耶，會不會犯了禁忌啊？況且，他們真懂了你的意思？」卡嚕魯瞠著眼說。

「我也不確定，他們顯然需要協助，而眼前能提供幫助的也只有高士佛，不伸手提供幫助也說不過去。我們可以帶他們回高士佛，如果不能進入部落裡，就在部落入口那的岔路口讓他們休息，大家弄點東西讓他們吃飽、住上一宿，明天早上，翻過稜線過河送到茄芝萊[1]那個百朗的店鋪，請他們幫忙處理。」

「這真麻煩啊！」

「是啊，這的確是麻煩事，就像我們之前說得那樣。」

「看來也只能這樣了，你試著跟他們說吧！看來你還真會說百朗的話呢。」

「沒有的事，雖然我試著學習，但是那個太難了，依依喔喔的，我的舌頭都打結了。」

兩人對話著，而在一旁的野原也專注的望著，這令阿帝朋覺得有趣，又似乎熟悉這個人。阿帝朋微笑的向野原點過頭後，又開口說了些話，同時手朝著山腰的方向比去。

阿帝朋夾雜著零星不成句的粵語、南排灣語賣力的表達，究竟有沒有讓宮古島那幾個商人與船長完全理解？阿帝朋其實是懷疑的。宮古島人的確是以接近柴城那些漢人所使用的漢語方言，阿帝朋聽得出來那個程度並不能算是很流利，但已經遠遠超過自己。

他們是百朗嗎？他們聽得懂我說的話嗎？阿帝朋心思打轉著，同時又看著眼前這些陌生人又緩慢向著屋前那幾位老者集中，幾個方向的交談聲此起彼落。

「那個人應該就是昨天我們看到的，那個獨自划船救其他落水同伴的人。」卡嚕魯看著走向島主與官員位置的野原說。

「我也這麼猜想著，他那些傷口還新鮮著，應該就是摔向岩礁的時候造成的。他的眼神很堅定、銳利，你看他的背脊挺直的，跟亞路谷很像，我想他的臂力一定很強，是個打架的高手，他一定是個勇士。」阿帝朋說。

「可惜了，亞路谷不在這裡，要不然他會搶著跟他交朋友。」

「他一定會吵著跟他認識的。你注意到了嗎？除了他以外，其他的年輕漢子都不像是普通的跟隨著，我在想這裡頭一定有著像氏族族長或大族長一樣的領導人，或者像北邊的鳳山城那樣的大官員，這些年輕人是跟著來保護的。他們這些人不像這裡的百朗，如果真是百朗，一定也是其他地方來的。」

「阿帝朋啊，你都判斷不出來了，我更不可能知道了，不過你這麼一說，我又擔心了，他們這些人加起來，都比部落的年輕人多，真要讓他們進入部落，會不會發生其他的事啊？」卡嚕魯輕皺著眉頭。

「我想應該不會的，他們出現在我的地瓜田，摘取我的收成，被我發現的時候，都露出不好意思的羞愧樣，這個在我們高士佛社或者其他的部落的族人是不可能的，那些保力或者柴城的百朗更不可能這麼和善與禮貌的。」一個茅屋的主人說。

「是啊，那些百朗私自拿了東西沒把過錯賴在你頭上就很不錯了，不可能有羞愧樣。你

1 今石門村。

們看他們也沒大聲嚷嚷，穿在身上的衣服好像材質也不一樣，他們一定不是這附近的人，一定是海上某個地方來的。」卡嚕魯頻點頭的說。

「那如果這樣……」阿帝朋看了一眼卡嚕魯，繼續說：「讓他們進入部落應該沒有問題吧？你的意思是這樣嗎？卡嚕魯。」

「我怎麼會知道有沒有問題？眼前，也只有先這樣決定，如果他們願意，就帶他們回去，至於能不能進得了部落，我的父親自然會做決定的。」卡嚕魯說。

「他們長得很奇怪啊！」卡嚕魯又說。

「呵呵……」阿帝朋忍不住笑了。

在阿帝朋眼裡看起來，這些人外表的確與他熟悉的漢人相像，個子與這附近的人差異無幾，同樣骨架小，單眼皮但皮膚粗糙些，但衣著上看來，用了許多布料。年輕的漢子們可能為了工作方便，下半身在膝蓋以下都紮了綁腿，衣袖捆紮在手肘附近，小手臂幾乎全露，頭髮看起來像是隨手向後束攏。年紀稍長的幾乎都穿著袍子，頭髮向上束起都戴了些帽子似的包著，衣料似乎更高級些，表情威儀多了。若說奇怪，阿帝朋也覺得這附近部落人那些穿著耳洞，光著腳板，粗布舊衣裳的帥氣樣子，在別人眼裡恐怕是更奇怪吧。

他們應該是這一群人的族長們了！阿帝朋心裡猜想著，又隨即想到如果真是領導群，他們應該是一群遠行的貴族們，由一群精壯的青年勇士保護著。如果是這樣，他們由何而來，又將往哪兒去？風雨將他們吹向這裡，船毀了，他們又將如何返回居住地？他們勢必要想辦法回去，但這附近沒有任何一個部落能協助他們建造一艘大船，連漢人的村落也沒辦法呀。

阿帝朋忽然覺得有趣，又稍稍感到驚訝與不解。

宮古島人的議論仍持續著，但令阿帝朋感到興趣的是，外圍的人或坐或站幾乎都只是安靜的聽著，只有內圍那些穿袍子的參與議論，剛剛前來與他們溝通的船長也偶爾加入議論。真是有紀律啊。阿帝朋心裡頭讚嘆著。

「不知道他們能不能走路？」卡嚕魯忽然說。

「怎麼？」

「你看，他們每個人的腳上都穿著鞋子，那只有柴城那裡幾個有錢的百朗老爺才穿的，他們真要跟著我們走回去，走到高士佛都要天黑了。」

「呵呵……現在太陽才斜到肩膀，距離中午確實沒多少時間，但是你說他們會花上一整個下午走到高士佛也稍嫌誇大了些。」

「哇哈哈，阿帝朋啊，我終於發現你雖然聰明過人，可是也會忽略小地方的。你看他們那些年輕人，上身雖然算是結實強壯，但是腿部直筒像兩根均勻生長的細樹幹，小腿肌肉都比這裡的百朗都不明顯，那些上了年紀看起來像是族長長老的那些人，應該更不用說了。」

「嗯，哎呀，你看得還真仔細啊，這些在船上旅行的人，應該也不需要上上下下爬山追逐野獸的，只要扛得起重物，一雙腿確實沒有太多負擔，穿上鞋又怎麼抓得住路面上的石子？哈哈哈……卡嚕魯，你是這樣的意思嗎？」

阿帝朋的笑聲，引來幾個宮古島人的回頭注視。

「是啊，保力庄有幾個經常到部落活動的百朗，走起路來已經像部落的人，但是那是極少數，大多數的百朗走路像是貼著地面走路，可以走遠，但沒辦法走快。唉唷，我不相信你沒注意過這事。」

「確實是這樣，經你這麼一提醒，我們是該擔心他們能不能在天黑前走到高士佛呢。」阿帝朋與卡嚕魯的憂心也不是全無道理。高士佛位在這幾間茅屋後面的山丘直上約七八百公尺的稜線後方，以那茅草屋主人十幾歲的少年抄捷徑連爬帶跑直奔而上，通常用不上兩小時，往下坡放盡全力奔跑，頂多就五十幾分鐘，以卡嚕魯阿帝朋這些敏捷又體能充沛的漢子，時間更短。但要這些來自海上又帶著幾名老者的外人順著小徑攀爬而上，那時間可能得拖上很長的時間。

「別急，我的話他們可能沒有全部弄清楚，他們也許聽懂了還要考慮，就讓他們好好的討論吧。我們配著刀，也盡量別接近他們，這可要讓他們緊張了。」阿帝朋說。

「卡嚕魯啊，你一定要帶他們離開啊，都留在這裡，要不了明天，我們這裡種植的農作物連根都要被他們吃光了。未來幾個月我們都要啃石頭了。」一個屋主說。

「放心，一定得幫助他們離開，這麼多人，高士佛二十幾戶人家也沒有那麼多食物讓他們吃啊。」卡嚕魯說，「還有，阿帝朋啊，我看你也別急著離開了，你懂一點百朗的話，比手畫腳的應該還可以跟他們溝通。」

「看來也只能這樣了，我們喝點水吧，光顧著說話，都忘了我們是急急的跑了下來的。」阿帝朋說，「還有，你們家裡有幾個竹筒都拿出來吧，裝了水，路上他們那些族長們喝。」

阿帝朋等人分頭飲水與準備，完全不理會仍然陷入商議的宮古島人。

21 踏上山路

「這是最好的辦法了，我們已經走到這裡來了，這東邊的方向看起來是不可能有其他的大城鎮，假如這裡真是台灣，那麼官衙都在西半邊，我們只有朝西邊走才有機會。」船長說。

「唉，可是，這些人看起來這麼兇惡，假如他們真是傳說的吃人生番，我們不就自找死路，我不贊成！」一個商人說。

「哎呀，你現在說這個？剛剛島主大人不是都表示了？」

「島主沒說什麼呀？剛剛只有這些作農的三戶人家，食物確實只有這些，照他們說的，這山後方有較大的村落可以吃飽一頓，但是這是剛剛的事啊，你們沒看到這兩個佩刀的生番的樣子呀？你們見過這麼猙獰兇惡長相的人嗎？看樣子，他們也應該窮得連衣服都買不起，又有什麼能力幫助我們？你要我們就這麼傻傻的跟著去，萬一吃沒吃上一頓反而被他們殺來吃，這怎麼划算？這損失可大了！」另一個商人說。

「你們還真是商人啊，想的就只是損不損失的，你難道沒注意他們的表情、眼神還有舉動？就算他們長得兇悍、猙獰、野蠻，他們拔刀了嗎？還是他們狂吼著威脅我們？你們忘了，我們把這幾戶的庄稼翻了耙了糟蹋了，他們有斥責嗎？他們讓我們喝水又將家裡所有食物端了出來，這那裡是凶惡的人會做的事？我看啊，他們那些眼神透露的善意，遠比琉球首里那些居民看待我們的友善多了。」船長皺起了眉頭說。

「放肆！你怎麼把這些野蠻人跟王城那些高尚的居民比呢？真是無禮。」一個官員輕聲的斥責著。指著船長又說：「你這麼堅持著要進入他們的村莊，萬一出了事你能負責嗎？」

「我能不能負責，又如何？你們有疑慮不想跟著去，這可以理解。但是，我們現在沒有食物是事實，需要找到官廳的幫助，或者可以提供修船造船的材料與資金也是事實。這個，我在昨天都已經說了幾回。大家小心謹慎的，甚至害怕這些人，現在不想跟著去他們的村落也可以，我們就回頭往南再試試運氣吧。」船長動了火氣，嚥了嚥口水繼續說：「我們都餓了幾天，我的乘組員還有這些隨從還都年輕，就算吃草啃樹根應該也能撐個幾天。島主大人還有各位官員，你們忍得住嗎？這個海域我不確定是台灣，但是，這南邊沒有城鎮我是可以確定的。昨天那兩個當地人說這是台灣，如果是那樣，台灣的官府與城市都在西邊，爬過這個山稜線就有機會。」

談話的氣氛儘管衝突與火氣中，大致還維持著輕聲與從容。船長的話讓官員們商人們都暫時噤了口，而島主頭抬起環視了一眼，又將頭埋進曲起的雙臂，滑下的袍子依舊露出他那枯瘦慘白的小手臂。看在野原眼裡，很想插話贊成船長的提議，話到嘴邊卻又收口，官員大人們的談話，哪是他這等隨從的身分可以三番兩次造次無禮的。

一大半的人已經都坐了下來，低頭的、閉眼的，眾人都在找一個讓自己安定下來的姿態，等候著島主官員們的進一步決定。茅屋前的樹下空間霎時都安靜下來，陽光穿透樹葉隙縫，斑斑點點又塊塊片片的落在眾人疲憊的身軀與臉龐。野原尋著阿帝朋等人的位置撇過頭望去，阿帝朋與卡嚕魯已經移動朝著水槽走去，而那三個屋主，繞過島主座位的後方，在各自的茅屋進出。

他們都是善良的人吧！野原心裡說著，但飢餓的感覺更加激烈。

他注意到濱川，那個他在礁岩上救的落海的人，已經曲起身子閉著眼還不停的顫抖著、嘸口水。

就直接翻過這個山稜線吧。野原索性閉上眼，心裡又說。

不一會兒，眾人似乎起了一些騷動，野原睜開眼，只見那三個屋主各拿了兩個兩手長圈箍粗細，約一個手臂長的竹筒站在他的附近，而卡嚕魯與高大的阿帝朋正站在水槽旁，微笑著的看著他，見野原疑惑著，阿帝朋比了手勢，朝那三個屋主。宮古島眾人都受了吸引，望向野原的方向，連島主也抬起頭來看著那三個人提著竹筒製成的水壺。

「這是水壺？」船長忽然說，「他們的意思是……要我們一起走？現在走？」

「島主大人，你做個決定吧！」船長又說。

「既然都這樣子了，那我們就跟著他們吧！」

「島主，這怎麼可以？萬一……」一個商人說。

「你有更好的辦法嗎？」島主臉色沉了下來，「都別說了，起碼眼前就有個村子，就算沒有能力幫助我們，總該有食物可以充飢，你們不累，想找別的機會，我可不想了。去了他們的村子，也該接近西邊了。就照船頭的意思，你們幾個把人調配了，我們就出發。」

島主仲宗根玄安語氣變得堅定與嚴肅，令水槽邊的阿帝朋心頭一凜，不由得多注視了一會兒而確定他是這一群人的領導人。

「這樣子吧，野原你帶著幾個走在前面，船頭的手下走在後面，官員、各村与人與隨從就跟在島主大人前後。」侍衛首領前川屋真建議著，又指著幾個隨從，「你們帶著這些水筒跟在島主身邊隨時提供飲水。」

阿帝朋見到這一批人開始調動，猜想這些人大致已經同意一起進入高士佛社，便與卡嚕魯走到這茅屋前樹林空地的入路口，轉過頭等候。

「島主大人，你這是幹什麼？」一個官員見到島主已經脫下黑色外袍，伸手要茅屋主人收下，驚訝的說。

「沒什麼，他們這麼善心的贈予我們食物飲水，我們該表達一點謝意的，船上的東西都沉了，我身上也沒留多少東西，天氣不冷，這外袍子就送給他們吧。」島主仲宗根玄安說。

「這怎麼可以，冬天的這個時候，什麼時候天氣會忽然冷起來，尊貴的島主大人怎麼可以沒有外袍子保暖呢？要送，也該是我們這些下人贈予啊。」下地村村長說話了，並搶先脫了自己身上的外袍，平良村與伊部村村長也跟著脫了外袍，致贈給其他兩戶的茅屋屋主，令三位屋主開心的不斷讚美感謝。

這情形落在阿帝朋與卡嚕魯眼裡，感到親切頓時心生好感，覺得這些外人與部落族人的習慣相同，總是會贈送什麼表達自己的感謝之意。

野原幾個人已經移動趨近阿帝朋的位置，阿帝朋只點個頭，也沒多停留轉頭向外走去，卡嚕魯緊跟著走上小徑，野原等人緊跟在後。

不到一刻鐘，宮古島人六十六名已經跟隨在卡嚕魯與阿帝朋後方，迤邐在通往高士佛社的山徑上。白灰的衣著點綴著幾點黑色大袍，鑽行在綠意間，毛蟲似的隊伍緩步向上蠕動。卡嚕魯已經搶先在隊伍前面，貼心的避開平時需要趕路時習慣走的直上直下的獵徑，而選擇「之」字形的小徑緩步前行升高。才一個轉折，跟在阿帝朋後方的野原覺得舒暢極了，不由得深呼吸了幾大口，一股力量升起稍稍壓抑了飢餓感。

只見阿帝朋高出野原一個頭的身軀，直挺挺的極優雅舒緩的大步緩行，路面除了慣性的連續性的向上升起，而向下坡面的視野漸漸呈現由高往下視的俯瞰角度，灌木叢、五節芒叢、野牡丹叢漸次跌落腳底方向，連部分較低喬木樹梢也先後下降到視線以下。野原感覺新鮮，那是他不曾有過的經驗。宮古島雖然也有森林，但海島幾近平面的海拔高度，除非是爬樹嬉戲，平時他很難有高於樹梢線的經驗。但爬樹吊掛樹上遠眺，又根本不同於兩腿一步步升高，又踏實站在地面的真實與飽滿。

小徑又一個摺曲，走出了山腳那一小片的叢林，視野變得開闊起來了。穹廬天際線與海平面接連，使得東面接連海岸線的平坦區域的景物，也似乎變得縮小與緊蹙。

「哇！」野原忽然開口失聲輕叫，「是海面，那是海面。」

眼前隨著他逐步向上登高，陽光下充滿著綠意，植物繁茂，一條溪床從腳邊左下方某個山坳曲折成形而延伸向海邊，河床上還清楚的分布著幾條泛流成網狀的溪水，隨意分岔又不規則匯流，蜿蜒連結海岸線。

「那一定是我們昨天經過的溪床，要是這些茅草能稀疏一點、低一點就好了，應該可以看得更清楚了。」野原咕噥著。聲音透發著喜悅與興奮。

這樣的景觀絕不同於他操槳划著小舢板捕魚，由海面遠眺長山港那些有著建築物的市鎮景觀；也不同於他殷切望著他的木屋住家前那個土堤與有著防風功能的自然樹林，是那樣隔著一大片海域之後遠遠的出現影像。那是結結實實的由腳底生出的一整片綠意，那些樹冠與芒草葉梢所形成的綠色「海面」，在無風的上午時分，平靜水面似的反射著陽光，而粼粼、晶碎，甚或一些燦燦暉綠。只在那分支杈椏似的河床以及遠遠幾座沙丘，才灰褐色的這裡一條那裡一塊的塗抹著。那色調，令人忽略這是冬天季節的景象。

野原還是把目光停留在了越過這一片青綠之後，一帶長長區塊的黑褐色礁岩之後的海域，腳步也跟著停了下來。

那海水與岩礁接壤處浪花形成一整帶的白花，其中有兩處岩礁形成的窄峽，浪潮湧進激起一陣激浪向上噴濺，隨即掩覆住兩旁岩礁後，迅速落潮退回海面與後方湧進的潮水衝撞成一道浪，再回頭重新向岩礁衝擊，形成一轟巨大的水柱向上噴發飛濺。

怪不得！野原遠眺這情景，心裡嘀咕著。

雖然距離非常遠，他依然認出來那左邊的窄狹礁岩罅縫，是他昨天從擱淺的大船躍下，奮力游泳搶救同伴濱川等人翻覆小艇的水道。當時他費盡氣力，也只能專注的乘著海水漲退潮的力道，奮力泅湧；只知道那力量異常的巨大，沒想到，由遠處眺望，依然可以感受到那種絲毫不由人的力量。

「怪不得，摔得這麼慘。」野原脫口說話，而臉頰、身體幾處被潮水推高摔落岩礁造成的傷口，忽然劇烈疼痛起來了，野原下意識的曲手撫摸了臉頰。

他自然也看到了擱淺在那條礁岩間的水道左側方不遠的大船殘骸，遠遠的，黑忽忽的像是礁岩的一部分，看不出昨天他們離開了之後，究竟是保持著原貌，留著一半卡在礁岩間的船身，隨海潮輕微的晃動？還是根本已經被海浪拍擊沖毀了成了碎片散落礁岩上，任由無數的岩蟹穿梭橫行覓食與啃嚙。

應該是那樣了。野原心裡說，他猜想，那船身應該捱不過一天一夜海潮海浪的拍擊推擠而早已碎裂四散。

或者，被當地人撿了去，準備當成柴燒了？野原心裡又亂想著。一股說不出的絕望感悄悄升起，他下意識的朝著船的位置更遠更北方的方向望去，只見遠方海天同樣清朗。

那應該是宮古島，或者琉球的方向吧？如果這樣，同伴們應該都注意到了。他想著，又不自覺的往小徑後方瞧，發覺除了走在最前方跟在他身邊的幾個人也朝著海面發呆之外，後面的人都已經停止了腳步，遠遠的，各自站在植物樹叢生長較矮可以看見海面的路段，形成一個小組一個小隊伍分散的站著的，往海邊的方向怔怔的望著。島主甚至已經把身體靠向小徑上坡面突出的一段樹幹，坐著。頭，埋進屈起的雙臂。幾個官員商人比劃著指向海面，交談聲時大時小的傳進野原耳裡，除了他們，其餘的人都安靜著，氣氛有些感傷。

野原忽然急急的搖頭，因為他警覺到妻兒的影像又不知不覺的爬上腦門，令自己覺得衰弱與憂愁不振。

野原意識到，跟著自己走在前面的這一小組，應該是走太快了，要不，隊伍也不至於拖了這麼長。他撇頭望向阿帝朋，卻發現他們已經拉出了將近一百步遠的距離，兩人轉折到小徑上方的位置，正往自己的方向望來。那個位置，一整片的灌木叢顯得較為低矮。

那裡的視野應該更好吧！野原心想。他注意到那些灌木似乎與他眼前這幾叢相似。那是花期已過而開始結出果子的「野牡丹」。野牡丹奇特的葉型與果子吸引了野原，他注意到每一個成熟葉子大多有半個手掌大，葉尖銳粗糙，表面與背面都長了細細的毛；枝椏上了些沒什麼果肉罈狀球形的果實。他不確定這個植物究竟是開何種的花，但他幾乎是肯定的猜想著，這一定不能吃，否則一定有野生動物啃喫的痕跡。想起了吃，他忽然湧起一陣餓意。

22 大族長俅入乙

「他們果然不太能走路啊。」卡嚕魯望了一眼拖了長長隊伍的宮古島人說。

「呵呵……他們從海上來，也許沒走過山路吧，看他們的穿著，應該也不是習慣走山路的人。」

「是啊，你不說，我還沒注意到呢，他們的衣著比我看過的百朗所穿著的質料都好啊。」卡嚕魯說。

「他們那些看起來是族長或者領導人的，穿著的確比較好，其他人還好吧，跟柴城、保力那裡的百朗差異不大，可能也說明他們所居住的地方有很高的織布技術。」阿帝朋說。

「是啊，他們應該是來自於大的部落，就像北排灣那些貴族一樣，族長才有可能穿得比較好。我的父親要是能穿得體面一點，應該更威儀一些。」

「哈哈，我們也只能拿山產跟那些百朗交換衣服，而且那些百朗也不可能拿好的布料來交換啊。你的父親得穿上他們這種黑色外衣，才會更威儀的。」

「真想不透，他們這些布料到底是什麼製成的？看起來那麼柔軟舒服，我們那些以苧麻抽絲編織的衣服，還有以獸皮鞣製的衣裳，根本不能跟他們相比啊。」卡嚕魯說。

「這就是我們根本不能跟百朗相比的事，等你娶了柴城的女人回來，你可要好好的學一學，像你這麼聰明的人，一定很快學會，到時你可要編織一件那樣的外衣讓我穿一穿。」

「呸，你怎麼把話拉到柴城的女人？好，四林格社聰明的阿帝朋，我答應你，等我學會了織布縫紉，我織一件給你，到時你拿兩匹里古勞[1]皮跟我換。」卡嚕魯說。

「里古勞？哎呀，未來高士佛社大族長親手製作的衣服還真昂貴啊！你什麼不好想，淨想著北方那些部落貴族的裝飾。好，我答應你，等你婚宴結束，我立刻前往北方大武山山區住上幾個月，為你獵捕兩隻里古勞。哈哈……」

阿帝朋的笑聲才落下，小徑上方傳來一陣足踩細石、物體「嘩嘩」刷過叢草的雜遝聲，速度飛快又逐步接近。

「吉琉？吉琉你們來幹什麼？」卡嚕魯認出前方大跨步前來的六名佩刀漢子，領頭的是吉琉。

「來幹什麼？哎呀，卡嚕魯，你忘了？你要一個小鬼通報這下邊來了一群人，你們先來看看，然後要我們盡快隨後支援？你忘了？還問我們來幹什麼？」吉琉說。

「哈，我居然忘了這事，現在還很悠哉的陪著這些人呢！那小孩呢？」卡嚕魯想起先前急急的跑來，而現在卻對這些人品頭論足了，還允諾學織布裁縫，自己也覺得好笑。

「他就跟在後頭。那些人呢？」

「那邊！」卡嚕魯指著一個「之」字形往下的小徑上，一群群一團團呆立著的宮古島人。

「他們在幹什麼？」

「休息吧，還是想念家人，都忘了走路，也忘肚子正餓著。」

「這些人真奇怪啊，走，我們去看看！」吉琉好奇心大起，高聲招呼其他人。

「等等！」阿帝朋伸手攔住了吉琉，說：「你們佩著刀一路趕來，殺氣騰騰的，會嚇著他們，他們遇上了船難，魂都還沒回來，你看他們那些人哪像正常人？都失了魂似的呆滯，你就別再嚇他們了，我們可沒那麼多的卜靈奧[2]可以幫他們收魂啊。」

「看你說的！」吉琉顯然不願意相信阿帝朋的話，頻頻向著宮古島人的方向望去。

「吉琉啊，你別急，你們都回到部落入口那裡等著吧，這些人恐怕要到太陽快落山才會到那裡，你跟我父親報告一下，準備一下食物飲水，並考慮一下今晚讓他們睡在哪裡吧。」

卡嚕魯插了話。

「什麼呀？這裡到那裡，恐怕用不到你拉野屎兩次的時間，他們需要走那麼久的時間？還有，你要讓這些外人住進部落？」

「唉啊，你忘了？你們是直上直下的飛奔往來。這些在海上的人能這麼走嗎？還有，你看看他們這個樣子，什麼時候能打起精神走路還不知道呢。我不是說要讓他們住進部落，而是請你先告訴我父親這一件事，他們有六十六個人，除了住宿部落，沒有更好的辦法了。你們先回去吧，想看，等到了部落你們再好好看個透。」

1 雲豹。
2 巫師。

「你啊，卡嚕魯，跟著阿帝朋，你也開始胡亂出主意了。」吉琉嘴巴說著，眼神又頻頻望向野原等人，以及更後面的方向喃喃的說：「真有那麼多人嗎？應該還有好東西可以交換吧？」

「好啊，你個吉琉，說了半天，你心裡還是惦記著有沒有東西可以拿呀？」卡嚕魯沒好氣的說，「他們除了身上的衣服，沒有其他的東西可以換了，你啊，除了去獵隻山豬給裘古過冬，沒別的好東西討好她了。」卡嚕魯說。

「呸！你個卡嚕魯嘴巴還真碎，這跟裘古有什麼關係？」吉琉也沒好氣的回了嘴，悻悻然的帶著其他人，朝著小徑上端往回走。

野原等人都聽見了卡嚕魯等人的交談聲，那些聽似爭執又戲謔的語氣，令野原等人狐疑與憂心，頻頻看著阿帝朋的方向，又不時回頭望著遠遠的距離外其他呆立的同伴們，特別是圍繞在島主的那一群官員們。

上方忽然又傳來卡嚕魯的笑聲。

「哈哈哈，真是的，這個吉琉，追求裘古追求得慌了。」卡嚕魯說。

「如果只是這樣也還好，他要是真的那麼想從這些人身上取得一些東西，我就擔心會出什麼意外了。」阿帝朋說。

「可能嗎？應該不至於吧。就算想要什麼，這些人沒有任何多餘的物品，能拿什麼跟他交換呢？我們不都看得一清二楚了嗎？他們沒有東西了吧！」

「看樣子，確實沒有什麼東西能跟吉琉交換，就算願意，吉琉也沒什麼東西能換吧？」

「啊，哈哈，是你多想了。」

「是啊，我就是經常這麼胡思亂想的想個不停。」阿帝朋自我解嘲著，目光順勢移到宮古島人的隊伍，又說：「他們應該繼續前進了，看見了海，看見了船，也感傷了，也憂心了，但是路還是要走啊，別拖到傍晚才是。」

「我叫喚他們吧！」卡嚕魯說，隨即朝著野原的方向呼喊著。

宮古島人的隊伍果然動了，一團團一群群站著坐著的人逐漸舒展拉開，在小徑上慢慢又成行列魚貫移動，野原等人也很快的走到卡嚕魯的後頭。領頭的阿帝朋沒多打招呼，故意放緩腳步慢慢的往上移動。然而才走上一兩個轉折，後方已經頻頻傳來喘息聲與無意義的輕輕呼喊聲，阿帝朋也很體諒的縮短走路時間，增加休息的次數與時間。

就是這個道理了！阿帝朋心裡忽然這麼說著。

這些海上來的人必然不習慣在山上野地走路，這是環境的影響也是生活習慣養成的。就像柴城、保力那些漢人，因為務農營生的生活習性與習俗不同，所以也跟這一帶的排灣族部落有很大的不同。這些道理，大家似乎都懂，但牽扯到跨族群之間的爭論，那些無法避免的優越、歧視與誤解，使得談論漢人與族人某些習慣與能力時，每一回他總要用好幾種比喻來解釋。就譬如在山區走路這件事，這麼天經地義的事，這地區的部落族人，總是很難理解鄰近的漢人為什麼沒辦法在山上走得快走得久。這一回來了六十六個海上來的人，也許可以讓高士佛的族人有機會好好觀察，究竟自己與外面世界的人長相或其他習慣哪裡不同。

在宮古島人前頭故意放慢腳步輕鬆走路的阿帝朋，抵達高士佛部落外圍岔路口時，已經是中午過後的一段時間，距離太陽沒入更西方的牡丹社山區稜線，還有幾顆頭顱的高度，那山嶺積了厚厚的雲霧。阿帝朋回頭看看後方，原先一直企圖緊跟在後方的野原那個梯隊，還是遠遠的落後，更後方的幾個梯隊，三三兩兩的長嘆短吁的不時抱怨，捶背揉腿又踉蹌緩慢移動著。

「父親，我們到了。」卡嚕魯見到坐在一排石椅的父親俅入乙，以及十幾個佩刀的部落青年，或站或坐在這十幾步見方空間活動，便高聲的問候。

「你們可真是神勇啊，這麼會走路。我坐在這裡等候，幾批的鳥雀來了走了，沒有任何一隻願意停下來耽誤回巢的時間，我坐著都要著涼了。你們的賓客還好嗎？他們人呢？」

「人還在後面啊，拖了很長的距離，應該是不習慣山路，而且餓了幾天。」卡嚕魯說，「對了，父親，這些人……」

「昨天，我不是說了？這些人出現在我們部落的地界是件麻煩事，但是別人有難，而且都走到這裡了，無論如何我們都應該伸手拉一把。我們幾個氏族族長已經商量好了，讓部落每一家都撥出一些地瓜，等你們都到了，一起各煮一鍋送到那間空房前讓他們吃。如果他們願意，就在那裡住宿一晚吧。明天早上，你們再送下山去，應該可以遇到那些經常進山做買賣的百朗請他們幫忙。」俅入乙說。

「也只能這樣了，他們不是我們熟悉的百朗，就算是阿帝朋，也聽不太懂他們說的意思，只能猜。」卡嚕魯接著把一路所看到的說了一遍。

「還好有你啊，阿帝朋。」俅入乙說。

說話間，跟著野原一起走的梯隊已經進到了這個休息空地。俅入乙站了起來，其他的跟來的青年戰士也都自然的站立在俅入乙周邊，專注著看著陸續抵達的宮古島人。

俅入乙似乎是很慎重的看待這些海上來的陌生人的到來。他帶著以山豬毛皮與山羌角搭配製成的帽子，上身穿著近日與統埔村漢人以物易物交換得來的半新漢式上衣，下身則以他重要慶典常穿的後敞皮褲，斜揹著繡上紅黑圖飾的布袋，赤著腳，腳趾張開，扎實的踩著地面，瘦削的臉頰與安定的眼神，始終帶著微笑，盡可能的想展現他的和善。他注意到幾個稍有年紀的中年與一位老者，都穿著黑色袍子，表情威儀，目光炯炯。俅入乙猜想他們應該是這一群人的領導人，族長或者更高階的職務，但他無法想像那是怎樣的位階關係，與部落氏族族長的概念有何不同。

俅入乙心裡忽然沒來由的升起淡淡的退縮，那是一種對階級本能的退縮，但隨即又恢復過來，畢竟他是高士佛社幾個氏族推崇的大族長，領導著部落。他擺擺手，五個青年漢子，都持著竹製水筒，送了上來。

站在俅入乙身側的阿帝朋也覺得開心，不自覺的微揚起嘴角。

他安靜專注的看著一方是向來以家族倫理著稱，長幼之間層級分明各守本分的部落人，等著他們從未見過的外地人；一方是來自遙遠不可知的地域的一群人，也有著超乎一般團體的紀律，六十六個人正安靜的喘息著，略帶張皇驚嚇的一個個擠進不算寬敞的山腰上的一塊小空地上，擠不進而延伸留在小徑上的，也盡可能的貼近空地想看看他們聽說過的，凶悍吃人的「大耳生番」究竟是怎樣的模樣。這兩方人，都帶著極大的好奇與不安相互碰頭，各自的青年漢子也極自然的護著自己的族長，又巧妙的空出一個足夠讓兩方族長相望看見又不失禮的空間。

俅入乙著人送上水筒招待來者，也是依著傳統歡迎結盟好友的方式，說明高士佛社的大族長俅入乙釋出了極大的善意，歡迎這一批海上來的陌生人成為高士佛社的朋友。

這是多奇妙的一場邂逅啊！當年豬勞束大族長卓杞篤，是不是也這樣接見來自海上，駕駛著龐大而帶有著巨大砲管船隻的洋人官員？當時這些外來者又是怎麼看待與想像他們早已聽聞的大族長卓杞篤？當時經過一場正式談判議和與酒宴，決定了恆春地區下十八社對待外來者侵入的態度。而今天，高士佛社這一場遇見，後代子孫又會怎麼傳說下去呢？阿帝朋想著想著，也不禁感到興奮。

「我是高士佛社的大族長，我聽到了你們的故事，我們的青年戰士們觀察了你們兩天的時間。」俅入乙開口說話，同時伸手撫了自己胸膛，又比出了兩個指頭，接著手勢比往高士佛的方向繼續說：「我不知道我們可以幫得上什麼忙？但是我們歡迎你們進到我們部落。我們送上了飲水，我們從此認定你們是我社的好朋友。」

俅入乙語畢，宮古島人忽然喧譁起來了，多數人瞬間露出驚恐之色，彼此交談聲時大時小，又偶爾出現尖聲。這樣的反應令高士佛人感到不解。族長俅入乙更是疑惑，面有慍色，覺得受辱，語調也出現了不高興，要阿帝朋翻譯。

宮古島島主仲宗根玄安忽然斥喝著要眾人安靜。阿帝朋努力的夾雜著排灣語以及他所知道的包括一點粵語與一點閩南語的漢語，試著翻譯表達俅入乙的話，但似乎又引起宮古島人更多的議論。

阿帝朋警覺某個環節出了問題，他眼光移向野原，只見野原輕皺著眉頭遠望著高士佛社方向；而另一頭，船長與幾個官員商人努力壓抑著聲浪辯論著。島主，則抿著嘴不發一語，其餘眾人也各自議論著，宮古島人似乎忘了高士佛人的存在，但眾人眼神有意無意間，總會驚恐的注視著高士佛眾人背後的一道石牆。

阿帝朋忽然明白了。

23 首級牆前的疑懼

「我早就說了，不要進到這裡，你們偏不聽，我們千辛萬苦，走這些山路，這下好了，你們都看到了，哎呀，我的老命不保了。」一個商人氣急敗壞，又不時眼睛飄東飄西注意現場的高士佛人。

「這可真是糟啊，以為可以吃個飽，找到人幫助回家，沒想到我們要付出這麼大的代價。我只想吃一頓飯，可不想尋死啊。」一個商人也說。

「你們怎麼說不聽呢？我們爭論了半天，到底你們誰聽懂了他說的話？」船長語氣很不高興，粗沉著聲音說著。

「都是你，一個當船頭的人，難道這一點也看不出來，既然一開始就是你主張我們要到這裡的，你就得負全責，他們要什麼，就你來給好了。」一個官員說。

「他的話，任何人都聽得懂吧！我們爭了半天，相互指責，我看要付最大責任的，就是你這個傲慢自大的船頭。」一個村長也說。

「任何人？我傲慢自大？」船長聲音忽然提高的一點，「我們爭了半天猜了半天，討論不出什麼結果，你說任何人都聽得懂他說的？好，你說說看，他說了什麼？」

「他的意思，那個看起來是這裡的族長的人，一邊說一邊比手勢的，意思不就是說：這裡是我們的地方，你們如果想平安的經過，只要留下兩顆頭，我就讓你們過。」

「沒錯，應該就是那樣了，你們也看到了他們身後，那道排列的石牆，上面有好幾個頭顱。他們就是傳說的大耳生番，他要我們留下兩顆頭作為交換，那些傳說是真的，而你這個吹噓自己航海經驗充分的傢伙，居然把我們帶來這裡。」一個商人補充說，眼睛還惡狠狠的瞪著船長。

場面一下子僵硬，那船長顯然也被激怒，瞪著剛剛說話的人。野原沒加入爭論，他注意到了，剛剛說話的大耳人老者，面有慍色的看著他們的爭論，而剛剛領著他們一路上來的兩個人，一左一右的站在那老者身旁，較矮的漢子一臉疑惑，而翻譯老者話語的高個子，面容則由疑惑忽然轉現笑意而和善的環視著，似乎理解現在的狀況。

他一定是個聰明人，但是，現在是什麼情況呢。野原心裡想著，輕皺著眉，眼神從阿帝朋越過朝後方望去。

那是一道由大小厚薄不一的石塊石板疊層排出的牆，高約一個成人高，寬約十步，沿著小徑向後延伸。左半邊生有青綠的青苔與白斑的地衣，牆面上有三排大約二十個的窟窿，第二層的左半邊還間隔放四顆沒了下顎，看似有一段歲月的骷髏。最初眾人沒注意到，除了是因為高士佛社人站立著迎接遮蔽著視線，這道牆設立在一棵雀榕樹下，氣根與落葉加上牆的這一頭，有一叢五節芒草，高約一個成人高舉雙手的高度，那向外枝展的葉莖，遮去了不少的視線。剛剛隨著高士佛領導人大族長俅入乙的手勢，讓部分的人看見了那道牆上幾顆骷髏，經耳語而後蔓延引起大眾的恐慌。

野原也受了驚嚇。他皺著眉頭陷入沉思，不理會其他人的繼續爭辯，想著骷髏不會平白出現在那兒，也不可能是這些人的親友，會放在村子的入口的，大半是想要標誌著這是村子的領域。不過，這些骷髏的身體骨架呢？那些肉身呢？他們又是誰？敵人？還是四處冶遊誤闖進來的旅人？想到這兒，他不禁打了寒顫，他可不想被一群人當成一隻豬，煮了，被分食著。他忽然覺得虛弱了，感覺四肢出現輕微的顫抖，他知道這不是因為飢餓，雖然已經餓了幾天，但此刻他毫無飢餓感。

都是我，一直想著這個念頭，讓船頭也跟著有這樣的想法。野原開始自責，心裡不斷叨念著，責備著自己。想起宮古島下地村的家人萬一知道自己是在幾百海里外的海島台灣，被一群吃人的大耳生番烹煮了吃，不知道會有什麼樣的感受。將來他們可能不敢再碰肉類了。

可是……，他忽然想起長山港那個老者，那個應該也是從這島上附近被船員帶走的小孩，那個長年窩居在長山港一個破舊建築的老人，倏地又提振起精神，心神穩定了下來。他想起一開始遇見的那幾戶田園的人家，因為宮古島人的出現，他們那張張受驚嚇的神情卻始終友善的表情與眼神，以及他們端上家裡剩下的食物的那份誠懇；還有阿帝朋那兩個前來探查的大耳漢子，準備水又細心體貼的帶著他們一路走上山的情形。

他們絕不會是吃人的種族。野原心裡肯定的說。他振了振精神，注意到眼前十幾位的大耳人或蹲或站，除了那老者表情微慍，都安靜與好奇的看著宮古島人的議論與驚慌。野原還注意到他們沒有人因此按著刀柄或者警戒防範什麼著。

他們沒有敵意！野原肯定的在心裡說。他眼光移向阿帝朋，只見阿帝朋也剛好望向他，他感到不好意思，報以微笑，而耳邊想起了船長的聲音。

「我們一定是誤解了他的意思，他們真要想殺了我們，他們的男人早該帶著武器，在山下就攻擊我們，不必這麼費事準備飲水帶我們上來。你們都忘了山下那幾戶人家把所有的食物都給了我們，而這些人守在這裡，看起來都是溫和的等候我們嗎？」船長說。

「這都是假的，他們偽裝的！目的是要欺騙我們進到他們的村落，再把我們一個一個殺了，吃了，然後把頭顱放在那幾個窟窿，讓老鷹螞蟻吃光頭顱的肉……」一個商人說。

「住口！」島主仲宗根玄安覺得噁心，出口阻止了那商人繼續說，「再怎麼樣，他們可是一路照顧我們，現在眼前這個長者，態度溫和符合禮節的站在我們面前說話，我相信那是表達歡迎的意思。」

「可是那些骷髏？」

「都別說了，這是他們的習俗，確實讓人不舒服，但是也不能說他們吃人啊！都別說了，是我們無禮啊。」島主說完，抬起頭了，正面的看著眼前高士佛的大族長，而所有人都安靜了下來。

野原停止了胡思亂想，注視著兩個領導人也覺得有意思了。

俅入乙與仲宗根玄安體型高度大致相當。仲宗根玄安著袍子，幾綹灰白髮色自帽冠下緣向外垂散，蒼白的面容與嚴肅的表情下，有著因飢餓與不安產生的疲憊感；他注視著對方的眼神，糅合著習慣性看視島民的優越，以及進貢到琉球中山國那種進入異地面見當地首領的謙遜。而佅入乙身形瘦削精實，簡單的衣著露出黝黑無毛的皮膚，裹覆著顯然已經鬆弛但線條依然清晰的肌肉，表情始終掛著微笑，眼神卻銳利如鷹，儘管看起來似乎表達著善意的迎客，還是令人有幾分不自在。

「我想你應該是這裡的族長了。」仲宗根玄安點了點頭示意，繼續說：「我是宮古島的島主，我們是從遠方的海上島嶼來的，前幾天遭遇了風雨船身毀了，所以來到這個地方，驚擾了各位，非常的失禮。首先謝謝你的族人分享了食物，現在我們仍然需要你們的協助，讓我們修復船隻，或者找到一艘船可以回家。你們誰幫我翻譯吧。」仲宗根玄安說完，沒瞥頭，要他周邊的官員或者誰為他翻譯。

島主的說話聲讓宮古島人都安靜了下來，連帶的高士佛人也受到吸引。不待誰來翻譯，高士佛的佅入乙露出了笑臉，又繼續長長的說了一些話，表情極為和悅。說完，點了個頭，比出了手勢朝宮古島人所站立位置的左側，然後自顧自的朝那個方向離開，幾個三個佩了刀的青年跟了上去。

這個情形讓宮古島人一陣錯愕，島主與官員們注視著佅入乙離開，船長與野原則下意識的往阿帝朋臉上望去，只見阿帝朋仍然維持著微笑的表情，也朝著佅入乙的方向比了個手勢，沒多說話。

「這是怎麼回事？他聽得懂島主大人說的話嗎？怎麼自己說完就走人？我們該跟著走嗎？」一個官員疑惑著說。

「是啊，船頭，你們誰開個口說個話問一問吧？」一個商人也急了。

「看樣子，是要我們跟著去吧！你看這位引導我們走來的高個子大耳人，也比出了同樣的手勢，看樣子是要我們跟著走，沒有惡意的。」船長說完也不管那些官員商人的反應，直接朝著剛離去的俅入乙身後離開，逼得官員們也擁著島主，跟了上去。

「這樣不好吧，我們還沒弄清楚他們是不是吃人的生番，就糊裡糊塗的跟著他們走？島主說的話，他一句也沒回答，真是無禮啊！」一個商人忍不住邊走邊嘀咕著。

這情形可讓野原覺得奇怪了，他呆立著望著那排石牆左側，那條沒入一片叢綠的小徑，任由其他同夥自他身旁走過。他想著，如果這面擺放著骷髏的石牆是村子口的一道擺飾，是用來宣示領地或者嚇阻敵人，那麼眼前這一條路跡明顯，沿著小徑向右走去的才是正常的出入口，而剛剛俅入乙走進左邊這條看似隱密的小徑，究竟是什麼原因？是捷徑？還是有其他的想法？還有，這幾個陪同俅入乙的戰士們，刀鞘尾都有兩三綹垂下的頭髮，那些垂下的黑色垂絲微捲曲著，說明都是真的頭髮，如果是那樣，那會是什麼人的頭髮？野原的眼神不自覺又飄向石牆上，那幾個褐黃又看似結了一些破損蜘蛛網的骷髏，心裡不免又犯嘀咕。

可是……野原猶豫著。迅速回想從早上遇見他們以來，他所看到的這些人臉上除了驚訝與疑惑，眼神始終沒有敵意。就算後來卡嚕魯與阿帝朋佩刀而來，眼神也只是出現警戒的狀態，這種敵對成分，野原十分肯定比起他在宮古島下地村，教人練拳的殺氣還要低得多。

沒有敵意。野原心裡嚷著，肯定的這麼認為。

「野原先生，我們該走了。」一個夥伴提醒。

野原回過神，看到阿帝朋正微笑地看著他，大家都跟了上去，除了野原幾個夥伴，阿帝朋與三個高士佛的青年都在等著，他們成了最後梯隊。阿帝朋手勢比了比，自己先走了。野原點了個頭致意也跟上了，望著阿帝朋原本只高他半顆頭的背影總覺得特別的高大，野原暗自決定，不論這個村落的大耳人能不能幫得上忙，日後有機會，一定還要帶著下地村的特產回到這個村子，或者他親手捕獲的魚，曬乾了送來。

他一定是個有智慧的人！野原心裡說。

24 部落的疑慮

接近傍晚的時間，高士佛社人比平常的日子更早忙碌著。太陽才剛沒入對面牡丹山區的山稜線，高士佛社二十幾戶人家幾乎都已經生起火來炊爨，炊煙穿透屋頂，騰空、飄漫，使得高士佛社瀰漫著燒柴的煙味與木材香氣。幾個婦女帶了以細竹條，以及棕櫚葉製成的掃帚，已經來來回回的清掃過廣場，旁邊那個以茅草為屋頂的大空屋裡外也整理過，鋪上了月桃席以及一層茅草，牆邊還捲著幾捆苧麻編成的布匹，方便睡覺當被子取暖。幾個青少年先前搬了兩個清洗過的樹幹水槽，然後輪流到水源地汲水，水槽已經注入了半滿的水量。七八個小娃兒與幾隻家犬也跟著來了，嬉戲聲從廣場向外擴散，連最邊邊的住屋都聽得見。五個階梯的住屋，不時傳出幾個婦女的交談與笑聲。高士佛主要十幾個的精壯漢子，除了幾個出遠地狩獵的夜宿外地，還有十幾個留守的青年漢子，其餘都跟著大族長俅入乙去迎接從海上來的宮古島人。

「好久沒這樣了，這種感覺像是準備七月的小米收穫慶典。」

「的確是這樣子，不過我還是很擔心，一群外地來的人，直接迎進到部落裡，會不會有其他的問題。」

「這種憂心我也的確存在著，儘管我們都商議過了，我心裡還是不踏實，畢竟那是一群我們沒見過的人。他們有什麼習性？會不會給部落帶來疾病，我們都無法得知啊。在舊部落時期我又沒聽長輩說過，甚至遷到這個部落建立以來，有這麼多人的外族來過；我活著更沒看過有任何一個跟我們沒有關係的百朗進到部落裡，就算是嫁到柴城的那些百朗親戚，幾年也見不到他們回部落，想想還真不安心啊。」

「就別想那麼多了，不管舊部落或現在的部落，確沒有人聽過有外人進來。但是，俅入乙的看法也不能說錯了，他們從海上來，讓風給吹來，現在船壞了，還不知道怎麼回去，想想他們的家人會多麼焦急？我們不懂船，也沒有能力幫他們的忙，讓他們吃一頓餐，休息一個晚上，然後幫他們去找那些百朗。俅入乙的想法也很難反對啊。」

「呵呵……想想，我還真羨慕他們可以四處遊歷，坐上船，在海上到底什麼滋味啊？光是看海邊的浪，我就覺得可怕了，浪不會晃得很厲害嗎？他們怎麼還能在那樣的浪上面走那麼遠的地方啊？」

「你說四處遊歷？你不是這樣的人啊，要你去一趟柴城走一走，你就嫌遠，嚷著田裡的農作沒人替手整理，你要真像他們那樣搭著船，去幾個我們連聽也沒聽過的地方，你怎麼辦啊？」

「想想，我們還真像山裡的野獸，就只能在自己習慣的幾棵樹幾個山頭活動，出了這個地方，我們都要害怕得不知道怎麼過生活了。我們得讓這些年輕人多多出門，看看部落以外的地界，看一看那些百朗怎麼生活？想什麼？學學他們怎麼製作器具，也好幫助自己的部落，免得將來與外人接觸越來越多，我們還是不知道怎麼應付。吃了虧，受了傷害怎麼辦。」

「你們想太多啦。我呢，倒是覺得有意思，我們這麼早生火煮食，牡丹社的人一定很好奇。」

「哈哈……是啊，沒有人比他們更有好奇心了，說不定明天就會有人假借理由專程跑來問這件事。」

幾個族長與長老們，在高士佛社最上面的台階住屋院子的吉琉家閒聊著，等待著大族長伕入乙迎來外地人。而留守的幾個青年，也分成兩批，分別在部落上方的入口與下方的入口等待與閒聊。

「真是急死人了，我怎麼跟這些人這麼沒有連結啊，從昨天海邊到今天上午在山下，我都沒有能夠近距離好好看一看他們到底是什麼人，現在太陽都下山了，人還沒上來。會不會又跑到別的地方啊？」吉琉輕輕的朝地跺搥著手上的短木杖，注視著部落入口向左延伸的小徑說。

「別急啊，既然伕入乙都親自迎接了，就應該沒什麼問題吧，他們一出現你就可以遠遠的從田地那一頭，好好的看著他們怎麼走路。」一個青年指著小徑說，那小徑兩側的旱作田大致整理完畢，以至於視野通透，遠遠一百步的範圍都可以看得清楚。

「怎麼走路？你開什麼玩笑，人走路還有什麼不同？」

「要不呢？你怎麼這麼期待看到這些人啊？」

「這……」

「我知道了，你是怕他們來晚了，影響晚上拜訪袞古的時間？」
「呸，你胡亂猜想什麼？他們來了，我們還是要去聊聊天啊，難道你不想啊？」
「當然想啊，其他女孩都會跟著來聊天，不去，難道我要跟那些外人說話一個晚上啊？」
「說話一個晚上？你懂他們的語言？還是你想跟他們買賣什麼？」
「啊哈，說漏嘴了吧？明明是你想跟他們要些什麼東西送給袞古的，所以你才這麼急著想找他們，是吧？你放心，如果他們真有東西可以換，我們都讓你，你優先，你早點得到袞古的心，也好幫我們去說服其他的女孩啊。」
「呸呸，你們胡說什麼？」
「我才沒胡說，吉琉啊，你盡可能大聲一點，袞古家距離這裡剛好聽得見你的聲音，你不好好說些什麼讓她偷偷聽見，我看早晚她要被烏來搶去，到時候你可要懊惱了，他的笛聲傳得可遠著的呢。」
「呸，你們沒別的話說了嗎？」
「哈哈，吉琉，你也會害臊啊？」
「你們別說了，他們來了！」一個人站了起來說。
旱作田的遠處的小徑出現了俅入乙的身影，穩穩的走在前面，後方幾個高士佛的青年跟著，再後方便是魚貫跟著的宮古島人。吉琉等人還沒決定是上前迎接或者待在原地等待，幾個在集會廣場嬉戲的小孩童，已經叫嚷著從那空屋子旁穿越那些整理過的旱田奔跑而去，連帶的吸引著其他住家的小孩，以及跟著在旁嬉戲的犬隻吠叫著追了出去。引起了部落的騷動。

稍早，離開部落外圍的入口，俅入乙並沒有走上部落人習慣走的小徑，翻越稜線由部落上方的入口，而是走備用道路，由山腰平緩的走進背向海面的斜坡，穿越一大片原始叢林，再逐漸上坡緩行到高士佛西側一塊取材伐木的森林，最後進入緊鄰部落住屋建築的旱作田，視野才開闊了起來，牡丹溪與對岸的牡丹山區也盡收眼底。

宮古島人的出現，確實引起了不少的騷動，不少部落人好奇的擠進幾家比較靠近的住屋與院子觀看。整座村落安靜，只偶爾迸出稍大的交談聲。

「他們好可憐啊！」袞古站在門廊前，遠遠看著那逐漸接近的隊伍。

「妳說的是什麼人啊？」她母親撥了撥灶子裡的柴火問。

「伊娜，妳沒聽見剛剛外面那些小孩的喧鬧啊。有外人來了，族長俅入乙帶了很多的外人進來了。」

「那些小孩什麼時候安靜過？倒是那些外人，妳說俅入乙真的把那些外人帶進來啦？」

「是啊，大家都跑出來看了，妳也出來看看吧，好奇怪的一群人呀。」

「什麼奇怪的？」袞古的母親走了出來，見到袞古的父親早就站在院子邊，沒好氣的說：「你看見了什麼，怎麼自己悶不吭聲的就跑出來？要不是……咦？確實奇怪啊，他們是跟誰打仗去了？怎麼一個個生了病似的？哎呀，生了病怎麼可以帶進部落裡，萬一我們也生病了怎麼辦？」

「不是生病吧，他們是昨晚卡嚕魯說的那一群從海上來的人，應該是餓了幾天，又走了一天的山路，一定是累壞了。所以族長才交代要我們先準備這些地瓜，讓他們吃飽些。」袞古說著，也跟著往前站到她父親的位置。

「如果是這樣，我們得快快準備，送到廣場待會兒讓他們吃吧。哎呀，真是可憐啊。」裘古的母親搖搖頭，又鑽回屋子，看著鍋子內水煮的地瓜。

相同的議論同時也在其他的地方發生著。宮古島人的隊伍看起來十分狼狽。島主以及那些商人、官員幾乎是由其他的人攙扶著，一路跌跌撞撞，因為走路汗濕了全身，每個人幾乎都脫了外袍。其他的年輕漢子也沒好到哪裡，垂頭喪氣的，急喘著大氣的，唉聲嘆氣的，只在走進旱作田的一刻忽然精神大作，然後又故態復萌，儘管船長大聲斥喝鼓舞，情況稍稍改善，但看在高士佛人眼裡，無不覺得憐憫。廣場上的婦人由上往下看得更仔細，幾個稍有年紀的，甚至紅了眼睛濕了眼眶，他們打從見到太陽以來，從沒見過一群男人的模樣可以這麼落魄狼狽。有人開始催促著要女人們盡快的準備好食物集中到廣場來。

但不同的聲音卻從最上方台階住屋的族長們發出。那是幾個圍坐在吉琉家閒聊等待的兩個氏族族長與幾個長老們。當宮古島人的隊伍出現而部落出現了喧譁，幾個老人移動了位置到台階的西側，底下的旱作田與俅入乙為首的隊伍逐漸接近部落，質疑聲便開始出現了。

「太多人了，而且主要都是年輕人，這些人擠進部落，不會有問題嗎？」

「俅入乙太冒險了！」

「我們現在可以立刻佩刀作戰的還不到四十人，他們卻有六十六人，扣掉那些需要攙扶的老者，還有五六十個人，真的沒問題嗎？」

「應該沒什麼問題吧？俅入乙不是那麼衝動的人，他一定有他的考量。」

「可是，萬一……萬一發生什麼事呢？」

「比如？」

「比如……，唉，我也說不上。」

「你們剛剛還同情他們出遠門遇到困難，說什麼要幫助他們，是誰說好久沒有這種過節慶的感覺？怎麼現在又擔心呢？」

「這不同啊，剛剛之前我們誰都沒看到這麼多人，現在一下子出現這麼多人，甚至比我們的年輕人還要多，你們哪個敢說你們沒受到一點點影響？我老實說，我非常不安！」

「我也覺得不太對勁，但是現在也不能阻止這事情繼續啊，倈入乙已經走進到下面的入口了，難道要趕他們出去啊。」

「哎呀，這真是的，我看找倈入乙來跟我們說一說話，安一安我們的心吧，我真覺得不安啊。」

老人們的不安似乎也不是孤立的，守在部落上方入口烏來以及守在下方的吉琉兩組人馬也覺得不太對勁，特別是想像宮古島人六十六人都進了部落，然後都擠進部落祭典跳舞的廣場上，他們那些不同於高士佛衣著的人群所形成的殊異畫面，就讓人有股說不出的壓力。儘管倈入乙宣布這些人已經接受了部落提供的飲水，等一會兒還有部落招待的水煮地瓜，這些人已經被視作為好友，要大家安心。但這樣的宣布，顯然無法減輕這些他們眼中長相服飾貌似漢人的宮古島人，聚集在一起所形成的人數壓力，所以，部落三十幾個佩刀的青年，非常本能的提高警戒著。直到倈入乙宣布今晚所有的作息正常進行時，大家才又像被旋鬆的壓力閥，部落忽然正常起來了。孩子的喧鬧聲，大人們的交談聲，還有先前交代的各家煮一鍋水煮地瓜送到廣場的事，都進行著。

俅入乙的妻子，招呼著各家婦女以藤編器皿裝盛送來的地瓜，集中在廣場的中央成五個小堆盤，兩個少年也送來幾個竹筒製成的飲水瓢。俅入乙簡單說了些話，由阿帝朋想辦法翻譯之後，留下阿帝朋與卡嚕魯陪著宮古島人吃地瓜，廣場上還留有一群小孩嬉戲，其他人都各自回家了。

遠遠的，不時傳來吉琉開懷的說話聲，說今晚一定要再拜訪袞古，隨後有人鼓譟說吉琉的對手烏來一定會擊敗他的。一群人高聲朗笑，伴隨著歸巢的鳥雀，時歇時譟。

25 山村初體驗

總算不餓了。野原望著已經吃光，皿內只留有殘碎地瓜皮的籐編器皿，心裡說著。

他排了個隊，舀了水喝，才警覺到一直留在廣場嬉戲的小孩們，那些隨時驚呼的笑鬧與爭嚷，漸漸遮蓋過這幾天因為飢餓引發的耳鳴。他注意到，這些小孩大多是六、七歲的小孩，甚至還有兩個大約三四歲的幼童，男女都有。他們分成三批各自玩各自的，稍大年紀的玩一種擲準的遊戲，他們以一小片約手掌大小的石板枕上石塊成斜角度的基石，以這基石為起點畫出橢圓形的範圍，每個人輪流拿一顆黑色扁豆，在那小石板上擦擊，看誰能在範圍內將黑扁豆擊得最遠，便取得第一攻擊的優先權，有權沒收超出範圍的黑豆，之後再擲擊其他人的黑豆，擊中則收為己有。野原從未見過，也不知道那是一種從乾枯水藤豆莢剝開取出來的黑色硬殼扁豆，但覺得有趣。另一組首先各自畫出約兩個成人手掌大的圈圈，然後各自獨立堆疊小石子成塔，先塌下的淘汰，再比較誰堆得高，贏的人以短杖擊打其他人的手心，以至於過程中不時傳來驚呼喊痛聲。最小的兩個幼童，搶著以短棍，敲擊以野藤編成的球。野原想起，這些孩童是在宮古島人進到廣場以前，就已經在那兒了，當時人更多。他們膚色黝黑深淺不一，衣衫遮蔽的程度也不同，但眼眸明亮，手腳靈活卻是共通性，他們的嬉戲情形，吸引了不少宮古島人的注視，有幾個人甚至比手畫腳的要求跟著一起玩。

廣場外傳來一些招呼孩子回家的女人聲音，其中幾個順手收起了那些器皿。

小孩還是要有玩伴的。野原想起家裡的兩個小男孩，心裡又更加堅定他昨天想要將自己的小屋遷回下地村主要居住區的念頭。

他們也該吃飽了吧。野原想起妻兒，鼻頭忽然一陣酸。他起身穿越過廣場旁的一座留有木炭柴薪的火塘，走到西側靠山坡旱田的一道石頭砌牆。那是整理田園所揀出集中排列的，野原坐了上去，由上往下看著眼前的景致。他感到開闊、震撼與無語。

山在對面，山在腳下，樹的枝葉在底下，樹的冠層也在腳下；山稜線向左延伸而去，幾道山谷或野溪床，順著稜線的方向湮沒在已經黯黑的密雜樹林內，這是野原從未有過的體驗。稍早，他們從底下穿越旱作田的小徑蹣跚與奮力的走來，乍見在幾棵零星樹木之間建築的山區聚落，依山疊層的矗立著，那些厚實茅草遮覆著的屋頂與牆，一盒盒灰黑長方形的茅草住屋，各自立在以黑頁石板鋪成的走道、院子與基座之上。屋子與屋子之間植栽著小花小草，那些在冬季還紅著黃著的小花，在多數已然灰褐的茅草屋之間格外的顯眼與溫馨。野原卻只敢貪婪地在瞥眼之間攝取、記憶，而稍稍舒緩因為來到異地的不安與焦慮，因而忘記了飢餓與預期可能被「大耳生番」殺了烹煮的忐忑。

真是美麗的地方啊，要是有機會從上午到晚上的時間，一整天不做事坐在這裡看看山上景色的變化，一定是一件很幸福的事。野原感慨著，心裡頭這麼想著。

對面山區稜線已經被雲霧遮覆，夕陽越過雲層只染紅了邊邊絲絲，整個視野還有些餘暉折映的光影，能見度還容許望見遠遠的對面山區有幾道炊煙，升起、交合成一片薄霧。而相隔的幾道山谷叢林，交織起鳥群在入夜前慣習在巢穴喧嚷嘎鳴聲，連冬天少見的蟬鳴也不退讓，「山……ㄤ……ㄤ……」的這裡聲息重那裡音韻薄的奏鳴成一片，不知名的動物的嘓鳴，又忽然這裡一聲那裡嗥叫。山坡地的旱作田，清爽乾淨還沒長出綠意，卻有些霧氣。空氣逐漸變涼，整個世界即將關閉似的慢慢暗沉；山形樹影也不知不覺的暈染成一片黑糊，那種蒼茫、悵然與沉鬱讓野原心頭變得沉重，一股說不出的傷感與思念，令他頓時喘不過氣來，淚水直流。

宮古島人多數都散坐在廣場與空屋附近，想著各自的心事流自己的淚，沒有人私下離隊閒蕩。部落其他處不時傳來交談聲，笑鬧聲，而廣場特別顯得安靜，除了船長以及幾位官員的交談。

「這真是一個窮的山村啊，怎麼有人可以居住在這樣的山裡頭，沒有道路，沒有海水，除了山頭就是樹木？」

「也許他們也會想著，為什麼有人可以住在沒有山頭的島上，除了吹海風，吃魚，就成天跟海水為伍？」一個官員眼神沒跟任何人接觸，低聲的說。

「是啊，每一個民族環繞在自己生存的環境條件上，自然有他的生活模式。這裡土地肥沃，景色也美麗，這個村落建設在稜線背後，也不怕海風或者從海上來的颱風侵襲破壞。可惜，他們沒有能力種植更多種類的食物，除了地瓜、芋頭，沒有其他的主食了。」

「我們才剛來，也沒多機會走走看看，說不定他們有其他的作物呢？只是沒讓我們多吃。」

「不是這樣的，我注意到他們是真心的想招待我們，從他們的族長親自迎接我們進入這個村子，也沒看到誰在指揮，一切都持續與順暢的進行著，有秩序的各自工作著。讓我們都吃飽了，他們也沒停止他們的日常生活。可見他們很重視我們進入村子這一件事，事前都溝通好了，分配好了工作，把他們最好的食物給了我們。」

「所以，他們最好最常食用的食物就是地瓜？芋頭？如果是那樣，這裡確實比較窮啊。」一個商人說。

「也不能這樣比較誰窮了富了，我們宮古島，除了幾個人較多的市集，其他的地方，生活也沒有特別好，多數人還不是吃地瓜。你們看，宮古島很多住家街道可沒有幾個地方比這裡好啊。你們沒注意到嗎？他們不像是被生活困住的，那些石板黑亮與屋頂茅草也厚實，特別是他們愉快的交談與爽朗的笑聲，都不是我們所熟悉的。」

「他們看起來確實不像是有特別憂傷的事，但也或許這是土人生番的特性，腦袋簡單，生活單純，只要煩惱吃飽的生活所需，其他雜事都不需要擔心。只不過……我是說，我們靠海的人家再怎麼窮，每家也還都會有一些曬過的魚乾，不出海的日子也能有魚可以食用。這裡是山區，這裡有森林，現在到處有動物嗥叫，所以應該也有肉食的習慣吧？難道他們沒有一點點曬乾了的肉脯嗎？」

「是啊……」眾人不約而同的回應了剛剛的話題。

「無禮！」島主忽然沉聲的說：「從今天早上到現在，這些話題重複了再重複，你們怎麼不說點別的？他們的窮與富，與我們無關，我們受了人家的招待，還不知道怎麼感謝人家，你們居然懷疑起別人的誠意，真是太無禮了。」

「大人請別生氣，我們非常感謝他們的誠意，沒有不知足的意思。我們只是閒聊，忽然好奇了這山裡的肉，究竟味道如何？」一個官員說，而其他眾人，都安靜了下了。

野原隔著十幾步，還是聽得清楚廣場內的說話聲音，他在下地島的住家終年海潮浪擊的濤聲，那些聲音始終充盈著耳鼓，以至於耳朵聽覺變得稍重。但這裡實在太安靜了。縱然只是剛入夜，而所有的人仍在活動著，野原還是覺得安靜得令耳膜感到疼痛。在這之前，兩天的不安、不停的走動，加上挨餓著，他沒有特別注意到，越往內陸越往山區，海濤聲就越遠，周遭越加清靜，而現在停了下來靜了下來，那些官員的說話聲，仍然有一種被放大了的感覺。不只是清楚，甚至就像根本與他們坐在一起聊天似的。野原環視大家，感覺其他人也跟他一樣清楚的聽得到彼此的交談聲，因而思緒也都胡亂的飛回了宮古島上去。

野原的印象中，下地島沒有太多野獸，除了跟海水有關的海產，他其實對其他肉類是沒什麼概念的。倘若真有一盤什麼奇怪的肉，他還不確定敢不敢伸手取了往嘴裡送。

他們總是誠意的。野原心裡說。他往廣場外望去，注意到阿帝朋與卡嚕魯兩人，正安靜的坐著又忽然站起來，走到廣場大屋旁取了柴到廣場旁的火塘，接近野原時，還不忘向野原點頭示意。野原才想起從開始吃這些水煮的地瓜以來，一直沒有跟他們打招呼或是試著交談，頓時感覺不好意思起來了。他起身離開旱作田的石牆，走來想幫點什麼忙。

阿帝朋兩人的舉動，引起了廣場眾人的注意，每個人靜靜的看著他們。

這是一座稍稍遠離房屋幾步，而靠向廣場與上一個階梯石牆邊的火塘，那裡除了幾根粗細不一的木材，燒過還帶有焦黑易燃的木炭，周邊還圍著兩根長樹幹與段木作為座椅，幾個宮古島人此刻是坐上面發呆的，見到阿帝朋兩人帶了些木材來都起了身讓開。

野原注意到比較矮的卡嚕魯放下薪柴後，轉身離開。他順著卡嚕魯的離去，發現有些住屋院子正散發著炭火光，某些住屋內似乎也隱隱約約的傳出一些光亮來。野原猜想這裡的人此刻都是生著火堆的。

入夜後的高士佛社，家家都會維持爐灶內的炭火光，作為照明與取暖，為了安全，僅維持炭火的光亮，而小廣場的火塘，平時有人借宿時，也用來生火取暖、驅蟲。那些不同地方升起的火光形成了一種輕微的照明，從各家住屋的門窗與縫隙，各自幽幽發光又相連著彼此的一點微暈，讓高士佛浸浴在淡淡昏黃月色般，令人看不清前景，又朦朧看清楚了什麼的，一切晦闇又彼此相聞，景色極寧靜，視野極溫暖。

卡嚕魯回來了，帶著燃有火苗的木材，三兩下就燃起了火塘的堆柴，小廣場一下子亮了起來。山區剛入夜的露水讓野原才覺得的寒涼，一下子，有了一溫暖。

只見阿帝朋招手說著話，要島主、官員們接近圍坐火塘邊。這舉動讓野原感到窩心，趕忙說話請島主與官員們一起趨近烤火取暖。

「真有意思啊！」一個村長說。

而火光的升起散射，漸漸的吸引其他人靠近，一下子，宮古島人都聚集在小廣場上，沒法接近火塘的，也相互緊靠著依偎著一起向著火塘，彷彿那微弱的火光，也飽含著一股溫暖遠遠的傳遞著。

真是奇妙啊！野原心想。比起昨天入夜前在那個石洞前生火的想法，野原覺得在山巔嶺後的這裡生火取暖顯得溫暖、實在與令人安心。

秋冬天屋內生火取暖的情景，野原並不陌生，那是他們日常生活的一部分，特別是晚餐過後到睡覺前，浦氏總是細心的維持著爐灶內的炭火，一方面烘燻一些肉質纖維較粗的大型魚類肉片，一方面全家取暖。浦氏少語，經常默默看著野原陪小孩玩影子的遊戲，或者述說著他在海上捕魚，關於那海湧、浪濤與魚唇鱗片的故事。

回了家，秋冬天的晚上吃過飯，我應該可以在屋外起個這樣的小篝火，一起取暖說故事。野原想起他的大男孩，冬天的日子裡，兩頰總是凍紅著，夜晚的爐灶邊，炭火微紅的光亮輝映中更加紅通可愛，心裡起了這個念頭。

他一定很喜歡可以坐在篝火旁聽我說說這一次的經歷。最好，經常能有一些村裡人一起來烤火吃東西聊天，而小孩子一起玩遊戲。野原幾乎已經瞇起了眼睛微笑的想著，而視線散糊著看著坐在火塘周圍的島主與官員們。

這可行不通啊！那也要遷回去跟大家住得近一些啊。野原忽然想起他在下地村南邊的木屋，甚至整個宮古島的冬天夜裡，海風是不停止的，差別只在於大小，或者方向。而且現在，只有他的木屋單獨的住在那個區域，只等幾戶口頭上向他提出想要遷來一起當鄰居的人家，真的付諸行動建屋搬遷，否則，野原家還是一個獨棟木屋，孩子不可能有玩伴的。

高士佛社在稜線西面，入秋冬以後東北季風持續不斷由稜線東面的海上吹來的風，順著攀升而起的山勢吹抵山頂，稜線提供了屏障，風越過高士佛社上空，以至於白天經由陽光照射所升起的溫度，被冷空氣包覆著，待空氣逐漸變冷，凝結似的由上往下沉，溫度才會變涼，越夜越涼。而剛入夜沒多久的這個時間，空氣是穩定的，燃起的火苗幾乎只向上微微的搖曳。那不同於宮古島或下地村那樣，缺乏高山掩蔽直接受海風吹拂。

野原並不清楚這些，但下地村的風他是知曉的，這也是為什麼多數的下地島人會選擇在下地島與伊良部島相接壤的附近形成聚落，因為那兒是兩個島之間的中心，兩個島中間由海水形成的狹窄水道，還能提供漁船進出。

我得遷回村子裡一起住，小孩需要玩伴。野原心裡說著。耳邊響起了一個商人的聲音：

「島主大人，明天天亮以後我們該怎麼辦？我們要不要再確認一下，他們會怎麼幫我們？」

「如果白天的時間在那個岔路口，那個族長所說的話，我們的理解沒錯的話，他的意思似乎是說，他們沒有能力解決我們的問題，但是他們會帶著我們去找有能力的人尋求幫助。」船長沒等島主仲宗根弦安回話他先答了腔。

「怎麼是我們的理解？那是你的理解吧？天都黑了，我都想睡了，我們不是應該再確認嘛？更何況我又不是跟你說話，你回什麼話啊？」

「咦？你說話怎麼這麼無禮？一個大族長都這樣說了，我們怎麼可以再問，你們首里的規矩禮儀是這樣的啊？就算再問一次，誰回答你啊。我們還不是一樣的猜測？」船長火了。

「你們聲音低一點，吵這個幹什麼？」一個村長出言提醒。

「誰想吵啊？他一個船頭，一路胡亂出主意，現在好了，把我們帶進這裡，明天，我們究竟能做什麼難道不該再問一問嘛？就算溝通不清楚，再問一次不是更清楚嘛？」

「好，你是首里來的商人，跟清國人有生意往來，你能說上幾句他們的語言。想問？你問啊！那邊，那位高個子，懂一些清國人的言語，你去問問啊！」

「哎呀，你這無禮的船頭！你看不出來嗎？這裡沒有能力幫助我們，如果要帶我們去哪裡找人幫忙？我們不是應該再問清楚嗎？」

「閉嘴！都閉嘴，什麼時候了，還在爭吵。現在還能問什麼？你們誰知道這裡的方位或者哪裡有人可以幫忙？就算他們能跟我們溝通，你們現在又該怎樣？都閉嘴別說了，都早點睡吧，明天可能要再趕路。你們睡不著想問的，就去問吧！什麼結果也別告訴我了，我得睡了，明天……唉，還不知道該走多遠的路啊，我怎麼會淪落到這個地步？而你們怎麼這麼沒用啊！」島主也上火了，說完，兩手臂又屈起來，抱著頭顱。「幾天沒睡好，今天應該可以好好睡一回吧？」島主忽然又幽幽地說。

「那屋子裡頭都鋪了一些茅草，前川侍衛首領，你請島主跟其他大人們都進到左半邊裡面一點，其他的人都睡在右半邊以及靠門邊這裡，晚上尿急的盡可能作伴，別走遠。大家擠一擠盡可能睡吧，明天說不定還得走遠路呢。」船長不再理會那商人的挑釁，分配了睡覺的位置。

該好好睡個覺了！野原無語的望著眼前的爭吵，心裡說著。目光忽然注意到小廣場邊原本坐著的阿帝朋與卡嚕魯站了起來。順著他們的背影延伸，他看到幾個佩了長刀的大耳人的身影，出現在在黑夜中交頭接耳的。

「怎麼回事？」野原脫口而出，而他的話引起了輕微的騷動，小廣場的宮古島人稍稍聚攏，幾個官員撇過頭探望，困惑眼神中，升起了輕微的恐懼。

「怎麼回事？」一個村長失聲的輕聲叫道，惹得島主探出頭來，整個廣場忽然都靜了下來，目光投向廣場外圍一群大耳人年輕漢子。

26 「古拉魯」鼻笛聲

「烏來，現在是什麼情況？」卡嚕魯問到。

「侎入乙大族長交代，這裡留下一兩個人待命著，其他的回家做自己的事。」

「那也好，就照族長的說法，我們也離開吧，都擠在這裡，我們這些遠方來的朋友都要緊張得睡不著覺了。阿帝朋，我們也離開吧。」

「也好，他們應該都累了，我們留在這裡，他們也不好休息啊。」

一群人忽然都散了開來，昏暗中循著巷道小徑離去。

「對了，烏來，你今晚不去拜訪裘古？」

「怎麼能不去呢？不去，裘古跟那些女孩們，豈不太想念我？睡不好覺了，她們明天怎麼工作？」

「呸！這溪床的螃蟹吹的泡沫都比你說的話實在。你胡亂吹噓什麼？我可沒聽說裘古對你有特別好感，倒是聽到幾個女孩對吉琉的歌聲讚不絕口。聽說裘古還交代吉琉要寫一首對她充滿愛慕的歌，等過幾天月亮圓的時候，站在部落上邊那個出入口唱給所有人聽。」

「上方的出入口？你沒胡說吧？那是我經常帶人警戒的地方，你說吉琉要在那裡唱歌，那不就是擺明了在我門口撒野羞辱我。你沒說錯吧？」

「這種事我怎麼能亂說？我們幾百年的規矩就在那兒，袞古能這麼說，就是表明了她的心意，她選擇的是吉琉，而不是你。你想想看，吉琉的歌聲多好聽啊，哪個年輕女孩聽了他的歌聲不心生愛慕的？連我都忍不住想變成女生，好去追求他呢。」

「呸，你變成女生去愛他？這話只有你卡嚕魯說得出口。不過你說的是真的嗎？如果這樣……我還真的沒希望了，這……」烏來忽然語塞。

「這什麼這啊，看看你，三兩句你就輕易屈服，怪不得袞古看不上你！」

「這……」

「別又這個那個了。我騙你的，我們出門了一整天，怎麼可能有機會與袞古說上話呀？我隨便說說，你就這麼認真的相信，看看你的樣子喔。」卡嚕魯說完自己也忍不住忽然放聲大笑。

「好啊，你個卡嚕魯，什麼玩笑你不開，開這種玩笑。害我一顆心一下子跌到牡丹溪床了。」

「走了吧你，再不準備，人家吉琉恐怕已經要開始了。」

「你喔，就會……」烏來正想繼續指責，高士佛社下方住屋的笛聲已經響起，烏來順勢離開，沒入夜色中。

「嗚……」鼻笛聲細細的低沉悠遠的長長地拉出一個音，才換氣，隨即拉高一個音階，倏地降低一個音的拉出更長的低鳴。一種孤傲、昂首又親臨踩踏似的姿態，娑撫著高士佛社周邊夜裡的山稜，才換過音，笛聲彷若在四十幾戶住家間巡弋了兩回。就幾個音符，鼻笛已經拉出了近一管菸的時間，笛音忽然停了。

「嗯？今天的古拉魯笛聲……不一樣啊。」阿帝朋不自覺的說，而高士佛整個靜了下來，連慣常落腳於小徑上啼叫的夜鷹也安靜了。看來由領導家系高尚的鼻笛作為求愛展演的序幕，已經是個慣例，而且號角正在響起。

「怎麼回事啊？」卡嚕魯在黑夜微光中的身影，似是受到某種驚奇與吸引，怔怔的望著住屋階梯下的方向說。

那方向的幾間屋子，走出了一兩個人，蹣跚著甚至佝僂著走到院子，安靜的朝著那笛音望著。原先已經在院子的人也不發一語，連最聒噪的小孩，似乎也感受到了一股肅穆而趨近大人的位置噤聲。一切在昏暗悄悄移動、佇立或落座。

「那些老人怎麼也都移到院子來了？這是怎麼回事啊？」卡嚕魯近乎囈語的喃喃。而院子的火塘忽然這裡一團那裡一球的升起火光。

「看來，今晚可要精采了。」阿帝朋說，語調輕颺。

「阿帝朋，你知道這是怎麼回事？」

「你不知道？這笛聲響自高士佛領導家系之一，你居然不知道是怎麼回事？」

「哎呀，我聽過他白天練習過，可從來沒有在晚上聽過他吹過這個調子，而且他這樣的吹法，好像一群貴族簇擁著來自大武山的大族長涉過馬里巴溪床來宣告一件重要的事，要大家安靜聆聽。這個之前，我可沒聽過這樣讓人揪心肅穆的笛音啊。」卡嚕魯打了個冷顫說。

「這笛音的確是準備要說一件事的開頭旋律，但好像也沒你說的那麼盛大。可見你平時對這笛音音律是有注意過的。」

「聽多了，誰都可以從鼻笛聲中想像出一個情境，我是隨口說的，可不一定是這個意思。不過，連這個笛音你也懂？」

「我們先不說了，先靜下下來。」阿帝朋只笑了笑阻止卡嚕魯。

不等阿帝朋說完，鼻笛聲又再響起。一股細細的氣穿出音孔引鳴的笛聲，像是一層薄雲，清淡淡地而後逐漸聚攏山嶺成片成堆成層，在山風流動輕拂中，游移、猶豫、推擠而又忽然泣訴、爭鬥、不捨，絕決與別離。那笛聲時斷時續，時而揚升又急遽沉鬱，似是摻著淚水、懊悔與淡淡的怨懟，在山巒中頻頻回頭張望又不停下腳步的急急遠離。才停頓，「嗚嗚」的嗚嗚流洩、沉落、吟喃、瑽瑽、瑲瑲鳴叮，而後迴流在流水淙淙的山谷溪床邊，一聲聲喟嘆，一階階緬懷感傷。綿長、娓娓而餘緒未止。

笛音停了。高士佛階梯的各個院子，幾乎都燃起了篝火，昏黃的光暈彼此連接在黑夜中輝映與讚嘆。院子走出更多人來，廣場邊的屋子內，宮古島人也不自覺的走出一大半的人，呆立在小廣場邊望向那笛音來的方向。

笛音又響起。充滿氣量的高音拉出了長鳴，隨即錯落著低低高高，短急、頓錯又忽然舒緩，只聽得殺伐、交征、流血、追擊、奔行、詛咒交替著輪番著接續著；弓矢飛天，巫術遮罩，巨獸齊行而又戰士列陣，一陣鷹嘯中，陽光忽然鋪洩而和風徐徐。笛聲又停止了。

某些角落傳來了啜泣聲，細細的隱隱的，一聲兩聲，蒼老也蒼涼。卡嚕魯也掛著兩行淚水，喃喃的說：「他在說故事！」

「他的確是在說故事啊，真沒想到，我終於有機會聽到古拉魯這種以鼻子發氣的笛聲敘說著這樣的故事。」阿帝朋不住點頭說。

「我不確定他說的是怎樣的故事，但是，一團影像一直在我腦海形成。那是一群人，因為某種原因必須離開家鄉尋找新的天地，那種離鄉的不甘、不安與不捨與必須離開的絕決，直抽慟我心底的感傷。他們必然經歷了兇殺追擊，也面臨了生存嚴苛環境的挑戰，或者，他們遇到了危險，但沒人願意屈服，各個起身戰鬥而終於克服種種困難，最後建立自己的家園。也被新天地的住民所接受，成為了他們的一分子，我感受得到笛音裡面，那種歡迎的意思。」卡嚕魯停止了淚流，因為流淚使得說話時帶著濃濃的鼻腔音。

「我沒想到，你聰敏頑皮的卡嚕魯，居然對古拉魯的音律有這樣的體悟。」阿帝朋擺過頭看著卡嚕魯說。昏微的炭火光在眼眸中閃動著，「他說的是遠早以前，東部那個著名山巒的大部落卡日卡蘭，其中領導家系馬伐琉氏族南遷的故事，也是豬勞東大族長卓杞篤的祖先，或者你的其中一個祖先的故事。後來我們這些部落接受了他們的遷徙到來。」

「哎呀，原來是這個故事，我當然聽說過。我怎麼也沒想到，居然有機會從一個古拉魯的聲音中重新聽了一遍這樣的故事。怪不得部落的老人家都走出院子聆聽並哭泣，他們聽得出來那笛音的情感啊。」

「我很幸運的在我們都還年輕的時候聽到這樣的笛聲，我吃驚的是，他居然是以這個故事，來表達對於今天來的客人們的歡迎之意。」

「你是說……，哎呀，真是的，我怎麼沒有立刻聯想在一塊啊。這故事的背後的確是這麼個意思。哎呀，不知道這些海上來的人有沒有聽出來。」卡嚕魯邊說邊望向小廣場上的宮古島人。只見宮古島人，傳出嗡嗡的交談聲。

「連你都無法一時聽出了，他們怎麼可能聽得出來故事的原委，聲音的情感也許讓他們感傷或者思鄉吧，這古拉魯跟百步蛇一樣的聲調，此刻太沉鬱，太肅殺，又太懷遠了。」阿帝朋說。

「看看你，說了這些單字，我也快聽不懂了，不過，你說的沒錯，這也是我不喜歡這種笛音的原因。太沉厚了，太悠遠思念了，那是屬於老人還有你這種懂一堆事情的人的聲音，我要的是像吉琉那樣的歌聲以及烏來那樣的笛音。可是，他們兩個怎麼還沒開始呢？再不開始，我們都要帶著思念睡覺了。」

「不要急，昨晚他們兩個的較勁不分上下，而今晚又在這樣的笛音開始，我想接下來應該會有更驚人的，我真是幸運啊，今晚能住宿高士佛見證這一切。」

整個高士佛社，似乎都預感了這一件事，多數的人都擠到了各自的院子，生起篝火，隨著笛音的落幕，交談聲此起彼落，清亮銀鈴的女聲尤為突出，惹得部落年輕男子，無不豎起耳朵，張起耳廓努力捕捉那些撩人的異性聲音，而浪漫想像。

「你猜，誰會先出手？」卡嚕魯問。

「吉琉！」阿帝朋說。

「應該是烏來。」

「怎麼說？」

「剛才我沒事激怒他，他一定擔心被搶鋒頭，再加上剛剛的古拉魯那種貴族高貴的笛音，一定刺激了他，我想他會搶著吹起笛子，他對他的笛聲非常有信心。」

「是嗎？」

「你不相信？」

「哈哈，我想，應該還是吉琉會搶先開始的。」阿帝朋笑了笑，十足把握的說。

「呵呵我不知道你的理由在哪裡，我也不問了，因為我是對的，你的理由現在對我來說那是沒有意義的。這樣吧，如果是吉琉先唱起歌來，等這件事情完了，我到那個海邊，從他們的船底下取一塊木板，作一個刀鞘送你。能航行這麼遠，那樣的木材一定是很好的木料。」

「如果烏來先呢？」

「就算你輸了，你也送個東西給我。我還沒想到要什麼，不過你先記下來。」

「好，除了柴城女人用的布條，我應該還有好東西送你吧！」

「呸呸，你提那個幹什麼。」卡嚕魯瞪眼看著阿帝朋，口氣忽然直下：「你這麼一提，我倒思念起牡丹社的亞路谷了，不知道今晚他們在忙什麼？」

沒等卡嚕魯哀嘆完，吉琉的歌聲忽然自部落頂層的階梯響唱了起來，聽得卡嚕魯直瞠著眼，無奈的看著阿帝朋。

經過台階時，吉琉沒理會阿帝朋與卡嚕魯，邊唱邊往下走，歌聲輕柔柔的傳送著：

美麗的姑娘唷
你得睜著美麗的眼眸啊
那些和顏捧著琉璃珠的
那些外表鮮豔裝飾著的
是爛土與混濁水的泥塑
是風吹了就飛灰的黏貼
可別看錯了從此淚滿流

健朗的姑娘啊
你得張起秀氣的耳朵啊
那些擅長編織故事的人
那些諂媚言語頌讚你的
是如蜂蜜藏著針的心眼
是如雲豹掩藏著的利爪
可別聽信了從此傷了心

親愛的姑娘呀
請聽我輕柔柔的吟唱啊

我沒有那琉璃珠的亮彩
我說不出故事裡的千年
可我擁有雲一般的歌聲
可我擁有溪水般的音嗓
只等待你點頭微笑聆聽

吉琉走得緩慢，歌聲也極自然隨性，當三段歌謠唱到第三遍時，他已然走到袞古家院子外，身後跟隨了幾個青年，而袞古院子內也含情脈脈了幾個少女。

「記得，去海邊的時候，通知我一下，我們一起去！」阿帝朋帶有幾分揶揄。

「這個吉琉喔，猴急成這個樣子，我話還沒說完自己就唱了起來，硬是堵了我的嘴存心給我難堪。真是的。呸！」卡嚕魯聽到歌聲頓時洩了氣沒好氣的說。

「真沒想到啊，吉琉這麼性急的人，脾氣這麼剛猛的人，這首歌怎麼能唱得這麼輕柔舒緩，這不像是我們慣常聽到的歌啊。」阿帝朋沒理會卡嚕魯，自顧自的說。

「也不能說那不是我們慣常的歌，他只不過是調了幾個音放慢速度罷了，是他的歌詞填得好，而且他的聲音聲線實在太好了，這附近幾個部落，沒有人能像他那樣的。」卡嚕魯也沒在意阿帝朋的輕忽，本能的替吉琉辯駁。

「不過……這個烏來呢？也該他上場了吧！」卡嚕魯似乎想轉移輸了博局的尷尬，轉了話題。

整個部落的交談聲變大了。那些讚嘆與愛慕聲全都來自於女聲，年輕的中年的，還有老媽媽的輕輕責罵聲，聽起來也還是含著極度的讚美意味兒。年輕的漢子們的聲音裡沒有嫉妒，幾個上了年紀的中年人，卻不服氣的想起當年如何又如何，引來他們的女眷的揶揄。這樣的聲音，這裡響著，那裡說著，連宮古島人所在的小廣場也有人乾脆去火塘加了些柴，坐在那兒烤火取暖，一群人的議論聲或者讚歎聲逐漸揚升。

「阿帝朋，你要不要跟著去湊熱鬧？」

「我看別惹麻煩了，今晚就讓他們自己玩吧。怎麼？你想去啊？」

「哈哈，我可沒認真要找一個部落女孩結婚，所以這種拜訪活動我一向也不熱衷，出門一天了，我們就坐在這裡休息，累了就早點睡覺吧。」卡嚕魯說。

「嗯，我想起一件事，明早我們是不是都一起出門到山裡走走，看看有沒有機會捕獲些東西，讓他們吃點肉。」

「讓他們吃肉？」卡嚕魯聲音揚了起來，顯然感到驚訝，「這倒是個好主意，不光是讓他們吃啊，我也想吃些獸肉了。風雨剛過，我們是該去走走看看山裡的情況。不過，我好奇，這些海上部落來的外人，敢不敢吃獸肉啊。」

「應該敢吧，馬扎卒克思[1]外面的那些百朗，有什麼東西是他們不吃的？這些外人長相跟百朗差不多，有些話也說得通，說不定生活習俗也接近呢，應該沒問題的，這也是我們的誠意啊。」

「說的有道理，我看我去問問吧，順便跟其他人打個招呼，明早一起上山看一看。」卡嚕說。

阿帝朋的想法就在卡嚕魯起身準備離去時，就立刻得到回應。大族長俅入乙巧合的從屋子裡走來，直接交代了要部落年輕人明早上山打獵，婦女則一大早集中幾個大鍋子，在狩獵隊回來前，到小廣場生火烹煮地瓜，並燒水等待一起處理獵物；俅入乙同時還要求今晚大家別太晚就寢，讓來客早點休息。

接受完命令，卡嚕魯自己一人往袞古家想提醒歡樂傳情的一干人，心裡卻想著遲遲尚未吹出笛音的烏來，是不是退出了戰局，願意拱手讓出袞古。

「這真奇怪啊，烏來忽然沒聲沒息的，到底想幹什麼呀？難道被我幾句話說得就想放棄啊？真是軟弱的傢伙。」卡嚕魯自言自語的走著。

1 今之石門隘口。

27 夜半驚魂

高士佛社這些青春洋溢的夜訪少女活動，讓宮古島人覺得新奇與受吸引，尤其是鼻笛所發出的低沉鳴響，彷彿訴說的一段故事的淒楚、婉轉與悲壯，頗讓那些官員商人們受到感動而頻頻拭淚。雖然那些年輕的隨從們、船員們未必見得都感受得出那些笛音傳達的故事，但是陣陣交談聲夾雜著年輕女聲，加上從未聽聞過的鼻笛聲，還有吉琉那種純淨、柔情的歌謠，還是讓這些年輕的宮古島人身心都躁動，以致多數的人都選擇在小廣場烤火交談，並遠遠隔著幾道由篝火微光所隔出的黑夜區塊，向聲音傳來的方向瞻望並交換著彼此的想法，或獨自陷入自己的情緒與冥想。

但也不是每個宮古島人都受到影響，或興奮或感動莫名。島主以及幾個商人，在鼻笛聲響起時頓時感到驚豔，幾個人忍不住交談評論著並發出連連的讚嘆，甚至感動拭淚，卻也在最後階段的笛音中睡著了，輕微鼾聲中，眼角、臉龐還掛著淚水。另外，年輕精壯的野原，在進門左側幾步靠窗的位置閉著眼睛安靜的躺著，並未隨其他的年輕漢子走到外頭張尋。

野原的心情極為平靜安詳，這一趟出門以來，他遭遇了生命經驗中不曾有過的激烈動盪，航行中生死邊緣幾回的洄游，大耳生番迫在眼前殺人的傳言與飢餓，都使得過去的幾天都處在高度警戒與驚慌的狀態，那是隨時失去性命的懼慄與渴望回家的卑微願望交揉，必須時時戒慎，既妥協又奮戰。

那笛聲喔。野原心裡還在回味與細細咀嚼那鼻笛聲的嗚嗚與清揚蘊藉的歌聲情韻，他感慨著讚嘆著。這一切，彷若身在夢境忽然變得不切實。這樣寧靜遺世的山村，這樣冷涼漆黑的夜晚，笛聲悠揚著，情歌流洩著，那些無爭的笑聲與輕鬆的交談語調，都超出了野原的生活經驗。他忽然想著，他也許應該就住在這樣一個地方，跟妻子浦氏一起開闢一塊地，每一年種植著足夠一家四口一年的糧食，這樣他可以時時看著孩子嬉戲或哭鬧；時時可以看到浦氏的身影，不論屈身耕作，起身負重，她額頭胸背必然沁汗，如果可以，他想為她擦拭，而她一定害羞忸怩的紅著臉躲著笑著而後開心的偎在他懷裡。他在搭建木屋時，兩人一起工作，經常是這樣的嬉鬧調情，日後他捕魚、採集，浦氏懷孕、生子、持家，成了分工狀態，兩人似乎也漸漸忘記了一起工作的那些甜蜜互動，但，浦氏未婚前的種種風情深植腦海。

她應該也很懷念那些一起工作的日子吧？野原想著。

我應該也能學好這樣的笛聲或者為她唱個歌吧。野原心裡嘀咕著。

今晚在高士佛社的一切，是他不曾有過的經驗。在宮古島上，也有著一些小曲小調，但從來也沒有人聽過或可以吹奏出這樣的笛聲，更沒有人可以把歌這樣唱著勾起青春記憶。

「謠傳這些人是殺人吃人的大耳生番，可是，這樣的笛聲，這樣的歌聲，分明是遠離戰爭遠離殺伐的地方才產生得出的聲音啊。」一個商人說著，打斷了野原的思緒。

「的確是這樣的，讓人聽了都忘了所有的痛苦，或者所有不幸剛剛都割除了。這樣一個深藏在山裡的村落，可真是我航海經驗中不曾經驗過的。」船長說。

「你們可是難得的不吵架，說法一致啊。」一個村長打趣的說，「平心而論，這裡也不算真的窮了，一個村子能一起安定的過日子，一起嬉戲歡樂，有歌聲有音樂，就不能算是真正的窮。」

「能有這樣的音樂歌聲，也只有首里那樣的王城才有可能產生吧，我不知道你們宮古島，有幾個地方是這樣的。」一個商人說。

「你這話就說得不得體了，音樂到處都有，不同的人有不同的表現。我們宮古島自然有我們的歌聲樂器，你不能因為聽這些歌聲笛聲大為感動，而看輕了其他的地方，甚至把這裡完全美化了，這也不過是大耳生番的習慣吧。誰知道這是不是他們殺人吃人前的儀式呢？」一個人插了話。

「我看你才亂說話呢，我們一群外人住進來，他們怎麼知道我們沒什麼目的，會不會偷了他們什麼東西？你看他們完全不把我們當回事，他們唱他們的歌，按平常過日子，你到哪裡可以看得到這個情形？你是嫉妒他們還是存心找碴跟我鬥嘴？真是的！」

「咦？這兩天都是你在嫌棄這裡窮，嚷著他們是殺人吃人的大耳生番，怎麼現在聽起來你一直讚美這裡，我看你是吃飽了喜歡上這裡了，你留下來吧。」

「這……哎呀呀，去去去。這怎麼可以放在一起說，我留下來，那我那些布料生意豈不就要完全放棄了？我可是首里來的大商人呢。」

「以你的能力，若真的留在這裡，我看這附近所有生意買賣不出一年都會落在你手裡。」

「你說得真甜蜜啊，我聽了可都心花怒放了。你說說看，這裡有什麼可以做的生意買賣啊？」

「這……」

「這什麼？不懂的事你插什麼嘴？你一顆心粗野到不知道怎麼欣賞人家的美好，你插什麼嘴啊？」

「你……這麼說話，你太無禮了。」

壓抑著爭吵的聲音，越過幾個人，一句句傳進野原耳裡，卻也沒停留的一字字又離了心間。而外頭，那些夥伴顯然看懂了這個部落青年們男女傳情的活動，帶著羨慕的話語不時的交談著，有人喊著不可思議，有人讚嘆女人可以決定自己的愛情歸屬，可以享受著被不同男人同時表達愛慕之情。

屋子內除了鋪上了月桃莖編成的蓆子，高士佛人還友善地鋪了厚厚茅草補足蓆子的不足，野原一動也不動的仰躺在一張幾人合睡的蓆上一角。他熟悉這個味道，在宮古島，在下地村的住屋他也有一張這樣的蓆子，他與妻兒，夜夜是睡在這樣一張蓆子上的。野原不敢多想，淚水卻潸潸不止。夜裡涼，野原耳邊傳來那些不自覺翻身而窸窸窣窣的茅草聲響；仍留在室外夥伴的交談聲，還有遠遠的時大時小的，段段落落的男女交談歡笑聲，逐漸藐遠，又倏地清晰。

野原尿急醒來時，除了屋內的鼾聲，周遭已經沒有聲音，他摸索著走出屋外到小廣場邊的旱田矮石牆小解，除了西邊山稜線上空潔亮的月牙兒，整個高士佛社已然陷入黑域，那巨大的靜默令野原有種震耳嗚嗚的錯覺。露水濕重寒涼，空氣也似乎凝結成薄薄的霧氣漫瀰整個山村。野原打了個冷顫，正想回到屋子，卻見到小廣場入口走來一把火炬，火炬的光暈照映出三個人佩著長刀的身影，他直覺不對勁，隨即蹲下身子貼著矮石牆不動。

三個佩刀的漢子持火把進了屋子，那突如其來的光亮把一些人給驚醒，醒來的人移動所引發的茅草聲又驚醒其他人，一半的人都醒來不知所措的望著執火炬的三個大耳男人。那三個佩了長刀，耳垂塞了圓形木片，幾乎垂肩，目光炯炯。他們眼光梭尋著，其中執火炬的大耳漢子，走向已經醒來而眼神驚慌的商人，忽然伸手扯了他頭上的簪子又拉扯袍子，那商人身體向後縮蜷幾乎是直接把衣服脫了。其他兩個大耳漢子，也如法炮製，各找了一個對象脫下對方的衣服。過程並不長，就只一泡尿的時間，那三人轉了身走出去。

醒著的宮古島人驚訝得說不出話來，驚恐中有人移動又驚醒一些人來，沒人敢追出去，幾個幾乎噴出尿來的人，終於還是失了禁，引來低聲的抱怨與斥責。

「呼，這種事，還是發生了，我們終於還是進了強盜窩。嚇死人啊。」一個人哭喪的說著，而他的話幾乎是引爆了討論，眾人群起激憤，有人提醒下聲音始終壓抑著討論。野原進了屋子，打了個噴嚏，又驚醒了其他人，除了島主。

「這怎麼辦？我們沒什麼東西可以讓他們拿了吧？」

「他們跟我們在海邊遇到的那些人應該是一樣的，除了搶還是搶，這個島上的人怎麼都像那些海盜啊！」一個人憤憤的說。

「也許就只是這幾個人吧，還好他們只是搶了衣服。」一個人說。

「還好就只是搶了衣服？難道不殺人就可以強奪財物，你們誰還要為他們辯護啊？」情緒性的話語蔓延著，但也有人想緩和這種氣憤，認為到目前為止沒有跡象顯示這個村子像是個強盜窩。一個村長倒是很冷靜的提出了一個問題：「假如他們再有人進來搶誰的衣服，我們怎麼辦？反抗還是不反抗？」令眾人都安靜下來了。

緘默持續著，野原忽然又打了個噴嚏。

「你們說啊？」那村長環視了眾人，又說：「我們手無寸鐵，而他們……你們也看到了，各個強壯，又佩了長刀，我們如何反抗，除了衣服，我們還有什麼好擔心被搶的？」

「与人的意思是，他們要什麼就讓他們要去？」

「我無所謂了，只要能活著回去，要我裸著身子回到宮古島，我也可以接受。再說，從昨天一大早到現在，我們受到他們的照顧，該吃該喝該睡的一樣也不少，現在距離天亮的時間也不久了，天明以後還得要靠他們送我們離開這個地方，我們回贈一些東西也是合理的。而且，我根本不確定他們是不是吃人的番人。」

「不過，相贈與被搶掠不同啊。還有，与人啊，您的衣服一定也跟我們一樣又髒又臭的，拿來當成禮物送人會不會太不禮貌啊？」

他的話引來一陣笑聲，但那笑聲幾乎是瞬間沉寂，畢竟沒有人確定這裡的大耳人究竟會有什麼後續動作，剛剛的搶掠究竟是偶發的還是一連串行動的開始，而且剛才那個村長恐懼中還是說出了令大家一直假裝不存在的恐懼：吃人的大耳生番。這種不確定所形成的疑懼一直存在著，在眾人又逐漸睡著中，還是有人持續議論著。

野原一直沒加入發言，一方面他著涼了，此刻鼻塞眼睛覺得浮腫視線脹昏昏的，身體感到涼意而頭額略微溫熱，疲倦感持續增加；二方面，他不覺得這些大耳人會有什麼更激烈的舉動，畢竟他們之前是如此的誠意、溫和、熱情與懂得情調。

野原蜷縮著，半夢半醒中迷迷糊糊的陷入了夢境。不知過了多久，他被一陣陣雞鳴吵醒，接著他清楚感覺自己聽到一陣金屬摩擦的聲音，神智完全清醒過來。他睜開眼，微光中發覺屋子裡一大半的人都睜開了眼，多數的人輕皺著眉專注的聆聽那種聲音，有人甚至坐了起來。野原從窗內望外瞧，東半邊的夜空已經清朗白華了一半。

天要亮了，有人在磨刀？野原想著。而這個想法幾乎是所有醒著的人一致的認定。他們平時大多從事漁撈工作，天亮前準備好漁具是基本工作；平時保持刀具的銳利，也是工作項目之一，所以他們聽得出來有人在磨刀，而且不是只有一人在磨刀，那是來自不同方向的磨刀聲。清晨磨刀究竟代表著什麼意圖？

「他們在磨刀！很多人在磨刀！」一個抖顫的聲音不知從哪裡發出。

「他們要幹什麼？」一個更驚慌恐懼，幾乎哭出的聲音也發了出來。

磨刀聲持續著一段時間，屋子外的廣場，陸續的出現人影與雜遝聲，與陶瓷鑄鐵輕微碰撞的聲音。

「他們在幹什麼呀？」

幾個人朝外望去，幾個中年男人與女人活動著，動作輕躡沒有人說話發出聲響。男人似是搬了幾塊石頭，整齊成列的設了四組爐灶，那是三顆大石頭圍成約一人抱寬度的石灶，其中幾個人來來回回幾次的抱來短木材。女人們也沒閒，有人捲了幾捆細乾柴與乾竹梢，放在灶爐旁，有人合力調整灶上的大鍋子。從形狀上判斷，應該是兩個大鍋兩個大鼎，用來烹調大量的食材或者體積大的食物用的。野原從屋內往外看，判斷不出那究竟是什麼材質，他一度懷疑是因為自己發燒眼花的假象。

那些人工作了一會兒便離開了，廣場上又回復原來的安靜。但屋子內卻有了不同的氣氛。

「他們究竟在幹什麼？為什麼做灶？」

「他們要煮什麼，需要四個大鍋子？」

「他們磨刀，又在做灶，這是……」

「殺牲口請我們吃肉嗎？」

「殺牲口？我們沒聽到有牲口聲音啊，該不會……」

討論聲逐漸出現短促、慌急與氣息紊亂，說到殺牲口，忽然大家幾乎聯想到一件事，瞬間都停止了說話。又忽然有人打破沉寂，幾乎是哭著說：「可能嗎？」

屋內所有人都醒了，島主及幾位官員都走了出來小便，也聽見了那些從不同方向傳來的磨刀聲，見到廣場排列的四口灶，也嚇得臉色蒼白，趕忙回到屋內打哆嗦，直要幾個村長解釋眼前究竟是怎麼回事。宮古島人一批批的走出了屋子想近距離確認眼前的情形，並匆匆小完便慌亂的回屋子。他們才驚覺，才不過是屋內與屋外的距離，在昏暗的天色下移動，因為恐懼，卻像是一段遙遠又沉重的旅途，出來的艱難回屋子也沉重。

「他們帶著刀來了！」幾個還逗留在屋外的，忽然都驚慌的全部進屋子，慌亂的嚷著：

「不知道從哪裡來的一群人，一直出現。」

屋外確實從不同的方向，傳來細細雜亂的器械碰撞聲與交談聲，與小廣場同一個階梯的那一頭，傳來的聲音特別顯得厚實，似乎已經聚集了不少人，而陸續還有人走去。

「怎麼回事啊？」船長也忍不住的說了並走出屋外，侍衛首領前川與野原以及幾個同伴也跟了出來。

階梯那一頭住的是高士佛大族長，他那不寬敞的小院子已經燃起了篝火，從影子看來，似乎已經聚集了二、三十人或坐或站，還有人繼續走來。隔著村落中間的階梯小徑，彼此距離雖然只有三十幾步，野原也看不出他們裝備了什麼，或者有什麼意圖。直覺不是同伴所想像的那樣。

那群聚集的高士佛人，似乎也發現船長等人的駐足觀察，幾個人站了起來朝這裡走來，兩三隻獵犬也跟在後頭。他們極輕微的器械碰撞聲，還是讓屋內的人神經都緊繃。來人都佩了長刀，其中兩人還揹著長銃。野原注意到昨天一直陪著他們走來的高個子也在其中，稍稍的安了心。站在船長等人面前，領頭的首先說了些話，接著高個子又說了一長串夾雜著排灣語、粵語、閩南語的話語，說完，微笑的離開。

屋內無不警覺的豎起耳朵張起眼睛，聽著看著屋外的情形，見到來人離開，一個聲音冷冷傳了出來：「哼，這下好了，到最後，我們還是走進了大耳生番的領地，那些吃人的傳聞不是假的。」

屋子靠裡處，島主仲宗根玄安已經屈起手，把頭埋進雙臂中。議論聲又壓抑著嗡嗡的響起。

28 卡嚕魯的狩獵隊

狩獵隊將近四十人組成，由卡嚕魯率隊，這是高士佛社遷村幾年以來，第一次大規模的編組青壯年進行狩獵。這個決定，引起幾個氏族族長的疑慮，畢竟村子內還有人數眾多、來路不明又企圖不詳的外人。而且單純一場狩獵動員這麼多人也是前所未見，不說山林可能沒那麼寬廣的場域展開，集體武裝的出動恐怕也會引起附近部落的疑慮。但是大族長倈入乙的想法也不無道理，他認為遷村沒幾年，部落沒動員過一群戰士集體活動，一旦有緊急事故，不知道能發揮多少能量，剛好藉這個測試一下部落年輕人，讓他們體驗一下集體行動也是一件好事，況且，利用這個機會還可以好好巡一巡，看看風雨過後山林的狀況。第二個是，狩獵的時間短，派出足夠的人手從不同的方向、區域進行，可以增加採集與捕獵的效率，說不定不需要等到太陽射進部落就能收隊回來，有足夠的時間讓大家中午前一起享用，然後送這些外來客離開。至於這些外來客，倈入乙以他識人的經驗認為不會有問題，他作為高士佛領導人不會胡亂作決定。

對於倈入乙的決定，幾個氏族族長倒不堅持反對意見，卻著實讓部落青年興奮。決定的倉促以至於昨晚夜訪少女的活動，在話題上有一大部分圍繞在這上頭，女孩原先預備讓吉琉多領唱教唱一些歌的計畫，也被迫減少了；大家不捨得提早散會的情況下，幾乎所有報名參加這一次狩獵的男人，都得提早起床磨刀備器械，而女人們得在睡寢前協調好堪用的大陶鍋大鐵鼎，方便清晨的搭設。

狩獵隊分成四組，進入獵場前，沿稜線向北魚貫移動，東邊的海面上空已經出現紅色的雲霓。卡嚕魯與阿帝朋與其他六人編在第一組，領頭前進，卡嚕魯隨行的兩隻獵犬已經搶先在前領路。

「阿帝朋，我忽然想起，你剛說了半天我沒聽清楚你說什麼。那些海上來的人聽得懂嗎？」卡嚕魯沒回頭的說。

「哈哈，我還能說什麼，我告訴他們，希望昨夜他們都睡了好覺，這個地方一定跟他們的家鄉不一樣，請他們放心，今天我們一定會送他們下山，找到可以幫助他們的百朗。現在呢，我們即將上山狩獵，希望能有好的收穫為你們餞行。我們婦女也將準備烹煮一些地瓜，並等候我們帶回獵物，這個時間你們好好休息，下山的路很好走，但是也有一段距離。」

「你說太多了，連我都沒完全聽懂了，你期望他們都懂？」

「呵呵……我一時興起，說了這些，但我知道他們一定也沒聽懂我說什麼，你不也說了簡單卻相同的話？」

「是啊，我說了，但是，那些百朗的話語我沒把握，我想就算我說得清楚了，他們也未必聽懂啊。」

「的確是這樣，不過我注意到，他們臉上表情相當的驚恐，連屋子裡也投射出一種恐懼不安，這是非常奇怪的事。但願只是他們處在異地慣性的緊張，沒有別的事發生才好。」阿帝朋說。

「不想那些了。說起來還是得感謝這些人的出現，我們才有機會這樣集體的狩獵，忙了一整天，也算是讓部落所有人都忙上一回。遷村幾年了，我們還真是需要好好的動員做些事呢，不然老是被牡丹社人譏笑我們只會跟那些百朗學習騙人，連合力搭一間茅屋的能力都要忘了。」

「哈哈哈，牡丹社人真的那樣說啊，我們的好兄弟亞路谷應該不會這樣說吧？」

「不會這樣說？這話才是他說的呢。你不提，我還沒想到，才兩天沒一起鬼混，還真想念他啊，他要知道我們正為他想認識的那個海上人狩獵，他一定第一個跑來。」

卡嚕魯與阿帝朋兩人，在行走中零星與間斷的交談，天色漸明，狩獵隊只在前中後安排幾枝簡易的火把，藉著微弱的炭火光行走一段時間，視線在叢林中仍顯得吃力，但不影響行進速度。一行人很快的接近獵場，稍作休息後，卡嚕魯安排人手，以向北的稜線作為基準，一組人在稜線右側，一組由吉琉帶十幾個人，在動物出沒比較頻繁的稜線左側，烏來則帶一組先快速的帶人到前方，卡嚕魯的本隊則守在後方，形成一個概略成圓形的包圍態勢，各組都分配帶有兩枝火繩槍以及弓箭長矛。卡嚕魯估算著，這區域一定會有獵物及足夠採集的野菜，無論什麼動物，各組只要能夠打個一到兩隻，都足夠為那些海上來的外地人與部落人一起好好喝個熱湯。這樣子可以讓這個獵場繼續保有充裕的動植物，可以不定時獵取採集。

太陽已經升起，叢林已經變得明亮。卡嚕魯交代完收隊的口哨音以及獵取量，各組隨即出發。見烏來離開，阿帝朋忽然問：

「昨夜沒聽見他的笛聲，烏來沒問題吧？」

「你不說，我幾乎忘了，剛剛也沒多問他，表面上看來，好像沒什麼問題的。」

「真有趣啊，在女孩還沒決定以前，就先放棄了，我第一次聽到這樣的事啊。」

「或者他有其他的想法，或者這是他採取的特別手段，想引起裘古的注意？」

「真是這樣嗎？我記得烏來不是那樣的人啊，他應該是放棄了。」卡嚕魯側過頭想了一下，說道。

「兩位，有一件事，我不知道該不該說？」一個人插了話。

「什麼事？你說吧。」

「昨晚，有人跑到那些海上來的人那裡，拿了一些東西。」

「昨晚？誰去了那裡？拿了什麼東西？」卡嚕魯吃驚的說。

「不知道，夜裡黑，我起來小便，遠遠的便看到有幾個人持火把，手裡拿著像衣服之類的東西慌張的離開。」

「會不會是他們自己的人？」

「不像，因為都佩了長刀，我想是我們自己的人。」

「哎呀，怎麼這個樣子，阿帝朋，你想會是誰？」

「不知道，亂猜測會傷害人的。」阿帝朋心裡直覺是吉琉等人，但自己是外人，又沒有確實證據，他不方便明講自己的看法。

「會不會是烏來想利用這個，給裘古當禮物？我記得他不是這樣的人啊。」卡嚕魯熟悉烏來的個性，但是，也想不出烏來除了走偏鋒搶東西送人，他不吹笛子迎擊，又如何贏得裘古的歡心。

「我們也別猜了，太陽都出來了，他們也都應該在位置上活動了，我們也該前進，免得讓獵物都跑光。」卡嚕魯自己結束話題。

大約一鍋菸的時間，左側的吉琉人馬開了兩槍，右側也開了一槍，而前方的烏來，吹起了長口哨音，標示自己的位置。

「風雨過後，這一帶植物沒有破壞太多，動物也多，看來我們這一趟不需要花太多時間，這樣也好，早一點回去，大家好好吃一頓，然後送這些客人下山，我們也好恢復正常作息啊。」

「你預計打幾隻？」阿帝朋問。

「不知道他們獵了什麼，看來還很順利，五隻應該夠了。我們再等等吧，我們起碼也該獵兩隻來，要不，又要被他們恥笑一陣子了。」

阿帝朋其實是無心的問著，他心念著昨夜被搶奪衣物的宮古島人。出發前，他特別多說了幾句說明自己的行程，倒不是他愛說話，而是警覺到他們那些不尋常的驚恐與敵意。

這也難怪他們，他們一定在海上受了不少折難，船毀了，被風吹上了一個完全不熟悉的陸地，飢餓著被搶了，又得面對經常隨身佩著刀的族人，要他們完全不緊張恐懼是不可能的。阿帝朋充滿理解的心裡說著。

可這就是命吧。阿帝朋心裡又說。他回憶自己剛開始四處冶遊，進入有漢人活動的地方，那些無禮直視或言語輕蔑，那些遊手好閒之徒的蓄意挑釁與敵意，也常常讓他有強烈的不安全感，但因為這是他自己的選擇要進入那些地方，加上身材高大又佩著長刀，讓他稍稍平衡與很快調整定位。那些海上來的人，也許就跟這些百朗一樣，平常就是安穩的過日子，偶爾出門做生意買賣，按時回家享樂。誰願意冒著回不了家的危險？誰願意遇到這種事？

可以理解的，可以理解的。阿帝朋心裡直嚷著。

「卡嚕魯，卡嚕魯！」一個組員語氣驚慌的從後面叫嚷著，「部落燃起煙來了。」

「怎麼回事？發生了什麼事？部落發生什麼事？怎麼生起了這個煙？怎麼現在才發現？」卡嚕魯回過頭，也看到了升自高士佛的狼煙，他的語氣有些驚訝與慌亂。

那個煙團升起了相當的高度，上端黑灰的雲團，已經逐漸向外擴散；繼續升起的煙，中段已經是較為清淡又細窄的形狀，下段則是不規則的呈現濃厚—清淡—濃厚的色澤，煙不斷成形向上，顯示著這團煙已經燒了有一點時間，而且還有人持續投入大量濕青的枝葉以持續製造煙霧。

「你什麼時候出發的？」阿帝朋問。

「太陽剛升起沒多久吧，我看陽光都投射到牡丹山區了。」

「我們都先別急吧，把人都叫回來，我們立刻回去！」阿帝朋說。

卡嚕魯正想吹起哨音，吉琉的人馬已經自動歸隊，他們剛才所在的位置，第一時間剛好看到部落升起了一團煙霧。那是平時設置好，作為緊急事件時，通知部落所有人與其他部落的設置，吉琉判斷有緊急事件，所以招呼人馬先撤了下來，同時帶回了兩隻山羌。

「吉琉，你帶著所有人先趕回去，我跟阿帝朋等著其他兩組一起收隊。」卡嚕魯說完，立刻屈起食拇指送進口腔，長長的吹起了口哨。

吉琉一行人加上卡嚕魯小組其他人，約三十人才離開一會兒，稜線右側的小組與烏來的人馬，已經前來會合，在卡嚕魯帶領下沒多言語立刻拔腿向高士佛奔行。

不愧是山村漢子，一群人才開拔，吉琉的那一批已經掩沒在小徑叢綠中，拉出非常遠的距離。後出發的卡嚕魯一行人，也風颭似的一路狂飆，才經過通往牡丹社的小山徑不遠，一個佩刀的漢子大喘著氣迎了上來。原來是高士佛大族長佽入乙派來通報的信差，通報那些海上來的外人不見了，一個也沒留下。

「什麼，不見了？什麼原因？」卡嚕魯等人都停了下來。

「不知道，大族長要我來通報。我剛剛先遇見了吉琉等人，我跟他們說了，我怕你們不知道情況所以迎了上來，讓你們心理先做準備。」

「你們看過屋子裡的情況嗎？」

「看過了，一個人也沒有！」

「一個人也沒有？沒有人任何人看見嗎？」

「沒有，小廣場旁的田地上留有他們的足跡，看樣子是穿過農作田往山下跑了。」

「我們先回去吧。這些人……這些人是怎麼回事啊？怎麼可以不告而別？」

「對了，部落有幾個小孩不見了。事情緊急，所以佽入乙交代我們燒了煙通知大家。」

「什麼？哎呀，真是糟糕，難不成他們帶了小孩離開。」卡嚕魯嚷了起來。

「如果這些海上來的人是從旱作田往下離開，循著溪床，要不了半天的時間，他們會抵達那兩條溪的匯合處。他們對地形不熟，我們一定可以攔下他們問個清楚。還有，既然燒了煙，牡丹社應該也知道我們發生了事，他們現在一定在集結中，要不了多久就會前來。別讓他們浪費時間白跑到高士佛，我們直接派人前往會合，在半路上攔截，請他們直接下山追逐海上來的人，務必要堵住這些海上來的人，不讓他們走出馬扎卒克思。」阿帝朋顯然也動了氣，口氣卻異常的冷靜與平穩。

「好，就這樣吧。烏來，你帶個人去攔截牡丹社的人，請亞路谷兩條腿稍微快一點，別像海邊岩石上面曬卵蛋的烏龜，慢慢的爬到雙溪口。你告訴他，我跟阿帝朋兩個人，帶一竹節的酒在那裡等著他。你們其他的人跟著我。走吧，一定要追到這些無禮的人問個清楚。」卡嚕魯也鎮靜下來了，語氣還有些狠勁。

卡嚕魯一行人衝回高士佛時，小廣場周邊已經圍了一群人，四個婦女正拿著枝條抽打著各自的孩子。原來這些婦女因為大清早到小廣場做事，小孩也跟著起早。在廣場外幾個孩童相遇了便一起玩耍，太陽光越過高士佛稜線照射到對面時，這些小孩已經跑到部落下方，那個還長有野草莓果的園子嬉戲。當這些女人準備起生火時，發現宮古島人不見了，也發現四個小孩同時不見了。其中有兩個小孩的父親，是吉琉那一批人之中，他們抵達部落時小孩還沒被找到。

「吉琉他們已經全速的追了去。」一個族長說。

小廣場邊的四個灶子沒有生起火，原先預備好的木柴、芋頭、地瓜以及一些瓢盆，各堆積在灶子邊。角落的火塘周邊的樹段椅，坐著大族長俅入乙，皺著眉表情微慍不語的抽著菸。有些人趨近屋子探頭查看，有些人走入屋內踩踏，廣場內外散散落落的聚集著人議論著，除了嗡嗡聲，外圍還有小孩挨揍的哭聲。高士佛社籠罩在一團「究竟怎麼回事」的疑雲，有人猜測，有人下結論，有人張口欲言又止，有人夸夸論述事情的經過。

「他們走昨天來的路，吉琉已經跟了上去，我們這一組就從上面這條路攔截吧。把火銃跟長矛都放著，我們輕裝佩刀出發追去，一定得把這些人攔下來問個清楚，不打聲招呼離開，這太污辱人了，也太詛咒人了。」卡嚕魯說完朝俅入乙點過頭。一行人卸下多餘的裝備後，隨即沿部落上方的出入口移動，阿帝朋朝屋內看了一眼，也跟了上去。

29 決議潛逃

宮古島人已經分批踏上逃亡之路。

稍早，野原與船長和侍衛首領等人目送高士佛社卡嚕魯等人離開小廣場的同時，屋內已經有人鼓譟要趁天還沒亮以前離開。聽不出是誰開始鼓譟的，但島主仲宗根玄安周邊幾個官員商人已經很認真的思考這一件事，並且幾乎達成一致。野原與船長的態度趨向保留，因為即使半夜有人進來搶衣服，他們也覺得這是個臨時起意的個案，更何況剛剛前來說話的大耳人，是昨天以來一直友善照顧他們的人，從他們的話語中船長似乎有聽出「食物」、「吃飽」、「送行」的漢語，他覺得趁夜離開不告而別確實是失禮的事。

「你們別猶豫了，雖然他們剛剛說了，他們要上山，也要讓我們吃飽了，但誰又知道這中間會發生什麼意外？」一個商人似乎看出船長等人的猶豫，口氣也變得緩和，「你們遊歷經驗豐富，應該不會看不出危機在哪裡，這裡不是我們熟悉的地方，我們無法確認他們是不是傳說中的吃人生番。既然他們刀槍都備齊了，他們一定想幹什麼，我們無法預測他們究竟想做什麼，多待一刻就多一份危險。我們還是走了吧。」他的話顯然是許多人的心聲，有一半以上人頻頻點頭，「嗯嗯」的發出認同的聲音。

「為了確保島主的安全，也為了不讓我們大家都陷入危機，我建議天亮以前趁他們不注意離開，我實在不放心啊。」侍衛首領前川插了話說。

「我們來作客，接受人家的招待沒當面好好跟人家說謝謝，這種偷偷離開的事，我一個有著光榮家族的島主怎麼做得出來啊？」島主仲宗根玄安的言語出現了一點沮喪。

「大人啊，正常的往來拜訪的確應該注意這些，可是，我們顯然是被設計引來這裡，準備當成食物的，我們不走實在講不過去的啊。你們看，那屋子外，那四口大鍋，還有那些木柴的堆積量，烹煮兩頭牛足足有餘。算一算，也差不多六個人的量，我可不願意成為第一批下鍋被烹煮的人啊！」一個商人說。

「住口！」島主斥責阻止，他想起屋外那四口鍋子，忽然顫抖了起來。眼光不自覺的撇向院子外，他可不想被抬進那些鍋子裡，被當成魚煮來吃。

「大人，別猶豫啊，我們還有家小在宮古島，我不想被吃掉啊。」一個聲音歇斯底里的嚎叫著，又引起其他人的共鳴。

「看起來他們都已經武裝了，這會不會是在進行一種儀式？我聽說過，有一些土著殺人吃人前，都要進行一種祭儀，我想一定是那樣的。」前川說。

「你們想像力也太豐富了，就不能往好的方向去想嗎？」船長聽不下去，發了話。

「又是你，你這當船長的怎麼就這麼偏袒這些生番啊？你這麼喜歡他們，認為一切無害友善，你何不留下來，他們一定很喜歡你。我希望你沒被吃掉，還娶了這裡的女人，生一堆孩子。這裡看起來森林樹木多，你可以帶著他們製造一艘大船，幾年後，歡迎你回到宮古島，我一定好好招待你的生番家人。」一個官員說，而他的話引來一陣笑聲，減緩了一點緊張。

「真是無禮啊，這種話怎麼會從你一個官員口中說出？」船長氣得瞪了他一眼，「我不是反對離開，你們當大人的商量好了決定好了我們就走人，這需要我來反對或贊成嗎？我只是提醒大家，別胡思亂猜的自己嚇自己，就算要走，該怎麼走，我們是不是該計畫一下？我真是受不了你們這些人，膽小、高傲又愛胡亂出主意。」

「你說的什麼話呀？無禮的傢伙，你搞清楚，這裡不是船上，要你來發號施令？」

「住口，你們都閉上嘴吧！」島主一時之間也拿不定主意，卻不想聽到這些爭執，「船頭你有什麼想法？你說吧！」

船長沒立刻回答，所有人也都閉上了嘴，認真的思索剛剛船長所提到要有個「計畫」的說法，或者等待船長的進一步說明。野原沒有吭聲接話的打算，他感覺鼻子更塞，頭昏的感覺越來越重。他不認為這是一個會殺人吃人的村落，剛剛他們來說話的目的絕對是善意的。但是現在的問題已經不是如何去說服大家相信這裡的人是善意的，而是該好好計畫如何趁他們主要的人離開村莊的時候，讓大家完整的逃離這裡。宮古島這些夥伴，已經陷入巨大的恐懼，說什麼都不會採信。

昨日，野原在走來的路上，因為好奇，曾仔細的觀察沿路的地形，注意到這個村落下方的溪谷一直呈現下切的形式，而下切的走向儘管隨著山谷地勢崎嶇迂迴，那個方向的視野確實是缺了一大片，看起來那個方向應該是個平坦的區域。換句話說，如果沿著這條溪谷往下跑，就有可能通往西邊的海岸，或者連結到某個較大的溪流。問題是，那裡是什麼？有什麼？

會不會是另一個生番的村落？有沒有其他的危險？假如這裡的人發現了自己一行人忽然離開，會有什麼反應？又該如何解釋？

野原的想法顯然也是船長的疑慮，這裡是生番的領地，那溪床附近會不會有其他零星的住屋？一行六十六個人如何能夠隱密不被發現的安全離開，然後遇到其他可以提供協助的人。

「這個下方看起來是溪谷，昨天走來的山路進入這個村落前，有三條小徑是往下的，不知道這三條小徑中間會不會有其他的住家，但我猜想應該都可以通到溪床。大家盡可能走最下面的那一條，我們走進那個放人頭石牆的路上所遇到的第一條岔路，再往下沿著溪床走，應該有機會。現在天還暗著的，我們盡早出發，等他們發現了，我們也已經走遠了，也許到了海岸邊會遇到那些漢人也說不定。」侍衛首領前川也說出相同的看法與建議。大家還是安靜的想著，沒人接著發言。

「船頭，你太安靜了，你說個話吧，你覺得如何？」島主的聲音變得微弱，其他的官員也拿不出主意看著船長。

只見船長皺著眉頭，看了野原一眼，說道：

「看來大家要走的意願強烈，我再說什麼要各位留下的話，也是白說的。」船長停了一下，環視大家，繼續說：「我們分批走，前川先生你帶著島主侍衛，保護島主與商人們第一批，下地村與伊良村第二批，我跟船員們走最後一批。我們趁他們不注意，一批一批走，小心別驚擾了這裡的人。就照前川先生的建議，大家順著我們來的山路走往回走到最下面的岔路，再下溪床走沿途不停，到了溪口我們再會合。誰有更好的建議嗎？」船長的話令眾人又安靜沉默了好一陣子。

「等等！」野原忽然開口，「我建議調整一下好了，主要的人都盡量先走，我們不知道他們會不會追上來，萬一被追上來，總要有人解釋，或者遲緩他們繼續追其他的人，所以，第一批人不變，各村的与人官員們以及船頭的組員走第二批，我帶著下地村幾個一起練拳的人走第三批殿後。」

野原的建議，引來船長的注目：「這個編組聽起來合理，倒不如我跟著你在一組，我還聽得懂一兩句漢語，說不定碰巧能發揮效用呢。」

「唉，就這樣吧！沒有其他的想法，我們就這樣吧！」島主似乎是被激勵了，說話還有些顫抖。

野原六個人，加上船長以及被他在海上救起的濱川志願跟他一組，總共九人，做完調整後幾個人三兩陸續走到門口，或站或坐觀察伺機掩護。而此時部落幾個婦女又搬了些柴與地瓜前來，氣氛瞬間緊張起來了，但那些婦女見到門口的野原等人，似乎意識到宮古島人的緊張，其中兩個人朝他們笑笑說說，忽然擺起身子扭動跳舞，令野原等人不知所措楞了一會兒，有幾個人又揮了手回敬了個笑容。

這個情形在屋子內幾個人的眼裡，有不同的解釋，被奪去袍子、上衣的三個人，幾乎同一時間的表示這就是證據，證明這裡的人一定在準備殺人吃人，因為他們是如此的開心。話聽在船長耳裡，感到刺耳，他轉進屋子藉口提醒第一批準備出發，打斷了那三個人繼續說話，整個屋子裡除了茅草沙沙聲，都靜了下來，幾個人緊張的呼吸變得急促。

野原忽然注意到已經啼叫了好長一段時間的雞鳴，他抬頭望向部落上方眼眶倏地泛淚。稜線外的夜空已經出現白華，幾顆星子孤寒的明亮著，越過稜線是東方，那是他們昨天一步步走上來的方向，再往東的海岸有著他們觸礁的大船，那艘原本要帶他們回宮古島的大船。順著海流的方向往北方去，他相信那是故鄉下地村的方向，而此刻正是他的妻子浦氏正要起床生火準備餐食，讓他飽食並且多帶一份食物上魚筏的時間。

那小傢伙應該也醒了要吃奶吧？她會先餵奶呢，還是生火？野原心裡想著，淚水差一點結珠掉落，他趕緊發出擤鼻聲掩飾。

「你應該是著涼了。這兩三天你的身體狀況應該很不好受。」濱川說。

「應該還好吧。」野原說著，又同時甩甩手，出出拳，「平常日子也就是這樣，捕魚哪有不受點傷的？吹風受涼更是常態啊。」

「不過，前天你的奮不顧身救我們幾個，摔的傷勢很重，我們心裡一直過意不去啊。這次回去，我一定要帶著我的家人到你的島上好好的致謝。」

「呵呵……我們回去了再說吧，我會先預備些曬曝過的魚乾，等你來，一起出海捕鮮魚。」野原客氣的回應著，心裡有幾分苦楚，眼前的狀況不明，原本友善的情況怎麼就忽然劍拔弩張？這一跑，又如何解釋清楚，這些大耳人又會有什麼樣的反應？

「那真是謝謝了，我很榮幸能遇見你。」濱川忍不住鞠躬。

濱川的話並未進入野原耳裡，因為廣場那一頭，集結在大族長院子的一群人，連同幾隻獵犬正在離開，透過投射的篝火光，那些人的身影，正朝著部落上方的入口移動，先頭已經循著稜線折往北方。屋外的婦女又暫時離開準備其他的東西。

「我們都站起來吧！」野原輕聲的要屋外的人手站起來，三兩人錯落的站著作為掩護。船長也注意到野原等人的舉動，催促著侍衛首領前川領著島主等第一批人員出發。

「船頭啊，你們必須跟上來，千萬不要落後太遠。」島主看著船長說。

「大人，別擔心，我們一定會跟上去的，路上一定不好走，你要多多保重。」

「船頭啊……」

「大人你別說了，時間急迫，他們的女人很快又會再回來的。」

「船頭啊……」

「大人，得走了！」前川打斷了島主的話，輕輕扶著形同架著離開。幾個侍衛已經沿著矮石牆進入旱田，幾個商人跟著上去，第一批正式出發。

約莫一刻鐘，幾個婦女又送來幾簍東西，堆置在另外兩個爐灶旁，野原好奇的迎了上去。他忽然連打了三個噴嚏，誇張的聲響與身體內部壓力，引發傷口疼痛而蜷縮的動作，惹來幾個婦女的笑聲。

「他們在準備食物，而且是為我們準備的。」船長靠了上來說。

「的確是這樣，但我們卻已經出發了。我們怎麼能這樣做？連阻止這件事都變得不可能了。」野原吸了吸鼻水說。

「就像海潮，當海水隨著湧往岸上推，進入礁石岩盤，開始被切割，形成不同的力量攪動，那些被切割出來向上向左右捲的力道不停的融合與推進，在下一道海湧推擠結合下，形成一股核心力量，將內部所有不同的力量都捲在其中，向上噴出水柱，或向左右席捲，然後整個往後拖回注入下一道海湧。」

「我前天被拋到岩礁上，就是這種力量。」

「對，這一回我們得趁著人家不注意，偷偷離開這裡，也是這股力量。那是一股眾人不自覺形成的恐懼所形成的如海湧般的力量，既厚實又充沛。你我明知道對方的善意，但我們改變不了這個態勢。他們對我們的善意，以及我們的無禮，將會被下一道力量所吸收與整合。我們該擔心的是，這兩種因素又將會形成怎樣的衝擊結果？」

「所以，船頭不擔心？」

「那樣的海潮裡，所有的水流只有在交會融合的過程中可以衝撞抵抗，態勢一旦形成為一股力量，除了順勢與融入成為那股力量的一部分，根本不會有其他的可能，除非有另一股來自他方的力量衝擊，或者撞上潛藏的巨大能量，就像造成大船毀壞的暗礁。你我力量不夠強大，無法強大到可以延遲那股力量的整合，或者立刻改變現勢。現在就只能一起行動，別害了大家。眼前，除了我們宮古島人自己的恐懼，還要加上他們的因素，我們也許有機會改變，只是目前還不知道機會在哪裡，就像在力量強大的海潮裡泅水，你只能耐心的等待，留心自己不被淹沒，然後順勢改變自己的姿勢，抓住一點機會朝自己的方向前進。眼前的事，與其說我是擔心，不如說我接受了這個狀況，剩下的只能耐心的等待機會。唉，整件事，不該這樣發展的。」

「這個，我倒是能理解。」野原忽然感到前天摔傷的傷口開始疼痛，骨頭似乎有痠疼鬆散的感覺了。

「我們確實誤解了他們，事情不應該會發展到這個地步，現在擔心也沒有用了，走一步算一步吧！」船長又說，目光盯著幾個婦女消失在昏暗裡，撇過頭招呼屋內待命的人說：「出發吧，大家謹慎小心，盡量的加快腳步離開。」

第二批人幾乎只在一泡尿的時間就完全進入旱作田的小徑上，天光微亮，高士佛社的住屋建築，開始有了朦朧的輪廓。

「我們該走了嗎？」野原問。

「不，這裡還有一口爐灶旁還沒堆積食物，他們應該很快的會再回來，等他們來了走了我們再離開，天色應該不至於一下子變亮吧。」船長說。

果然，幾個部落婦女又揹了幾簍地瓜以及不知名的葉菜，前來堆在最後一個爐灶旁。待她們離開，船長示意組員個別的、悄悄的假裝隨意走動的，往旱作田移動。

野原最後離開，帶著一股莫名的罪惡感離開。

30 追擊

陽光已經照射進入高士佛社，部落旱作田的下方山谷還沉凝著霧，吉琉一行人才離開旱作田，便進入凝霧中的部落備用聯外小徑。小徑穿行在高士佛社作為建材採伐的雜樹林，其間沿路視線已經明亮，即便在霧中，也還能辨識前方小徑十幾步遠的景物。

「吉琉，這裡有痕跡，他們會不會從這裡下切到溪床？」走在最前面的一個說。

「嗯，看起來很多人走過，應該是從這裡往下切的，這些笨蛋應該不知道前面還有兩條路往下切到溪床。」吉琉看了一眼正常出入的小徑，有走過的痕跡，但是不若這一條往下岔的小路徑明顯。這小徑大致兩三個足掌寬，周邊的小草、灌木有被踩踏的傷痕，且一致倒向下方山谷的方向。吉琉判斷是一群人因視線不良，慌亂走過又跌跌撞撞所造成的。

「你看這會不會是故意走出來的，他們要是走部落進出的這一條，不是更快到達山下，更何況他們昨天是從那裡來的，說不定就是順著來的方向回到海邊的。」

「這也有可能，不過他們不熟悉這裡，離開的時候，天色應該也還是昏暗的，不可能那麼仔細的，我們下去吧。」吉琉說著，隨即沿著小徑往下，幾巢的鳥獸驚嚇得飛起嘎嘎叫。

這一條下切的小徑接近六、七十度的傾斜，才幾步就呈現「之」字形曲折，三兩個折曲小徑兩旁，除了短草與矮灌木被踩踏蹂躪的嚴重傷痕，小徑旁手臂粗細的樹木枝葉，還有因為抓握造成的撕裂傷；地面幾個踩踏處，有的已經坍滑，還有的幾處有著滑跤的拖痕。看在前方領頭的吉琉眼裡，也忍不住的笑了。

「畢竟是海上來的百朗啊，這種連小孩子都不容易滑跤的路，居然走成這個樣子。」吉琉忍不住的說了，而他的話引起其他人的附和。

「我們加快吧！不信追不到人。」吉琉又說，不一會兒便轉第三個折曲，眼前的景象讓他傻了眼，他脫口說，「他們回頭了！我們回頭吧！」

眼前的景象確實有些詭異。剛剛沿途走來像是一頭野牛一路滾下的情形完全不見了。吉琉前方的小徑依舊清晰，兩側的短草倒覆著，葉梢葉面上露水仍舊完整晶瑩，說明小徑在這個折曲後，沒有人或動物再走過。這個之前，植物被輾過蹂躪過的寬度，大致是維持一個手臂的長度，換句話說，先前走進這裡的那一批人是在這裡回頭的；或者，先前那批人是故意製造「剛剛有一批人走過」的假象，這個假象就是要欺騙追擊的人追到這裡而後回頭。吉琉一眼就瞧出是第二個可能，他壓抑憤怒鎮定的選擇說出對方已經回頭，就像他編寫歌詞那樣的自然與漂亮，但上當受欺騙的屈辱，還是讓他憤怒的兩眼噴火腳步變得虛浮，胸口要膛炸似的憋。

近三十人的追擊隊伍全都塞進像襪子一樣的窄道，光是回頭疏散就是一件費勁費時的事。還好高士佛人身手矯健，不一會兒都回到了聯外小徑。吉琉更是一秒也不肯停留，不自覺按了按刀柄沿小徑狂奔追擊。

另一組由卡嚕魯率領的隊伍，爬上高士佛社上方的出入口越過稜線時，太陽離海平面已經有一段高度，天空無雲陽光張刺，向陽坡面整個金光明亮、綠意，山巒丘陵由上往下疊降。昨天領著宮古島人一路攀爬的路徑，遠遠的望去像一條在綠色線球上割出的線條。整個面海的向陽坡飛鳥如常，阿帝朋與卡嚕魯判斷宮古島人還沒走出昨天領他們上來時的首級石牆岔路口。

「我們加快腳步吧，把他們全部攔下來問個清楚。」卡嚕魯話還沒說完已經往下跑動。他的憤怒與焦急完全寫在臉上，那急速跑動的雙腿肌腱更說明了一切。跟在他後面的阿帝朋完全了解，阿帝朋自己也覺得過意不去，過去兩天他的言語直接間接的促使了讓這些海上來的人進入高士佛社的決定。在高士佛社，大族長俅入乙力排眾議，覺得需要伸手幫助這些外來人，卡嚕魯更是陪著一路進到高士佛社，而今這些外來人不告而別觸犯了部落盟友禁忌，讓俅入乙陷入了領導危機，作為可能是未來領導人的卡嚕魯，更不忍心自己的父親受到污辱。外地人喝了水也接受食物招待更留宿在部落一宿，這樣被視為盟友的關係，卻在這些外人不明原因的離去變成敵人關係。這種被視為詛咒與仇敵的行徑，對照高士佛人一廂情願的以盟友看待的態度，未來許多年甚至數十代都將成為子孫笑柄。俅入乙清楚，高士佛社所有氏族所有人都了解，整個從麻里巴溪[1]以南的部落都會知道這個笑話與恥辱。

只是……阿帝朋心裡又遲疑了，追到這些人，問出原因來最好，如果一切是友善的，難

1 今之楓港溪。

道要請他們走回高士佛社向仇入乙解釋與賠罪？還是要他們當場提出和解賠償的物品？這些人又有什麼東西可以作為賠償致歉的？假如他們真的做了不可告人的事，我們又該怎麼處置這些人？卡嚕魯的憤怒已經到了極限，又會引起什麼樣的意外？阿帝朋想到這兒，忽然打了個冷顫。

「我們就從這裡進去吧，也許有機會在前面往下的小徑攔住他們。」卡嚕魯說著，打斷阿帝朋的憂心，卻不見絲毫奔跑後的重喘息。

一行人抵達部落外圍入口的首級石牆，附近草植露水均完整，沒有任何跡象顯示有人經過這裡。卡嚕魯研判宮古島人，並沒有沿著昨天進入部落的備用道路逃向八瑤灣海邊，極可能如當初的研判直接下到溪床。如果那樣，就有可能走到牡丹溪，沿溪床走出「石門」向統埔村走去。卡嚕魯毫不遲疑的走進昨天領著宮古島人的備用小徑，一路奔行到備用小徑最下方切往溪床的小徑岔路口。只見小徑入口凌亂的被踩踏出一片痕跡，連土石帶著草根都被掀翻了，有些土塊與泥濘還留有赤足的印痕。

「我們的研判是對的，他們直接下溪床了，這些痕跡也只有他們那一群穿著鞋子的人踩踏得出來的，希望吉琉能追得上啊。」卡嚕魯說。

「我們發現得太晚了，他們一定是在天亮以前我們出發後，那些婦女送完最後一批地瓜、芋頭後就出發的。我們這一上山下山的往返，他們已經跑得老遠了。」阿帝朋說著，心裡忽然有一種希望他們已經跑出那個隘口的念頭，他驚覺失態，心裡偷偷自責著。

「哼，就算他們跑出了隘口進到統埔甚至柴城，我也要追到人問個清楚，沒有一個清楚的交代，我們高士佛社也沒臉繼續留在這裡。」卡嚕魯皺著眉頭語氣生冷的說，「吉琉的速度快，牡丹社的亞路谷也應該趕得上，在這個山區，我就不信這些海上來的人，能跑得比里古飀[2]快。」

卡嚕魯兩次提起吉琉，阿帝朋腦海浮起半夜搶奪衣服的事，心頭又一陣憂心。

「別多想了，吉琉三十個人沿著溪床追擊，我們沿山腰的獵徑追去，機會應該大一些。我們走吧！」卡嚕魯又說，說完即刻就出發。

一行人隨即進入往溪床的小徑，沒多久向左切入山腰一條沿著山勢往下的獵徑，沿途驚擾了不少動物鳥禽的嘎嗚嗥叫奔走。疾行中，卡嚕魯忽然吹起了哨音，遠遠的溪床也吹起了一陣哨音回應，兩組人馬一上一下的奔行著，似乎存心讓逃逸的宮古島人知道他們的位置與企圖。

吉琉等人的行程耽擱了嗎？怎麼聽起來只在前方不遠的位置？阿帝朋心裡起了個疑問。

高士佛部落延伸的山脊線成東北—西南走向，西側最底下的主溪流是「牡丹溪」，牡丹溪與高士佛之間，還有兩三道的山脊平行著，那些山坳無名野溪也有兩三條，高士佛底下的溪床是「芭拉溪」，先向南流而後順著山脊線往西，接上「竹社溪」後一路向西彎迴幾道大彎曲後再接上牡丹溪。

溪床上奔行追逐的吉琉，幾乎已經下降到竹社溪北面的野溪山谷，而卡嚕魯的追擊，也

2 雲豹。

正從高士佛山區的幾條獵徑轉出向西，準備沿著野溪旁坡地上的獵徑、工作小徑側面追擊。

吉琉始終不語專注的找尋野溪的踩踏點，野溪深深淺淺加上風雨剛過，原先走過的既成小徑都經遭風雨破壞，還好宮古島人已經走出非常明顯的路徑，只要循著他們走過的痕跡，不擔心找不到路子走。吉琉深信一定能在野溪進入竹社溪前攔截那些外地人。他的「深信」其實包含著很大成分的不確定，儘管那些外地人不熟悉山區，不諳山地的行走，畢竟是在高士佛人這些漢子離開部落的同時也跟著離開，畢竟他們也走出了一條路，而且到現在為止，即便吉琉等人全速追擊，也還沒看到聽到宮古島人的蹤影。

吉琉的深信，其實也有著心虛與立功的自我勉勵。他深信這些外人的離開必然與他凌晨帶人去搶奪衣物有關，即使不是直接也一定有所關聯。假如能搶先攔截這些外人，問出他們離開的原因，救回失蹤的小孩，或者可以獲得部落人的諒解或忽略他凌晨的行徑。只不過，吉琉也陷入矛盾與猶豫，就算追到了他又能如何？另外，吉琉恥笑那些外人是笨蛋不會走山路，卻在雜樹林區的第一個岔路，就被誘導走了冤枉路耽誤了時間，甚至到現在也還追不到人的恥辱感，促使他一路無語專心追擊。吉琉的夥伴們都明瞭卻心照不宣，因為這也是整個追擊隊隨伴而來的屈辱感，他們居然被一群海上來的，帶有年長者的，被高士佛社人看輕的人甩得老遠。

「吉琉啊，我們得再加快啊，我的小孩不能被他們帶走啊。這些人，讓我追上了，我絕不饒他們。」一個人催促著吉琉再加快步伐。

吉琉這一組人出發時，高士佛那四個小孩還沒找到，當時圍聚在小廣場的婦女們直覺是這些外人帶走了這些小孩。其中兩個孩子的父親也在吉琉這個小隊，所以，所有人都急迫的一路追擊，希望能盡快攔下那些外人。

「說也奇怪，這些人有老人，帶著小孩怎麼可能走這麼快？也許就在前面了。」吉琉前後語意矛盾，他無心多思考隨口應，因為前面的小徑，得往下走一個貼著溪水的岩壁，壁上的踩踏點不明顯，其中有一處看得出來是滑跤所造成的痕跡，上面還有一些皮膚摩擦留下的血肉痕跡。

「他們有人在這裡滑跤受傷了！」吉琉自顧自的說，身體往前仆，伸手攀了旁邊外露的大樹根鬚，順勢踩踏岩壁的罅隙，三兩步就下到兩人高的溪底。

「這些人一定是傳說中那些會偷小孩去賣的百朗，如果是這樣，俅入乙就必須負責了，都是他堅持要把這些外人帶進來的。」那個失去孩子的漢子憤憤的說。

「說這個幹什麼，我們快把人追回來吧。」吉琉打斷了他的話，他注意到左後側山腰被驚起了一群鳥，他猜想應該是卡嚕魯的隊伍。

左後側山腰確實是卡嚕魯的隊伍，正要離開芭拉溪東側山區進入竹社溪北面野溪的山脊。從高士佛備用小徑下切又轉往幾條獵徑形成側邊追擊。卡嚕魯等人始終不真正下切到溪床，除了最初的想法就是希望形成上下兩路追擊，有機會便超越攔截，還有個原因是，卡嚕魯發現沿途的獵徑，斷斷續續出現一群人走過的痕跡，這些痕跡似乎是一下子隱沒在比較靠溪床的岔口下溪床，一下子又出現在前方的小徑上。顯見這些外人是選擇最接近直線的路線。阿帝朋如果這樣追逐，有可能在速度不減緩的情況下追到宮古島人。

卡嚕魯在一個岔路口忽然停下來，眼前出現清晰一群人走過痕跡，從溪床上來接上他們走著的這條獵徑，往南延伸。

「阿帝朋，你想過沒有，這些海上來的人一下子溪床，一下子小徑的切換，吉琉似乎沒有這麼跟著，只是一股勁的在溪床追擊。」卡嚕魯說。

「這個問題剛才我想過，我猜想，那些海上來的人，一定分成兩批，後面這一批一直在掩護前面那一批人。這些負責掩護的人也有可能在一開始就誤導了吉琉，以至於吉琉他們在時間上有所耽誤。」

「掩護？他們掩護什麼？被追到了他們能回答所有的問題，能讓我們安心嗎？」

「他們的意思大致是這樣，無論如何也不能讓前面那一批人受到傷害，所以他們想辦法要遲滯我們的行動，或者這誤導我們走冤枉路，最好都追不到他們。」阿帝朋說。

「你的意思是，前面那一批人是這一群人最重要的領導人，而後面擔任掩護的，是這一群人中真正勇猛有想法的戰士？」

「大致是這樣了，是不是戰士我就不清楚了，你想想，這兩天，他們裡頭總是有個人在關鍵時候出現，雖然位階看起來不高，他一定是很有想法的人。」

「你是說在海上救人渾身帶傷的那個人？」

「沒錯，除了他還有幾個人，而且我注意到他們其中幾個人身手一定不錯，那些肌肉線條不僅僅只是打魚做工那樣簡單。」

「哼，不管怎麼說，是戰士也好窩囊廢也好，我們都得趕快追到。如果照你這麼說，我們更不能大意了，無論如何也加緊去追，不能讓他們跑了，一定得問個清楚。」卡嚕魯說。

「那……」阿帝朋突然想到一件事，「我們快出發吧，再晚，我們恐怕也要追丟了。」

阿帝朋想到高士佛社廣場那些人在他們出發前提起，吉琉等人之中有兩個人是失蹤小孩的父親，他們出發前，四個小孩子還在失聯狀態，直到卡嚕魯抵達小廣場前，才發現那四個一大早就揪集在一起玩耍的小孩。心急的父親很有可能引發衝突，卡嚕魯必須先盡早找到宮古島人，以免發生意外。

可是，這些海上來的人呢？阿帝朋納悶著，心裡直浮起那個滿身是傷的男人。

31 逃亡

「你們誰能告訴我，我們還要跑多遠啊？」島主仲宗根玄安幾乎癱軟的彎著身子扶著一塊岩石，「我這輩子從來沒想過這種事，我居然要拚老命的逃，一下子溪床一下子山腰，你們……誰跟我說，我還要走多久？」說到最後，聲音已經嗚咽。

一行人在侍衛首領前川屋真的帶領下，沿路幾乎是不擇路的見到路徑就跑，離溪床近就直接下到溪床，一下鑽進灌木林，一下爬上岩石再鑽入狹窄的水道。才在乾涸溪床上讓細碎岩石扎腳，隨後就在長了青苔的濕滑溪石滑上一跤，落水濕了半個身子。仲宗根玄安心裡暗暗的感到一點後悔，他覺得他不應該被自己的恐懼所挾持了，他覺得他應該力主留在那裡，好好的與那個村落的族長聊一聊，他們不可能是殺人吃人的生番。

「早知道這樣，我寧願餓死凍死在那個石洞裡，也不要這樣吃飽了要被追殺，最後煮了吃。最可惡的是那個船頭，都是他的主意，要我們跟著到這個鬼地方。」一個商人碎念著。

「你說這什麼話，前天晚上嚷著不要睡在石洞的是你，喊著會被殺掉的是你，昨晚感慨讚美這裡美麗如仙境的是你，現在抱怨的也是你，你不能安靜一點嗎？這個節骨眼的，你閉上嘴好好的跟上吧。」一個官員聽出這商人是抱怨島主，故意罵船長指著禿驢罵和尚，他看不過去的瞪著商人又說：「再說，你抱怨船頭，船頭現在正在後面想辦法阻止他們追上來，你不感激就算了，怎麼能這樣的責難呢？我們要被追上了，我第一個建議他們殺掉你吃掉你。」

「你……你跟我有仇啊？」

「你們，留一點力氣吧，喘過氣，我們就出發了。」島主也聽出這商人的意思，想發作又覺得心虛自責，「前川，我們繼續走吧！大家都走快一點，前面一定有人可以幫助我們的。」

島主仲宗根玄安在離開旱作田一路狂跑到那一片雜樹林時，天色按理說應該越來越明亮，但是越往下霧變得更濃，微弱的黎明天光難以穿越照亮，以至於太陽照射前的一段時間，整條路在蛙鳴鳥叫的零星叫鳴中，愈發黑魅宛如鬼域。喘氣中，腦海一片空白，一群人驚恐逃跑的氛圍讓他不自覺的拔起腿來快跑。那連續陡降的小徑山路，讓他的膝蓋幾乎像海邊潮間帶那些長腿的鳥類一樣反折，背脊幾乎要震斷了。幾個侍衛隨從輪流採取左前左後的挾持方式，抓著仲宗根玄安的腰帶，半提半拉的往前跑。遇到下切溪床的小徑以及野溪峽谷難以並立的地方，則由島主自己想辦法通過，隨從只適時伸出支援，到了較為單純與平坦的地方，再恢復前後「挾持」的方式奔跑。其他較為羸弱的商人或官員，隨從都採取這樣的協助。這樣的方式雖然影響速度，但也不至於使整個隊伍變得太緩慢，所以，第一批與第二批幾乎在下了溪床後就靠攏在一起。出發得早，加上野原與船頭在後方不斷誤導吉琉等人的追擊，他們還是拉出了非常遠的距離。

至於負責斷後的野原等人，在船長領頭下，先是製造了一個陷阱，企圖讓追擊者上當而延遲追擊速度，也希望刺激對方的憤怒與不甘心，在追擊的時候專心跟隨野原等人的足跡不作他想，這讓野原真正見識到船長的膽識與經驗。

船長根據高士佛人凌晨出發時的人數，預判追擊的人不會超過四十人，在降下到雜樹林區的一條往溪床小徑時，本想單純製造出有人走過的痕跡，但是心念一轉，在走過三個轉折之後，故意整齊的製造出分隔，然後所有人反過身倒著回去，順手將草木往下撥，企圖令高士佛人不自覺的走進去，當發現那整齊的盡頭，立刻判明被宮古島人戲弄，所以一旦重新展開追逐時，定會更快更鎖定先前那種痕跡。這樣子船長等人便掌握著了主動，在走到高士佛聯外的備用道路的最後一個岔往溪谷的小徑時，船長順著先前兩批留下的痕跡加大破壞使更清楚一路下到溪床，讓追逐者放棄或忽略中途向左分出的小徑，而專心一意的想抓到船長這一批。

可是，當一行人踏進山谷，野原才驚覺這個舉動有著相當大的風險。這是高士佛社底下的一條野溪，溪床地形切割得很厲害，狹窄高度落差又大，時不時出現的小瀑布，使得兩側坍塌碎石、水生灌木、青苔藤蔓、枯枝腐葉、小水窪交雜的散布，在天色黯黑不明，水氣成霧沉凝下，一行人連捧帶爬根本無法走快，螞蝗水蛇竄擾下，心驚膽跳的又多人擦傷摔傷。更大的風險是，他們不熟諳地形，極有可能被他們眼裡那些如猿猴敏捷如豹狼兇狠的高士佛人，在任何一個地點時間追逐攔截下來。到目前為止事情果然真如船長的設想，他們那些連捧帶爬的痕跡，意外的成為牽引吉琉等高士佛人緊緊跟隨的餌，將他們一路釘在溪床追逐，讓島主帶領的其他人，從容的選擇想走小徑或溪流。當野原一行人沿著山腰開始轉往西行時，野原忍不住讚美了船長。

「哈哈哈，先別急著誇獎，我們還沒走到安全的地方呢。」船長說。

「幸好你後來決定一起走，要我單獨這些夥伴，我恐怕也不知道怎麼走下一步，這需要多少歷練啊？」

「呵呵……我四十幾歲的人了，因為常遠行，歷練確實比一般人多，但老實說，我沒走進過這樣的山林，沒見過這種短距離由高山降到平地的溪流，更想像不到這樣的野溪居然有這麼多的生物與特殊的植物。那種由植物青綠、腐壞與水氣混在一起的味道我一輩子也無法想像，我相信只要多待一段時間我們一定會生病。」船長停了停，腳步沒停下來，沒回頭的說：「其實，我稍早的決定除了直覺，還有一點賭注，只是我們幸運，沿路沒被他們追上。但是，接下來，我就不知道了。我總覺得他們就在不遠的後面追來，而且也是分成兩路。唉，真想不到啊，我們這一趟生番野地的探險，結果是這樣的。」

「嗯！一路上，我也感覺到後方一直有一股力量追逐著，我知道那不是我的恐懼，那是很真實的。他們很強健，超過了我的想像，我們稍微疏忽就有可能被追上。」野原說著。不自覺朝剛才轉來的山脊望去，經過一路的奔行，出了不少汗，覺得凌晨著涼的不舒服已經不存在。

船長忽然停止腳步，令後面的野原幾乎撞上去。

「怎麼了？」野原問。

「野原先生！我很榮幸能遇見你，也很高興能在這個時候一起跟你奔行在這樣的蠻荒之地。」

「我也是！」後面的濱川忽然插了話。

「哎呀，你們……你們說什麼呀？」野原摸不著頭緒的說，但船長已經回過頭繼續沿著一條不甚清晰的路徑奔行。

我做了什麼？他們說什麼啊？野原心裡疑惑卻也感到幾分開心，他感受得到他們話語的真心。

奔行一段時間，野原不時以目光搜尋在右側的溪床的其他夥伴。從山腰的高度，已經斷斷續續的看到溪床礫石，以及一小片一小片不連結的芒草叢，一叢叢高大的刺竹林叢也錯落期間，顯見蜿蜒摺曲的狹窄溪流已經逐漸平緩。日頭已經高掛，野原估算距離中午的時間，應該不到一個時辰，從清晨跑到現在，不知道還要跑多久才能脫離險境，他心中不免又一陣唏噓。

「他們在那裡！總算看到他們，我們下溪床趕上去吧。」跑在前頭的船長指著遠前方溪流轉南的位置。

船長指的方向，是一個向左延伸的山脊線，溪流幾度彎曲後正向著那個山脊流去，最後轉向南。遠遠望去，可以清楚的看到一群人踉蹌的，前後拉出好幾個五、六人的小團體正拚命的走著，還頻頻向後瞻望，灰黑的衣服顏色一眼就可以辨識那些人正是宮古島人的隊伍。

整個隊伍拉得好長，四個隨從走在前面找路領路，其他隨從、船員那些較為年輕的，正分批攙扶著幾個已經體力透支的官員、商人，前後行走著。眾人筋疲力竭，無視溪水因颱風過後尚未清澈，一路喝了解渴。溪流轉向南而又轉向西方時，船長等人已經追了上來。

「島主大人，我們來了。」

「嗚……」見到船長幾個人，島主仲宗根玄安哭了，「他們有追上來嗎？我們還要跑多久？我怎麼會落到這個地步啊？」

「大人別多想，我們多走一段就多一點機會，我們已經走了這麼遠，千萬別放棄啊，我們大家還要靠你帶領一起回宮古島啊。」

「唉……我一條老命也不想丟在這裡，我們繼續吧！」

島主仲宗根玄安提起精神，沒多久，前方已經是另一條溪了。前頭的侍衛停在兩條溪交叉口前幾棵木下，侍衛首領前川，也將島主安頓在幾棵羅膚鹽樹下的幾顆石頭上靠著休息，等候其他人陸續跟上。仲宗根玄安忍不住曲起手臂將頭埋進雙臂中又哭著，看在船長眼裡，也不知如何是好，他看了一眼後面的人陸續跟上來，便逕自走到前頭查看地形，野原也跟了上去。

宮古島人沿著溪床走來的是西向的竹社溪，前方由北向南的較大河流是牡丹溪，風雨才剛過，溪水量大水勢湍急。船長注意到牡丹溪的對岸有幾間家屋，建築形式不同於高士佛茅草的式樣，那些建築物後方有兩棵高大的雀榕。河這一端，與他們走來的溪流交匯的河階上也有兩三間大屋子，周邊長有刺竹、五節芒與一些雜木，隔離著溪床內的躲藏休息的宮古島人。

「他們應該不是大耳人，可能是漢人，我們去看看。」船長說。

「嗯，希望有人，也希望他們肯幫忙。」野原說，心頭浮起了妻子浦氏，他趕忙搖搖頭不讓思緒上心頭。

那是一間頗大的房子，應該說其實三間建築物所構成的，除了一間正常屋子的建築，兩側後方向後延伸是類似儲藏倉庫的建築，屋子前有台階，台階後是一座院子，院子一角堆著幾袋的地瓜，和一些曬掛的枝葉與木頭削片，船長一眼便看出那是一些中藥藥材。門是開著的，屋子客廳坐著三個人，一個老翁兩個中年人，見到船長與野原兩人走近，便迎出院子。

這是漢人的住屋，他們是清國人。船長一看到三人迎來心裡立刻確認。

「我們需要你們的幫助，山上的大耳人正追著我們。」船長拼湊著簡單的漢語宮古島語加手勢說著。

「幫助？」老翁疑問著。

「是的，因為……哎呀，我怎麼說得清楚呢？」船長覺得無法表達清楚，「野原，麻煩你去叫個商人來，別找那個愛抱怨的。等等，我看叫所有人都上來吧。」

「你慢慢說，到底怎麼回事？你說需要幫助，你們是遇到什麼困難？」老翁說。

「哦……生番，殺人……我們被追著跑。」

「你們遇到生番？他們要殺人？」

「哦……」船長詞窮了，他比劃著支吾，野原已經轉回來了，帶了神情甚為疲憊驚惶的一老一少。

「你是……」船長問。

「我是首里的商人島袋次良，這是我兒子島袋龜。」

「好，拜託了，你把我們的情況說給他們聽，請他們無論如何也要想辦法幫助我們。拜託了！」

島袋次良向船長點了個頭，轉向那三個屋主以生硬的閩南語說明他們的情況。說話間，宮古島人已經慌張的陸續進到院子，人數之多，神情之狼狽，讓屋主三人感到驚訝與不解。老翁打斷了島袋次良說話，要屋子裡的中年人帶著這些人到後面的倉庫休息，並準備一些飲水。接著要船長跟島袋次良等人都進到屋子大廳。

「我姓鄧，這位是凌老生，剛剛那個年輕的，是我兒子鄧天保，我們在這裡做番產交易買賣很多年了，我們跟這裡的番人都有交情，他們不會輕易的闖進這裡，你們放心吧，你們遇到了什麼問題。我們怎麼幫你們呢？」那老翁屋主邊說邊以紙筆以漢字說明。

屋子大廳裡，除了老翁與凌老生，還有船長、野原、島袋父子。由島袋次良把這幾天的歷程說給老翁，因為漢語的溝通兩者都有些聽與說的障礙，以至於有些話語章節重複再重複。

「我大致懂了你們的意思，不過，你們為什麼要離開番社，這一點我沒聽懂你們說的意思。那些番人看起來兇惡，生氣起來的確會殺人，但是單純也很好相處。你們偷偷離開這一件事，我看起來不是那麼單純，恐怕要跟他們好好的解釋清楚。」老翁說。

「這件事都到這裡了，也很難解釋清楚，他們現在緊追在後面，如果可以，想請兩位幫我們說說話，我們實在恐懼也不知道怎麼向他們說明。」

「這一點，我們盡量，我們跟他們都有交情，這一點應該不難，除非這裡頭有什麼不可告人的祕密。」

「另外，這件事情結束後，我們希望能租借到船隻或者有人願意載送我們回家，所有的費用到了抵達琉球之後我們一次付清，加倍酬謝。」

「我們這裡沒有那麼大的船可以提供，不過漁民漂流到這裡的事過去年年都有，官府有救濟的慣例，應該由他們呈報然後處理比較好，你們不需要花什麼銀兩的，如果沒別的意外，漂流到我們這裡的漁民通常都能安然的回去的。」

老翁的話，讓後面屋子裡能聽懂漢語的其他商人翻譯，引起了沒有因疲累癱睡的眾人輕聲的喝采，交談聲瞬間熱絡了起來，把睡著的人都喚醒了。老翁的兒子鄧天保也進到大廳來了。

「我可以幫忙造一份名冊，送到官府，請他們協助幫忙。」鄧天保說。

「可以嗎？那真是太好了，我們一起做吧，真是拜託了！」島袋說完，又翻譯給船長等人，同時後頭屋內又響起了歡呼聲。

鄧天保取了紙墨，搬了張桌子到後面的倉庫，磨了墨，攤開紙起頭寫了：同治十年十一月初八[1]，一群宮古島人好奇擁上搶著報名，碰翻了筆墨抹黑了半張紙，引來一個村長斥喝。宮古島人也覺得失禮退回位置。鄧天保重新換上新紙，隨後改由首里來的仲本加奈負責填寫。從島主仲宗根玄安的名字一路寫下來，當從頭寫職務時，前面屋子大廳起了騷動，而院子悶響起一陣器械碰撞與沉重急促呼吸聲。

「糟糕，那些大耳生番追上來了。」不知誰脫口驚呼，所有人都驚嚇的停止了動作，閉上嘴，有人縮進更隱密的地方，幾個位置能看到外面的，一動也不動怔怔望著外面的動靜。

院子外來了三十名左右佩著長刀的高士佛漢子，流著汗喘著氣，各個面露精光盯視著屋子大廳。

屋主老翁，示意船長等人待在屋子裡，他自己走了出去。

「你們怎麼來了？怎麼來了這麼多人。」老翁以簡單的排灣語問。

「原來你們是同樣的百朗，怪不得一樣的狡猾賊性，你最好把他們交出來，我要問他們為什麼偷偷走，為什麼要帶走小孩？」

「小孩？你說他們帶走小孩？」老翁訝異的往屋子內看了一眼，「我沒看到小孩啊。」

「你少囉嗦，你要袒護他們，我連你也殺了。」

說話的是高士佛的吉琉，他往屋內瞧，只看到兩三個人，心想這屋主一定是將他們藏在屋內，礙於部落不擅自進入別人院子的習慣，他要求老翁交出人來，他要自己問清楚。他說話的同時，有兩組人分別從左右繞過院子查看，看見屋子後的倉庫裡有一群人躲著，當下認出是逃跑的宮古島人，在兩側門口各抓了一名拉到院子外詢問。

野原從大廳望去，忽然升起了怒意，心跳與呼吸變得急促，因為那兩人正是下地村的同夥，一路跟著在後方斷後的其中兩人，退回後面屋子時，野原交代他們守著兩側的門口。

野原忍不住站了起來，他握了握拳頭，不自覺的扯動身體肌肉，眼神變得凌厲，直盯著

---

1 當時清朝與日本皆採陰曆記月，時值西曆一八七一年十二月中旬。

屋外的情景。只見院子外，兩組人各自咆哮著說話詢問宮古島人，關於出走原因與為什麼帶走小孩，而那兩人也急急回辯著：「我們聽不懂，不知道你們說什麼。」「拜託，我不是壞人！」

野原心急，凌老生與鄧天保也走出屋外想幫上忙，但是推擠發生了，右側的高士佛人似乎是情急了，拉扯間出手掌摑宮古島人，當他揮手再摑時，宮古島人忽然出手，一拳擊中那個高士佛人鼻下與上唇的人中部位，高士佛人直挺挺的往後倒下，另一個宮古島人見狀，也連揮兩拳重擊另一個詢問者的心窩，只見那人蹲屈跪倒。

「巴把宰祐」[2]院子外高士佛人忽然高喊著，聲音還沒落下，幾個高士佛人已經拔了刀砍倒兩個出手自衛的宮古島人，速度之快，令想衝出的野原根本反應不過來。屋子內的宮古島人都受驚嚇了，各個緊抿著嘴唇止不住的發抖，原在大廳的島袋父子也不見蹤影。

「你們……」屋主老翁也受到了驚嚇，他知道生番會殺人，卻沒親眼見過。他顫抖著聲音，「你們怎麼可以在這裡殺人？」

「我說過我必須問清楚他們為什麼要跑，還有，他們必須把孩子還回來。」吉琉睜著看著鄧姓老翁冷冷的說，而高士佛其他人已經開始躁動，喊了幾聲「巴把宰祐」、「巴把宰祐」。

野原聽不懂來者的言語，看著院子外的情形，忽然沉住氣來，他鬆了鬆拳頭，心想如果必須面對這些人，他要親手把眼前帶隊的大耳生番擊斃。野原認出他是夜裡帶人進屋子強奪衣服的人，心想一定也是他緊緊的跟在後方追擊，讓他們飽受驚嚇一路倉皇狼狽吃盡苦頭。

右側又被拖出了一個人，高士佛人才開口詢問幾句，那個宮古島人自己快速的脫光衣服，將衣服塞進那詢問人的手裡，所有人為這個唐突舉動感到錯愕時，他忽然轉身跑開大喊著：「生番殺人了，大家快跑！」後頭兩個高士佛人頓時回神反應過來了，立刻拔刀追出。野原正想衝出救人，院子外忽然有人大聲說著話，野原看見昨天一直陪著他們的高個子走來，似乎想阻止殺人，但來不及了，那裸身的宮古島人，右後頸背被切開將近一尺的長度，當場噴血倒地。

野原朝高個子兩人走去，心想著他們一定可以阻止殺戮，他必須跟他們解釋清楚，船長也跟著走出屋子；高士佛近四十人站在院子外，貼著竹子編成的圍籬站著。

野原滿心期待，但接觸到高個子兩人的眼神，他稍稍感到顫慄，心裡莫名恐懼起來了。

2 殺死。

32 雙溪口的殺戮

來人正是卡嚕魯與阿帝朋，此刻流著汗喘著氣，眼神凌厲的望著面前隔兩步站著的野原與船長，右側邊站著漢人鄧天保與凌老生，鄧姓老翁已經頻頻作嘔，頹喪的坐回大廳內搖頭。

剛剛，他們在接近屋子外的社子溪口聽到眾人高喊著「巴把宰祐」時，就直覺不妙，接著聽到兩聲慘叫，便大喊「糟了」，急急衝進院子還聽到自己人喊著「還我孩子來」。阿帝朋情急下，也大喊著「所有孩子都找到了，他們沒帶走小孩！」但是又一聲的慘叫，兩人眼睜睜的看著一個光著身子的宮古島人，頸背噴濺著血向前仆倒。

「卡嚕魯，你們冷靜一點，有話慢慢說，拜託！」凌老生聲音幾乎是顫抖著，而鄧天保也緊抿著唇兩腿不停的抖動。

「我不清楚剛剛發生了什麼事，但是我希望把事情弄清楚。如果你能把我的話傳達清楚，我會很感激你。」卡嚕嚕氣息並未平順，急奔而來又看見三具躺著血的屍體，情緒緊繃著，他看了一眼野原又看著凌老生說。

「這都是意外，我的好朋友，大家冷靜一點，你們不能在這裡殺人。」凌老生喘了一口氣說。

卡嚕魯沒回應凌老生，瞪著野原說：

「我問你，我們對不起你們了嗎？你們忽然來，偷摘了我們的農作物吃，我們計較了嗎？我們不但沒計較，還破例讓你們進入我們的部落，讓你們吃喝睡個夠，我們失禮了嗎？」卡嚕魯強忍著情緒，喘息卻平靜的說著排灣語，停了一下又忽然吼了起來：「我們對不起你們嗎？」卡嚕魯暴烈的聲音，瞬間升高所有人的情緒，連阿帝朋也震了一下。

「你聽我說，我可以解釋這一切，請你們先平靜下來！」野原以宮古島語說著，他意識到對方聽不懂，撇頭向凌老生求救。

「卡嚕魯……」凌老生平過氣，想找剛剛擔任翻譯的島袋翻譯，但又不想這個時候找人來，「他說什麼我聽不懂，這兩個人也聽不懂漢語，不過我還是希望你們先靜下來，大家都坐下來，我們想辦法說清楚。」

卡嚕魯還是不理會凌老生，自顧自的對著野原說：

「你們就這樣不打聲招呼，自己先跑了，你們什麼意思？你們是什麼人？為什麼來我們的部落然後偷偷地跑了？你把我們當敵人嗎？你知道我的父親為了不讓你們挨餓受凍，說服其他的族長接納你們，又把部落半個月的糧食讓你們吃，你們說謝謝了嗎？現在他被其他族長恥笑，你們卻一句話也沒表示就跑了，你要我的父親怎麼做人，你要我們部落族人怎麼看這件事？」卡嚕魯說到最後幾乎又吼了起來。現場又響起了「巴把宰祐」的聲浪，屋子後方，幾個宮古島人悄悄開了門兩三人跑了出去。

「我們很感謝你們，我們不了解你們，我想這都是誤會。」船長插了話，摻插著一點閩南語和宮古島語，語氣平緩多了。
「卡嚕魯，他好像說了『感謝』，還有『不了解』這些字。」阿帝朋提醒著。
「你們這算什麼感謝？該說不了解的是我們吧。我們知道你們是什麼人嗎？知道你們來幹什麼嗎？知道你們半夜偷偷離開的原因嗎？我們一路上來怕你們擔心，盡可能不做讓你們產生疑慮的動作，就是因為我們擔心你們不了解、害怕；進了部落不去打擾讓你們安靜的休息，就是因為知道你們不了解我們是怎樣的人，該喊著不了解的人應該是我們吧。」卡嚕魯指著野原與船長比畫著說話，聲音時大時小，「我們甚至擔心你們不了解我們在幹什麼，出發打獵前還來跟你，跟你們說話，你忘了嗎？你們感激了嗎？」
「卡嚕魯，先平靜下來，輕聲說。」阿帝朋提醒著。他看出來卡嚕魯一連串說著，似乎為了發洩他一路追逐的那股悶氣，也為他的氏族、他的父親受到的屈辱洩憤。
野原也動了氣，望了一眼鄧天保，又朝屋子望了望，嘀咕著：「這些懂得漢語的商人、官員呢？平常抱怨每個人你一言我一語誰也不讓誰，談起好處，都在比誰的漢語流利，這個時候人呢？」
「怎麼？你看不起我？我跟你說話，你看別的地方。你當我是什麼！」卡嚕魯吼了起來。院子外有人喊著「巴把宰祐」。
「你這麼大聲說話，我一句也聽不懂。」野原乾脆對著卡嚕魯說話，也不管他聽不懂宮古島語：「我不知道你在說什麼，但是請你想一想我們的處境，我們遇到了海難，在礁岩上困了兩天，好不容易上岸被人騙去了所有的物品。雖然你們好心帶著我們上來這裡，讓我們好好吃一頓餐，好好的睡了一晚，但是你們的人半夜來搶劫，你要我們怎麼想？一大清早你們全副武裝，又在院子搭設爐灶，你要我們怎麼安安心心的待在屋子裡面等待。我們的確偷偷地跑了，那是因為我們的恐懼啊；不是我們不知道感激，我們還想著我們回到自己的家鄉，一定會再回來帶著禮物感謝你們，可是，你們追來了，還殺了我們的人，你要我們怎麼想。」野原越說越急，差一點說出「吃人生番」的字眼，船長頻頻提醒他冷靜下來，但他比手畫腳的指著地上的死屍，卻惱惹了卡嚕魯。

「你是要指責我們殺了他們嗎？他們做了什麼？為什麼被殺？你做了什麼為什麼沒被殺？」卡嚕魯說。

「這樣的事情，不能再發生了，我們必須好好的說。」野原說。

「如果你也做了跟他們同樣的事，我想你也一定也會被殺。」卡嚕魯說。

「我們沒有其他的想法，只想回家，我們沒有人想看到這樣的事情發生。」野原說。

「你們不是該好好的想一想嗎？我們沒有要求你們什麼，我們無條件的付出，結果換來的是你們的不告而別，這是一種背叛，一種朋友間的背叛，是你們背叛了我們。」

「那種在海上漂流的感覺你們不會懂，那種在生死邊緣沉浮的瀕臨死亡的地獄景象你們不會懂。」

「我們原先想著，我們的確沒有辦法送你們回到你們的故鄉，但是我們可以帶你們到這裡來找這些百朗幫助你們，你們一定是一樣的種族，一定可以相互幫忙。」

「尤其是你們這裡該死的海岸，讓我們的大船觸礁，讓我們幾乎絕望。」

「但是你們卻跑了，以一種極其無禮的方式跑了。一種盜賊的方式跑了。」

「那種在海潮中隨時撞破腦袋的恐懼你們不會懂。你看看我的傷，你看看我們其他人的樣子，那種狼狽、絕望你們不會懂得。」

「我對你們不好嗎？你該問一問，我卡嚕魯對誰這麼客氣過？你們跑了，你希望我們怎麼看這件事，你要我的家人怎麼面對後代子孫的批評，說我們居然被一群不知哪裡來的外人給戲弄、欺騙。」

現場已經沒有人可以完全聽懂卡嚕魯排灣語與野原宮古島語的交談。懂得宮古島語、漢語的島袋以及其他商人官員已經躲了起來；懂得排灣語、漢語的凌老生等人已經退到一旁乾著急；懂得一點點漢語的阿帝朋與船長時不時插進來補話造成干擾，加上高士佛其他人的鼓譟，讓完全無法彼此溝通的卡嚕魯與野原，比手畫腳的，聲音時大時小的，各說各話的完全沒交集。

屋子後方的宮古島人，陸續有人趁隙偷偷的離開。

「我們都聽過台灣殺人吃人的生番，加上我們遇到了這裡的人告訴我們，你們一定會殺了我們吃了我們，我們無時無刻不感到極大恐懼。」野原說。

「生番？」卡嚕魯聽懂了這一句，然後忽然暴烈的吼著：「我們生番怎樣，你們百朗又多了不起，吃我們拿我們的你們感謝過嗎？呸！」

卡嚕魯的話引爆了高士佛人的群起激憤，吼著「巴把宰祐」、「巴把宰祐」。吉琉等人更是直接由院子右側拔刀衝向側背著的野原；屋子內的鄧天保等人驚呼一聲想出面阻止；面對他們的船長見到吉琉等人衝來，他本能的急急穿越野原與卡嚕魯中間，伸出雙臂搖手的想阻止，卻被吉琉一刀由左頸向右胸砍下；船長倒地剎那，野原左拳揮出擊中吉琉鼻梁，吉琉向後倒遮擋了後面持刀的高士佛人前進，野原順著拳勢，墊左腳上右腳以右手刀內砍第二人的左頸，再一個左後側踢踢中第三個的肋骨，只見那高士佛人破絮般的向後彈去。就在此時，卡嚕魯已經揮刀砍中野原左肩頸背，阿帝朋隨即跟上，長刀劃開野原的腹部，由左上腹到右下腹。

野原仆地，腳朝院子頭斜向著鄧天保住屋，凌老生、鄧天保兩人驚嚇到跌坐門廊。這一來一往只在瞬間，沒人看清楚整個過程，院子邊的高士佛人也還來不及反應便結束。

「他們要跑了！」

巴把宰祐……

「殺死他們！」

院子邊有人看到宮古島人推開了門四下逃竄，高士佛所有人邊喊著邊追殺了出去。

第一次殺人，卡嚕魯渾身顫抖著幾乎站不穩，阿帝朋也受到極度的震撼，持著刀呆立，刀身賤著血漬，幾滴還流向刀尖。

他們終於站定，不約而同地看著地上右臉著地，左臉頰、手臂滿是擦傷的宮古島人，心情變得複雜難以言喻。剛剛的兇殺本不在預期之內，他們急急的趕來是為了問清楚事情原委討個公道，也為了阻止吉琉可能延伸出其他的事。沒想到阻止不了吉琉殺人，他們本能的保護同僚安全的連續舉動，致使更兇惡的殺戮野火般的燎起，令他們大感意外與驚駭。他們聯手殺了一個在這兩三天的時間裡產生好感又敬佩的人。

事情還是發生了，唉。阿帝朋心裡想著，長長的吐了一口氣。

「無論如何，他還真是個勇士，我們沒有幾個人有他的膽識。唉，要不是這個吉琉……唉，說這個有什麼用，是我們殺了他。」卡嚕魯說。

說到吉琉，兩人頓時回過神，收了刀，看看現場狀況。只見吉琉口鼻之間血肉模糊大量的冒血仰躺著失去知覺；另一個被野原手刀砍中左頸的也昏了過去，身體呈現不自然的側躺；被踹中腹胸的往後滾了兩圈後，正痛苦的抱胸坐著。兩人看這景象，感到震驚不已。整個半島的原住民各個勇武健力，能跑、能摔、能負重，徒手扭斷一頭山羊的頸子輕而易舉，但是野原的搏擊拳術在一眨眼間撂倒三個人，看在卡嚕魯兩人眼裡，那是一件匪夷所思的事。

至於另一個宮古島人船長，與野原相反的方向右側倒地，頸喉的動脈氣管挨了吉琉一刀血流噴濺，還有一絲氣息。卡嚕魯想起屋主幾個人的蹤影，往屋子裡瞧，屋內鄧姓老翁三人不自覺的撇過頭避開卡嚕魯的眼神。

「我們得把吉琉弄醒，他的鼻口流血，會堵塞氣道。」阿帝朋說。

「嗯，把他們弄醒，讓他們先慢慢回去。其他人都追了出去，這一場兇殺既然發生了，我們得試著阻止我們自己的人繼續殺下去。」卡嚕魯說著，忽然想到牡丹社的亞路谷，他心裡願望他們還是別來好了，但他知道這是不可能的。狼煙已起，牡丹社的人性格剛烈、重情重義，他們絕對會來，就像牡丹溪泛起洪水那樣，波瀾壯闊與果斷兇猛，他們必然前來！

交代完吉琉三人回去，卡嚕魯轉過身走向野原的位置蹲了下來。野原還有氣息，被卡嚕魯砍切的傷口，左頸流了一地的血，由左肩背向右下延伸，皮層、肌肉開裂著還冒著血但不嚴重，凝血狀況已經開始出現；腹部較為嚴重，體液外流，一段腸子在仆倒當下移出壓在身體下。

阿帝朋從隨身袋取出了平時吃肉用的小匕首，那匕首的刀鞘刻有一些圖飾。他蹲了下來，將匕首放進野原的左手上，撫了撫野原的手背後，站了起來。

「你幹什麼？」卡嚕魯瞠著眼看著阿帝朋的舉動，忍不住的問。

「這把匕首的刀鞘在最初製作時，是沒有刻上任何圖飾的板子，當我四處遊歷休息時間，我總會邊思考邊雕刻一小塊的花紋圖飾。日子久了，刀鞘上的圖紋也就變得豐富，那代表著我的遊歷經驗與思考的痕跡。也因為我遊歷習慣了，對於出門遊歷的人特別感覺到親切與敬佩。我不知道怎麼解釋這種百朗說的因緣，我對這個人總有著親人兄弟那樣的親切，或許因為他是從不知有多遠的海上來的，那種飄泊、游離的味道，讓我覺得熟悉與自在。依我看來，這個人，最終還是會死去的，希望他的魂魄能有一把保護他自己的刀，或者自己砍樹造船回到他的家鄉，他也許有家庭了吧，他一定很思念他的家人。」阿帝朋說。

「唉，真受不了你。不過你說的也對，我對這個人確實有好感，他是個勇士，他也應該是他家鄉部落所倚靠的人。對了，我們該把所有人找回來了，人命都出了，先前那些爭執憤慨也沒什麼意義了，該結束了。」卡嚕魯說完，朝屋子內嚷著：「鄧天保，這個人還在呼吸，你幫我看看，能救就請盡量試試吧。」卡嚕魯說完，與阿帝朋出了院子向溪口匯流處奔去。

雙溪口周遭已經慘不忍睹，先不說溪床上散亂倒著十幾具還淌著血的屍體，尚帶有沙泥濁黃色的溪水有幾處因為躺著屍體，溪水上拉出了幾條紅布條般的血液，讓雙溪口詭異的呈現出有著紅色虎斑條紋的怪獸形樣，張口欲吞噬河岸的三間大屋。而牡丹溪的南北流向與竹子溪向東的方向，正相互追逐的一些人。

卡嚕魯，吹起了哨音，當他轉向牡丹溪北向吹起第二聲哨音時，遠遠的上游，呼嘯著一群人狂奔而來。

「亞路谷的人馬來了！」卡嚕魯說。

「看這個樣子，應該超過一百人！唉，阻止不了了，只能祝福這些海上來的人了。」阿帝朋說著，腦海浮起野原那張在海邊礁岩上嚴重擦傷的左臉頰。

33 彌留

一群人驚慌的逃跑而大耳人嗥嘯著追殺聲音忽然遠去，野原感覺有人在他手上塞了東西，那種感覺極細微還帶有麻酥，他想更清楚的探知那是什麼東西，卻發覺他整個左臂是無法指使的。他驚慌的睜開眼睛，看見眼前一片血腥殷紅而屋子呈現傾斜狀態，門是斜的，屋廊連接著院子的接縫線是斜的，連坐在裡頭時不時向他瞻望的三個屋主也是斜的。他鼻孔呼出的氣，吹起細微的沙塵落在眼前的血漬，一股血腥味持續飄進他的鼻孔。他知道那是他自己的血，剛剛為了救船長擊倒三人時，後頸被砍所流出的血。剛剛摔地時痛得他幾乎暈了過去，還好頭臉撞擊地面時的彈動壓塞住了傷口，沒有一下子噴流太多，但野原清楚感覺血液仍是不停的流出，而自己越來越覺得虛弱。他想伸過右手來指壓，卻發覺右手橫壓過胸部，小臂以下浸在自己所流出的腹水與血水，只要輕微動一動，整個腹胸便拉扯，那個劇痛讓他無法呼吸。

我要死在這裡了嗎？唉，不甘心啊！野原吸了口氣，心裡想著，一股淚水卻湧向眼眶，耳邊響起了阿帝朋的聲音，那聲音平和溫煦，那聲音聽起來好像剛剛不曾發生過爭執，更沒有兇殺的事件。

明明殺了五人啊，真不甘心。野原心裡又嘀咕著，既微弱又清晰。這是可以避免的，假如今天凌晨大家同意島主的意思，留在那個屋子好好休息等待天亮了，吃完那些大耳人準備的餐點，這一切是可以避免的。也不用拚命的吃足苦頭一路逃跑而最後要在這裡流血。假如沒有這樣的事，也許他可以很心平氣和的，從容的跟高個子好好話別，言語不會是問題，就像昨日由山下一路走上山去，他們雖然搭不上幾句話，但也能知道彼此的意思。

真不甘心啊，野原心裡又說，耳朵忽然響起那個領隊大吼著而後離去的聲音。他沒有意思要殺人，我知道，即使他最後不斷的吼著跟我說話，他一定也是想跟我說清楚他的想法，就如同我想盡了法子也想跟他解釋這個過程，可是，我們終究無法溝通啊。那些明明能說得清楚的商人官員們都害怕的躲了起來，眼錚錚看著事情變得惡化。真不甘心啊，野原又想著。

野原哭了，淚水不斷流，讓他眼前一片晶瑩模糊又扭曲。他感覺後頸已經不流血了，身體有幾分涼意，他抖了抖腿，感覺不出有抖動的感覺，氣息越加的微弱。

「野原先生，野原先生。」

野原眨了眨眼睛看見兩三個影子在他眼前晃過。鄧天保拿了件衣服蓋在他身上，另一個在他能看得見的地方跪了下來。

「野原先生，我是濱川，平良島的濱川。」

「喔，是濱川兄啊！真是對不起，我沒辦法抬起頭看見你的臉。」

「沒關係的，我看得見你。你受傷了，這裡的屋主正在準備藥材，你再等等。」

「唉……」野原原想故作輕鬆哈哈一下，卻只能發出「唉」的嘆氣聲，自己也嚇了一跳，「船長呢？」

「船長……」濱川遲疑了一下，「就在你腳邊，也受傷了，正準備救治。」

「濱川兄，我不喜歡說謊，我也知道自己的傷勢太嚴重了。」

「不是這樣的……」

「濱川兄，咳……」野原輕輕咳了一下，聲音「呼嚕」的響著雜音，「我知道不行了，身體越來越冷了，你讓我多說些話，咳……」

「野原先生，你該休息的。」

「不，你讓我說，我很愧疚……沒有能夠阻止這些事發生。」

「不，野原先生，這不是你的責任，這一路上我所看見的、感受的，都說明了你是一個值得信賴倚靠的人。我很感激你不顧自己的安危，甚至在已經失去意識下還記得伸手救我。這一路要不是你和船長不斷的提出想法，我想我們會更悲慘的。」

「悲慘？」野原覺得好疲倦與一股強烈的虛脫感，他索性閉上了眼。「要說悲慘……，還有什麼事比現在更悲慘？」

「這……」

「濱川兄，只有你一個人嗎？」

「不，裡面還有九個人，島主跟其他官員都跑出去了。」

「對，你要躲好……別跟著跑出去。」野原忽然一陣急喘，又忽然平息下來，「濱川兄，有一件事我想請你幫個忙……」

「你說吧。」

我知道你一定能回到宮古島，你記得你昨天說過要到下地村來看看我的家人嗎？我想我不行了，我想請你幫我去看看我的家人。野原說。

「野原先生，你說吧，我在呢。」

你替我跟我的妻子說，我很抱歉沒有辦法回去了，孩子小，往後還得靠她一個人拉拔……

「野原先生，你聽得見嗎，你說吧！」濱川低下頭，想讓野原看清楚他的臉，卻看見野原閉著眼流著淚水。

我說不出聲音來了嗎？哈哈哈，野原茶武，你的一生就要在這裡結束了嗎？真不甘心啊。我的孩子們要失去了父親嗎？我的妻子浦氏要失去丈夫了嗎？可恨啊，你們這些番人，我們就不能好好的說話一定要動刀嗎？可恨啊，那個該死的風浪，那個該死的礁岩。野原心裡吶喊著。

「野原先生，你別急著說話了，我說過等回去了，我一定要去拜訪你的家人。現在，你放心休息，他們一定可以把你治好的。到時，我會帶著平良島上最好的白酒去下地村找你，你可要記得拿曬好的魚乾請我，我們一起好好的欣賞你的小男孩在院子打拳，那一定很有意思！」濱川急了，強忍著哭聲，不停流淚的說著。

「濱川兄……」野原忽然開口。

「野原先生！」

「如果……你去了下地島……見到了浦氏，咳……你告訴她，請她找個人再嫁……一定得把孩子養大，……請告訴她，她的丈夫很勇敢，告訴小孩，我一個人擊倒了三個……咳……我是……第一流的拳師……」野原斷斷續續的說著，因為說話咳嗽，血又開始流，斷斷續續又一點一點，微弱的流著。

「野原先生別說了。」濱川趕緊打斷野原說話，伸過手壓著他的頸部傷口。

怎麼能叫我不說話呢，野原心裡說著。感覺更冷了，意識變得飄渺，他一下子清楚身邊的濱川，又感覺自己已經回到下地島他那棟單獨位在南邊海岬的小屋，浦氏正伸過手為他按摩因為魚筏操槳緊繃痠痛的頸子。他忽然感覺自己聽到了一群人正在接近，嘯叫著，奔行著。

快跑，濱川，我們走這條溪床。你要相信我，這溪床有大石塊也有破碎的頁片，他們都赤著腳會割傷腳底，我們穿著鞋沒問題，他們追不到我們的。濱川，這裡水好冰啊，我的腿都冰涼了，你要踩踏旁邊的石塊，有機會就盡可能走溪床啊。

哎呀，這些人怎麼能跟得這麼緊？叫吼的聲音這麼可怕這麼接近。濱川，你別害怕啊。我是下地村第一的拳師，我會保護你的，我們快追上島主還有那些商人官員，他們太囉嗦又太軟弱了。

哎呀，我居然沒注意到這棵樹是這樣橫長的，我的頸子……痛死了。喂，濱川，濱川……

「這裡有一個！」一個粗冽的聲音吼著，野原似乎聽到一聲慘叫，而所有的嘯叫聲忽然都停了。

眼前的景物忽然全變了，野原感覺熟悉。那是他獨立建造海邊小木屋時，經常跑進來尋找樹材的森林。他看見那個長山漁港旁的老著，正泡在一池水窪，瞇著眼看著他。

你說得沒錯。野原告訴那老者，他遇到了一群人，居然有著跟那老者相像的臉孔，他們請他吃了地瓜，他忘不了那種綿甜的口感；還有一種烘乾了的小芋頭，硬砢砢的，咬進嘴裡咀嚼卻越吃越好吃。他還告訴那老者，他懷疑老者正是當年被海上人帶走的孩子，因為他有聽說很多年前那裡確實有這麼一件事發生。只見那老者忽然掉眼淚，把頭埋進他的雙臂，身體抽搐著，嗚嗚咽咽的說了一長串野原聽不懂的話語。野原心生不忍，走了過去拍了他的肩膀，想安慰他。老者抬起頭，變成了濱川的臉。

哎呀，濱川，你真是調皮啊，居然躲著我，還偽裝成老頭子。哎呀，你不必幫我帶話了，這裡是我熟悉的地方，我現在就可以帶你去我家，不過，日後你還是要再來，帶著你的白酒來，我會為你準備好下地村，不，全宮古島最好吃的魚乾。別擔心你現在沒有伴手禮，我知道那裡，那裡，你看我手指的地方，那裡有一整片的野草莓株，他們一定會很高興我們帶這些果子回去。

「野原先生……」野原聽見了濱川的聲音。

「野原先生……我不幫你帶話了，我們一起……一起回宮古島，去下地村……野原先生，謝謝你……」濱川的聲音逐漸藐遠。

野原聽見了叫喚，他睜開眼睛，卻看見浦氏抱著剛生下的小男孩，身旁站立著大兒子，怯生生的望著他。

浦氏，我回來了，我沒有騙妳，我一定能回來的。我們在海上遇到了風雨，被吹到了一座海島，我遇到了幾個友善的人，一路帶著我走了山路，我一輩子也沒見過那樣的山林。我們到了一個山村，那裡的夜好安靜，連月亮也安靜的掛在山邊，那樣的山村我一定要帶你們一起去看一看住個幾天。或者我們自己找一個森林，我再蓋一間我們的房子，把小孩養大，讓他們有能力在打完魚以後，還能在山裡奔跑追逐那些野獸。還有，我很害羞的告訴妳，我想唱歌給妳聽，妳別笑我唱歌難聽，我可以在打魚的時間偷偷練習，回家的時候，我先在院子唱歌給妳聽。妳知道嗎，他們唱歌好好聽啊，我從來沒有想到過，一個男人可以這麼深情的唱歌給他的女人聽，我這麼愛妳，我應該唱歌給妳聽，讓你聽聽我心裡那個噗通噗通從來不敢開口跟你說的情感，我想妳會願意的，妳願意嗎？

野原抽動了一下。遠遠的傳來水流的聲音，中間似乎還夾雜著吼叫與慘叫聲音。

就是這樣子，我的兒啊！出拳要配合著叫吼聲，集中力氣一拳就要擊倒一個人，不要浪費氣力在那裡比劃，你知道嗎？等爸爸休息夠了，明天我不出海捕魚，我們一起打拳，好嗎？來吧，讓爸爸抱抱吧，你一定很想念我，是吧？畢竟，我出海這麼多天了。哎呀，你好重啊，我都動彈不得了。

野原醒了，忽然覺得周遭很安靜，他睜開眼。

天黑了嗎？濱川呢？

野原隱約感覺手上有東西，他不知道那是什麼也無法進一步去握，他覺得冷，那種冷似乎已經盤據在他身上很久，甚至連呼吸也覺得冷，他無力顫抖或者閉上眼皮。

這裡太冷了，我該回家生個火取暖。野原想著，他爬了起來，走向屋子，開了門，看見妻子浦氏愁著眉，掉著淚，家裡沒點著魚油燈，平時煮炊的灶子裡也沒有木柴，甚至連前一夜的炭火都沒有。

好冷啊。野原說。

34 緘默的暗礁

阿帝朋收拾著自己的隨身袋，裝了幾顆乾芋頭、菸草，佩起了長刀，還把一柄有著素面刀鞘的匕首綁在袋子側邊。雙溪口的事情過了一個多月，早已經沒有人繼續討論，特別是這幾天，四林格社多數家庭都在整理小米園，準備第一季的小米播種，阿帝朋也體諒的待在家裡，協助家人整理田園。為此，他的母親還特別邀請散居在其他各社的親人，到家裡坐坐，順便介紹適合的姑娘。高士佛社來的遠親帶來卡嚕魯的訊息，邀約阿帝朋與牡丹社的亞路谷，今天中午在八瑤灣那艘大船船骸的岸邊會合，說要實踐為阿帝朋取一片船底木板做刀鞘的諾言。

宮古島人的出現，已經改變了高士佛社幾個年輕人明著暗著愛慕袠古的態勢。最積極的吉琉鼻梁斷了，上門牙也斷了，聽說上唇掉了一小塊肉恐怕很難癒合，不知道將來還能不能像之前唱歌；主要的敵手烏來，因為攔截百來多個牡丹社戰士來支援高士佛人，根本沒機會拔刀，被高士佛部落其他人恥笑，失去了信心，也絕少再吹笛。現在高士佛社換成新的一批青年漢子，想盡辦法爭相出頭吸引包括袠古等部落其他女子的青睞。

想起這個，阿帝朋忍不住笑了笑。世間的事何嘗不是這樣，沒有人可以預知未來或者保證眼前的種種永遠不會產生變化。就像宮古島人，絕不可能想像到他們會遇到這樣的風浪，也絕不可能預知這一生會有機會進入這樣的山林，又最後喪命在氾著黃沙的河床上。

不過，這個卡嚕魯還算是講信譽的男子啊！阿帝朋心裡稱讚著。他站了起來正待離開院子，看見豬勞束社的任文結正從兩間屋子外的小徑走來，遠遠的揮手跟他打招呼。

他怎麼來了？阿帝朋楞了一下，又覺得任文結來得正好。

「阿帝朋你要出門了？幸好我來得早啊。」任文結走進後先開口說話。

「哈哈，豬勞束社的任文結，你怎麼出現在這裡？像夢裡託夢的祖先，無聲息的走來？」

「夢裡託夢的祖先？阿帝朋，其實你也在等候我的出現嗎？」

「哈哈哈，夢能等候嗎？總是祖先想起了什麼，就差個人來捎信息，所以你就出現了，是祖先讓你來，當然也是我的等候啊。」

「既然是來說夢，你不讓我進去坐坐？」任文結有一點疑惑。

「你來得正好，稍早之前正想拜訪你，但是遇到了那些海上來的人，這事就耽擱了。可沒想到你還是讓我盼來了。我在想，你今天應該沒別的事吧？如果時間可以，我們不妨一起到八瑤灣走走。」

「八瑤灣？好啊，這個好。事情發生到現在，我正想問你有沒有興趣一起去看看那艘大船。你怎麼忽然想到這個時候去？」

「走走走，我們邊走邊說，我怕時間耽誤了，我要讓亞路谷跟卡嚕魯識笑了。」

「亞路谷？你是說牡丹社的亞路谷，還有高士佛社的卡嚕魯？」

「呵呵……除了他們，還會有其他的亞路谷與卡嚕魯嗎？」

「那真是太好了！正想找機會拜訪拜訪聯絡感情呢，我們走吧！」

個小、頭小、腿短的任文結只有阿帝朋肩膀的高度，涉過四林格社前方的溪床後，並肩走在通往八瑤灣的路上，卻絲毫不見吃力。

「你還沒說怎麼忽然想來。」阿帝朋問。

「也不是忽然想來。昨天，我遇見了那些海上來的人，琉球人。」

「昨天？你怎麼可能遇見那些人，他們在保力庄楊友旺家，難道，你去了他家？」

「不是，前天我去了柴城，在那裡過了一夜，昨天回程，經過保力庄，想順便經過楊友旺家打個招呼，剛好就碰上了他兒子整準備帶著十二名的琉球人離開。那些人看見我，嚇得又躲回屋子裡。」任文結說。

「十二名？怎麼多出了二個人？當時我們離開後的第二天，亞路谷發現有九個人在鄧天保家裡躲藏，正要去抓人的時候楊友旺也剛好到現場，答應以錢幣四五枚、布六匹、水牛一頭、豬九頭及酒十甕作為交換補償，若再加上後來在竹社被抓的那個人，總共十名，哪來的十二名？」

「多出的那兩名，是在楊友旺前去雙溪口的時候在路上遇上的，楊友旺直接藏了起來。」

「哈哈，還好，要遇上了亞路谷，那兩人的頭顱都要掛上那棵雀榕樹上了。」阿帝朋說。

他說的是，當天牡丹社人知道高士佛社殺了三十八名，而自己一百多人出勤只殺了十六個人，覺得沒有顏面，所以一直搜查剩餘的宮古島人一直到第二天。最後回程時將所有屍體頭顱砍下，在牡丹溪西岸那棵榕樹祭祀完以後帶回牡丹社，這件事引起所有部落的議論，也引起石門以外的漢人村莊極大的震撼。

「昨天是百朗的二十日，他們預計二十二日送到北邊那個大城市鳳山。」任文結說。

「鳳山？那是百朗大官員住的地方。這件事官府恐怕要插手了。」阿帝朋說。

「是啊，聽說過去海外的大船觸礁這類的事常發生，處理的方式也是這樣，由最近的官府接手處理，然後送到大海那一邊更大的官府，然後送他們回家。但是，雙溪口的事，我一直覺得不安，所以，想找你聊一聊，也許可以想出個什麼道理的。」

「這有什麼不同嗎？難道因為是我們番人做的事，所以會不一樣嗎？」阿帝朋問。

「你認為呢？」

「百朗的官府處理百朗的事，就像部落族長管部落的事，都是自己內部的事；官府要管我們的事，就像牡丹社要管高士佛社的事，那是越權干涉要打仗的事。更何況百朗搶劫財物卻不殺人，我們殺了人，真要處理起來是不一樣的。但是百朗的官府還沒有能力進入我們的領地，所以你的憂心不安不是因為這些。」

「沒錯，這些海上來的百朗，既然可以開著大船跑來跑去，就有可能跟那些白色人種一樣，開著帶有槍砲的船進出這裡。」

「所以你擔心像前幾年龜仔角社那樣，有人再開著船來攻打？」

「沒錯！」

「既然龜仔角社可以擊退那些人，難道牡丹社與高士佛社就不能擊退來犯的人？」

「哈哈，四林格社的阿帝朋，以你的聰明才智看來，你覺得如何？」

「這個……我很難看得清楚，這裡百朗很多，周圍情況遠比龜仔角社複雜太多，更何況我們殺了五十四個人，就算我們現在開始都閉上嘴巴不提，那些百朗也不可能不提，很難假裝沒有這個事的。」

「這也是我感到不安的地方，這些海上來的人，看起來是百朗，但根據楊友旺他們的說法，這些人遠比他們擁有更多的航海知識與器物製造技術，甚至園藝的概念都高。」任文結說。

「什麼是園藝？」

「就是製作或擺設一些器物，或者種植培養植物，讓住家看起了好看的一種想法和能力。」

「這個我就不懂了，園藝能力好又有什麼值得特別提的。」

「那表示他們生活到了某個程度，開始懂了營造美化自己家園，表示這樣的人已經有能力處理比較複雜的一些事務。」

「這我就真的不懂了，還是你的百朗同胞有頭腦。」

「什麼我的百朗同胞？他們是一種民族，反而比較接近我們番人。」

「既然都是番人，你就別擔心了他們可能帶著大砲來了。」

「可是，你覺得他們跟我們一樣嗎？」

「這個……」一向聰明機智的阿帝朋，顯然沒辦法招架任文結的提問，又支吾了。

「我擔心的倒不是有沒有人來攻打，怎麼打？幾年前白色人種來攻打龜仔角社，我們各部落形成的攻守同盟，在後來的談判上發揮了一些作用。目前形同虛設，我們是不是得做什麼，讓這個可以相互支援的體系再一次啟動？」

「你的想法很好，憂心的也對，可是任文結你別忘了，部落的領導權都不在我們年輕人手上。目前各部落的領導人得先想到或願意做這件事。」

「是啊，所以我才這麼想找到你們，談談有沒有其他的可能性，我們這些年輕的形成一個次級聯盟形式，未來在決策上有所影響。」

「哈哈，任文結，你果真是百朗，腦袋聰明，想得也多，慢慢來吧，等你見了亞路谷與卡嚕魯你再伺機提提看吧。」

阿帝朋不說，任文結也心裡有底，高士佛社與牡丹社根本就不在所謂「攻守同盟」的規範中。剛剛任文結意有所指，阿帝朋也自然明瞭，所以得讓亞路谷、卡嚕魯、任文結三人實際面對面，看看有無機會形成一個新的同盟關係。阿帝朋明瞭這其中有一定的難度，但必須試試。

兩人一路閒聊，腳程也沒慢下來，在太陽斜到肩膀時間抵達八瑤灣，停在一個多月前他們遠遠觀察宮古島人的沙丘前等候，後方卻傳來追逐的渾厚的叫吼聲：

「卡嚕魯，你這個海上來的百朗別跑，看我殺了你！」

聽聞聲音，阿帝朋與任文結相視而笑，看來他們的夥伴還在回味上個月的事件，一路大玩追逐宮古島人的遊戲，但見到兩人到來，阿帝朋忍不住大笑，原來亞路谷左臉頰出現了一道新鮮紅腫的橫條，看來剛剛來的路上牡丹社的亞路谷又遭高士佛社卡嚕魯的暗算。

「你這個奸詐狡猾的卡嚕魯，你隨時隨地的就想欺負我，跟那些百朗一樣，你的心到底是什麼做的啊？我看海底的那些岩石都比你的心善良多了。」

「耶？你說誰百朗啊，百朗又怎樣啊？」任文結堆起笑容忽然接話。

「咦？任文結，你這個豬勞束社來的百朗，你怎麼在這裡？」

「我來聽你說我們百朗的壞話啊。」

「這……」

「都別說了，任文結你別欺負我的好兄弟亞路谷啊，他可是牡丹社的第一勇士，這一次要不是他幫了大忙，我們可能沒辦法追上那些海上來的人。你欺負他等於就是欺負我，我可會要你賠我一堆牛一堆豬的。」卡嚕魯說。

「喂！卡嚕魯你能不能閉上嘴啊？走了吧！」這回亞路谷聽出了卡嚕魯吃他豆腐，吼著催大家上路，惹得大夥都笑了。

冬季的八瑤灣海邊難得風勢不大，但是風儘管不大，近中午陽光高掛的時間，礁岩上還是顯得有些低溫。四個人不斷的跳躍跨越礁石，想更接近前幾天擱淺的那艘大船。微風小浪的礁岩間，海潮浪花推濺得並不高，四個人連蹦帶跳，總算也接近那大船約二十步左右。那大船卡在兩塊大礁石岩盤間，兩塊礁岩以大船船尾為界線，在水線上圓弧的沿著南北各自展延，界線外是海域，界線內的岩盤部分區塊，有著高高低低的礁石露出海面。第一次近距離觀看由海外駛來的大船，特別是宮古島人黑色的船體，四個人異常興奮。

「好了，各位，這是我答應阿帝朋的，要到那條船下取一塊板子替他做一個刀鞘，風吹了會冷，各位找個石頭躲一下，留在這裡等我，我去去就來。」卡嚕魯說。

「我看我們一起下去吧！」阿帝朋說。

「什麼呀？我們一起下去？我除了在牡丹溪那幾窟潭水潛過水，我沒在海水玩過啊，你們看這浪推推擠擠的，很可怕啊。」亞路谷說。

「哇哈哈，牡丹社的亞路谷居然怕海水，好啊，等我上了岸好好的為你宣傳，省得哪個不長眼的，又要邀請你下海水嬉戲讓你難為情，我這個做兄弟的怎麼能讓這種事發生呢？」卡嚕魯說。

「哎呀，你這個高士佛社爛舌頭爛嘴巴的卡嚕魯，什麼話你都能講，你最好卡在那些石頭中間，讓那些魚啃爛你的舌頭。」

「我看，亞路谷你也跟著一起來吧，在這石頭上不論怎麼躲，風吹了都會冷，泡在海水會暖和些。今天的海浪小，現在海水也快滿潮，比較穩定，我們都一起下去，辦完事快快上來，找個地方躲風。」任文結說。

「哎呀，你這個豬勞束社的百朗，連這個也懂？」

「哈哈，百朗嘛！靠海的，還是該知道一點這個的。」

任文結勸亞路谷下水，提到溫度與海潮令阿帝朋眼睛一亮，他從未想過海水溫度與潮汐的問題，那是遠離他生活知識圈以外的東西，這一喜悅，頗讓他感到不虛此行。

四個人，脫光了衣服，攀抓著礁石邊走邊游的接近那艘船，海水溫度果然比礁岩上暖和得多。離船尾約在五、六步遠，卡嚕魯潛下水，阿帝朋也跟了上去。卡嚕魯心念著快快取回一塊板子，換了兩三口氣後直接游向船底；阿帝朋才下水勉強張開眼睛，卻立刻被眼前的景象吸引而出神。

那底下是岸上礁岩的延伸，水面下的礁岩扎實的連結著交錯著，形成一個向內彎弧的礁岩分布。陽光穿透直下，兩個粗大結實直徑約三個成年漢子雙臂打開的柱狀岩石，低於海面兩米前後約二十幾步，一前一後的矗立在這個水下內灣的航道。阿帝朋不了解這兩個石柱之間岩盤的結構，但那猶如鬼域的黑綠崢嶸礁岩間，散亂著分布著看似船上的器械、碎木片、箱器與一些工具，也讓阿帝朋立刻明白這艘大船，是被風浪或海流推送撞上前面的暗礁，然後再一個大湧推送撞上後面這個暗礁，而卡緊在岩盤間。阿帝朋轉頭看著那船底，注意到那底下已經撞碎撞爛撞空，大船全靠兩側箝住的岩石支撐著。

阿帝朋實在太震驚了，本能的想深呼吸卻嗆了一鼻子海水，他慌亂的急急想浮出水面，又再喝了一口水，一道規律漲退的海潮將他往左推送，阿帝朋無力抗拒，撞上左側礁石暈了過去。

「阿帝朋！阿帝朋！」

阿帝朋感覺有人叫喚，想睜開眼，眼球卻因為痠澀，遲遲無法睜開來，他舉起右手掌示意。

「你必須自己站起來走回去，我們無法扛起你跳過這些礁岩的。」

「讓他休息一會吧！」

聽起來，其他三人都來了，阿帝朋又舉起手示意。他感覺左額頭、臉頰與左肩頭赤辣辣的疼痛，他想起野原，那個左臉頰、左臂受傷又最後喪命在他刀下的宮古島人。

這是命啊！阿帝朋心裡感嘆著。

暗礁在那兒，也不在那兒，因為命運，船撞上了，他們遇上了高士佛社人，喪命了。那下十八社呢？這些宮古島人會不會是另一個暗礁？一個引起滔天浪濤的礁岩前，一座致命的始終安靜緘默的暗礁？這件事有可能因為不再被提起而最後被遺忘嗎？阿帝朋心思亂轉，想起和任文結早上的交談，他睜開了眼睛。

「你起得來嗎？」任文結說。

「可以，我們得離開這裡，光著身子越來越冷了。」

「阿帝朋，你個子高，沒想到你的嘎里奇[1]也……」卡嚕魯說。

「閉嘴！」阿帝朋說。

「是啊！用卡嚕魯那一條布應該可以纏得住吧！」亞路谷說。

「閉嘴！」卡嚕魯說。

這事，能永遠閉上嘴巴不提嗎？阿帝朋心想。（完）

二〇一五年一月岡山

---

1 陰莖。

【後記】

那裡，發生了什麼事？

我第一次注意到排灣族的鼻笛，是五年前在國家台灣文學館（台南）擔任志工的時候，「本土文學區」展出中研院民族學所胡台麗老師所拍攝製作的《戀戀排灣笛》紀錄片。我被影片中排灣族老人回想年輕時期的愛戀情事所吸引。在未受現代文明干擾的部落日常，他們幾乎在每天工作之後的傍晚夜裡，帶著鼻笛、各自的樂器走上部落各戶間的山徑小路，向心愛的女子表達情意，甚至有傑出者成為擁有眾多女子純純愛慕的情聖。

巧的是，當時我醉心於「牡丹社事件」相關文獻資料的蒐集、整理與試著理解。我在一篇記述當時日軍征台總督西鄉從道，曾應「豬勞束」的部落領導人卓杞篤．朱雷之邀，拜訪現在位於屏東滿州鄉里德村的「豬勞束社」，遇著當晚一個吹著笛子的部落漢子意欲前來拜訪少女，見到日軍聚集在院子而離去的事。

這便是日常了，不論是承平或是戰爭仍未結束的當頭，尋常百姓慣常而不改變的生活樣態與情境。

這與這本小說有什麼關聯呢？

……一八七一年十一月六日，琉球宮古島進貢船「山原號」，由琉球中山國首府「首里」返程遭遇強風吹襲，在台灣東南邊海域八瑤灣觸礁。六十六個饑寒交迫的琉球人登陸，誤闖入高士佛部落外圍農地，並摘食當地人農作物充飢。高士佛社人除提供飲水食物安排住宿，並允諾協助琉球人回到故居。未料當夜一場劫掠令琉球人心生恐懼，趁天色未明，分批自高士佛向外逃亡。一行人被攔截在雙溪口，詰問原因。但雙方言語不通，而終至爆發殺戮，五十四個琉球人被殺，史稱「八瑤灣事件」或「琉球漂民被殺事件」。……

這大致是「歷史資料」對此事件所能呈述的最完整的記述，至於後來成為一八七四年的日軍征台行動的藉口，卻是始料未及的事。日後的歷史研究聚焦在一八七三年日軍決定派兵征台前後，以及一八七四年五月在今屏東社寮登陸紮營、用兵，其國內情勢與國際之間的種種算計；後期日本與清朝在談判桌上的爾虞我詐，各打算盤，最後清朝藉此向國際宣示確立「擁有台灣全境」，日本也滿意的收割覬覦已久的「琉球宗主權」，而名正言順地成為擁有琉球的唯一宗主國。至於事件被攪動而根本改變的所謂「恆春下十八社」或者琉球群島國家主權，卻成為此一歷史事件的舞台與背景，沒有受到多一些的關注。而「八瑤灣漂民被殺事件」始終在整個「牡丹社事件」中，僅扮演著「原因」與「前情提要」的地位。

這是歷史研究常見的現象與結果，原不足以為奇，但我常想像著，當年遭遇船難的宮古島人的徬徨無助與急切的思鄉之情；我想像著高士佛社人日常的農務、狩獵與夜間青年之間的傳情示愛。我認真且一次又一次的想像著那裡，宮古島人登陸後所經過，最後結束生命的地方，究竟發生了什麼沒有被記錄傳述的事？我既放任想像又認真對照參考南排灣在十九世紀下半葉的情勢，編織著關於高士佛山區那個悠遠的舊部落秘境的笛聲情韻，那些關於高士佛佛社人的日常，與突然面對龐大數量的外人，他們究竟怎麼度過慌亂與折衝？我就這麼一路想像著、書寫著那些意外與日常，劇變與常態的交相呼應與吸引，既是歷史資料的整理，也是日常生活情境的想像、描摹與重建。包括了那些容顏，那些笑語與情緒；一段笛音、歌聲與斥喝聲；淡淡的懊悔與絕望的斷魂。而今，小說臨將付梓，我的思緒還兀自不停的想像著，那裡，當時，究竟發生了什麼事？耳廓裡，腦海中卻殘影著「戀戀排灣笛」古樸的山村與老情人們略略靦腆的笑意，在笛聲中安靜的回憶著。

感謝「財團法人國家文化藝術基金會」長篇小說專案贊助，讓我免於找尋其他工作填補家計，驅策自己堅持持續創作。感謝妻子的無怨無悔扛起家務，讓我免於分心，專注做夢、發想，認真工作寫字；也謝謝排灣族長老華阿財先生的接納懇談，蔡霜琴老師的指導，讓我對陌生的排灣族文化有了初步的認識。更祝福所有閱讀朋友，順心與忽然想起自己民族或周遭曾經有的歷史事件，認真地對比資料，然後思考：當時，那裡，發生了什麼事？

INK PUBLISHING 文學叢書 469

暗礁

作　　者　巴　代
總 編 輯　初安民
責任編輯　宋敏菁
美術編輯　林麗華
校　　對　吳美滿　巴　代　宋敏菁

發 行 人　張書銘
出　　版　INK印刻文學生活雜誌出版有限公司
新北市中和區建一路249號8樓
電話：02-22281626
傳眞：02-22281598
e-mail：ink.book@msa.hinet.net
網　　址　舒讀網http：//www.sudu.cc

法律顧問　巨鼎博達法律事務所
施竣中律師
總 代 理　成陽出版股份有限公司
電話：03-3589000（代表號）
傳眞：03-3556521
郵政劃撥　19000691 成陽出版股份有限公司
印　　刷　海王印刷事業股份有限公司

港澳總經銷　泛華發行代理有限公司
地　　址　香港新界將軍澳工業邨駿昌街7號2樓
電　　話　(852) 2798 2220
傳　　眞　(852) 2796 5471
網　　址　www.gccd.com.hk

出版日期　2015年12月　初版
ISBN　978-986-387-068-5

定　價　340元

長篇小說 創作發表專案
NCAF 國|藝|會　PEGATRON 和碩聯合科技股份有限公司

國家圖書館出版品預行編目資料

暗礁／巴代著；
--初版，--新北市：INK印刻文學，
2015.12　面；14.8×21公分（文學叢書；469）
ISBN 978-986-387-068-5（平裝）
863.857　　104022607